as HeRdeiRas

Joanna Philbin

Elas não queriam a fama,
mas nasceram com ela.

Tradução
Fernanda Martins

1ª edição

GALERA
— **junior** —
RIO DE JANEIRO
2014

CIP-BRASIL. CATALOGAÇÃO NA FONTE
SINDICATO NACIONAL DOS EDITORES DE LIVROS, RJ

P633h
Philbin, Joanna
As herdeiras / Joanna Philbin; tradução Fernanda Martins. – Rio de Janeiro: Galera Record, 2014.

Tradução de: The Daughters
ISBN 978-85-01-09046-1

1. Literatura juvenil americana. I. Martins, Fernanda. II. Título.

11-7051

CDD: 028.5
CDU: 087.5

Título original em inglês:
The Daughters

Copyright © 2010 by Joanna Philbin

Publicado mediante acordo com Little, Brown and Company, New York, New York, USA.

Texto revisado segundo o novo Acordo Ortográfico da Língua Portuguesa.

Todos os direitos reservados.
Proibida a reprodução, no todo ou
em parte, através de quaisquer meios.

Composição de miolo: Abreu's System
Design de capa: Marília Bruno

Direitos exclusivos de publicação em língua portuguesa somente para o Brasil
adquiridos pela
EDITORA RECORD LTDA.
Rua Argentina, 171 – Rio de Janeiro, RJ – 20921-380 – Tel.: 2585-2000,
que se reserva a propriedade literária desta tradução.

Impresso no Brasil

ISBN 978-85-01-09046-1

EDITORA AFILIADA

Seja um leitor preferencial Record.
Cadastre-se e receba informações sobre nossos lançamentos
e nossas promoções.

Atendimento e venda direta ao leitor
mdireto@record.com.br ou (21) 2585-2002.

Para meus pais,
por tudo

Nós, as filhas,

criamos as seguintes regras e princípios
para a máxima felicidade e uma vida sem dramas:

1. Nunca leia jornais sensacionalistas nem fique navegando em sites de fofocas sobre celebridades. Mas, se realmente for preciso, tente não ver o que falam sobre seus pais.

2. Todos os amigos são legais, mas apenas outra Filha sabe como sua vida realmente é. Una-se ao maior número delas possível.

3. Amigos são sempre mais importantes que garotos. *Sempre.*

4. Seja simpática com as pessoas, e se *continuarem* dizendo que você é metida, deixe para lá.

5. Se precisar falar sobre problemas de família, só faça isso com outra Filha. (Ver regra nº 2.)

6. Nunca fale com a imprensa sobre seus pais. Especialmente quando repórteres estão perambulando na frente da sua casa e gritando para que você diga alguma coisa.

7. Sempre namore um garoto por pelo menos um mês antes de levá-lo a um evento de tapete vermelho. O mesmo se aplica a colocá-lo em seu jatinho, levá-lo para passear etc.

8. Se você vir uma Filha sendo criticada em um blog, sempre escreva uma mensagem defendendo-a, mesmo se não a conhecer.

9. Quando conhecer alguém, só dê um nome — seu primeiro nome.

10. Você não é seus pais, e eles não são você. Não importa o quão conhecidos — ou desagradáveis — eles sejam.

capítulo 1

— Katia!
— *Katia!*
— Aqui!
— *Aqui!*

Lizzie Summers estava onde normalmente ficava quando saía com a mãe — por perto, escondida em meio à multidão, seguramente fora de foco — e observava a supermodelo mais famosa do mundo deixando os paparazzi loucos.

— Katia!
— Aqui!

Com os ombros para trás, as costas levemente arqueadas e uma das mãos com unhas gloriosamente feitas posicionada no quadril, a mãe de Lizzie virava para a esquerda e para a direita, o sorriso multimilionário tão luminoso que seria capaz de cegar alguém. E hoje estava ainda mais iluminado que o normal, porque a revista *Plenty* decidiu dar a largada da Fashion Week de outono com um almoço em sua homenagem. Mas como na maioria dos eventos da Fashion Week, havia aproximadamente 15 minutos de flashes frenéticos antes de alguma coisa realmente começar.

— Katia! — gritou alguém.

— Você está *linda*! — berrou outro.

Lizzie olhou pela janela da sala de jantar privada do Mandarin Oriental, para os domos verdes das árvores do Central Park e além, para a elegante e tumultuada linha do horizonte da Quinta Avenida, e suspirou. *Hum, sim,* pensou. *Ela está linda. A meia verdade do século.*

A mãe, Katia Summers, não era apenas bonita. Um estilista (Galliano? Gaultier? Lizzie não conseguia se lembrar) a havia chamado de Katia "a prova viva de Deus". E se a carreira de vinte anos da mãe como supermodelo era uma indicação disso, todo mundo também achava o mesmo.

Como filha única de Katia, Lizzie tinha passado mais horas da vida olhando para a mãe em carne e osso do que qualquer outra pessoa, e até ela precisava concordar: a mãe era Realmente Linda de Fazer o Queixo Cair, de Fazer Qualquer Um Se Perguntar Se Isso Era Humanamente Possível. De dia ou de noite. Maquiada ou de cara limpa. De cabelo despenteado ou penteado. Não importavam as poucas horas que tinha dormido ou o quão irritada Lizzie estava com ela, Katia Summers *nunca* deixava de fazer alguém perder o fôlego. E se beleza realmente era a soma das partes de uma pessoa, então cada parte de Katia era quase perfeita. Havia os olhos, famosos por mudar de cor, indo de turquesa a verde até um azul índigo exótico, dependendo de seu humor; as maçãs do rosto de ângulos perfeitos que faziam da metade inferior do rosto um V exato; os lábios naturalmente carnudos e o biquinho, sua marca registrada, provocado por uma leve saliência que os pais jamais consertaram. E havia também os cabelos loiros cheios, sem aplique, que caíam em ondas no meio das costas, e seu corpo magro, mas voluptuoso. *Sim*, Lizzie pensava, enquanto olhava para a mãe frente a ela à mesa do café da manhã ou no elevador — *perfeita*.

Katia era tão perfeita que aos 37 anos, quando a maioria das modelos já havia aposentado seus saltos, ela ainda estava sendo super-requisitada. Estrelava campanhas publicitárias de pelo menos um designer da lista top a cada estação, fazia páginas duplas nas maiores edições da *Harper's Bazaar*, *W* e nas edições da *Vogue* de todos os países, era o rosto da marca de cosméticos L'Ete e uma vez por ano adornava a capa da *GQ* ou da *Details*, vestida apenas com a parte de baixo de um biquíni de macramê e as mãos colocadas estrategicamente sobre os seios. E agora estava prestes a dar um salto na carreira que apenas algumas poucas e preciosas supermodelos podiam sequer tentar, quanto mais levar a cabo. Passaria de supermodelo a supermagnata. Roupas, perfumes, utensílios de casa — Katia faria o design de tudo. Katia Coquette — uma linha de lingerie "inspirada nas francesas" (leia-se: supersexy) — era só o começo. E pelo jeito com que a imprensa clamava para tirar fotos e o pessoal do mundo da moda olhava para Katia com aprovação, a Coquette prometia ser um grande sucesso.

Checando o relógio, Lizzie foi até o bar.

Já passava do meio-dia, e ela havia dito às melhores amigas, Carina e Hudson, que as encontraria por volta de 13 horas. As aulas começavam amanhã, o que significava que hoje tomariam um frozen de iogurte na Pinkberry, dariam uma volta pelo West Village e se atualizariam sobre as férias — o ritual de último-dia-de-férias-de-verão. Desde o jardim de infância, Hudson e Carina eram suas melhores amigas. Lizzie pensava nelas como os filtros de água Brita da sua vida. Se lhe acontecia alguma coisa, boa ou ruim, passava por elas, e depois da conversa, quase sempre se sentia melhor. Lizzie achava que era porque as três tinham um enorme ponto em comum: as três sabiam o que significava ter a vida dividida em duas partes: a pública e a privada. Até fizeram regras próprias para lidar com isso.

Apoiou-se na beira do bar e tirou um pé latejante dos sapatos dourados Christian Louboutin salto dez da mãe. Sabia que os Louboutins supostamente eram os melhores sapatos do mundo, mas apertavam seus pés e esmigalhavam seus dedos. Preferia suas plataformas Steve Madden de 85 dólares, de sola grossa e extremamente confortáveis, mas Katia as tinha vetado para esse tipo de evento.

— Ahhh — disse ela, alongando os dedos dos pés. Perto dela um barman fatiava limões sobre uma tábua de cortar.

— Está com os pés doendo? — perguntou ele. Aparentava uns 20 e poucos anos, e tinha um daqueles chumaços de pelo no queixo.

— Não sei como as pessoas usam isto — disse ela.

O barman concordou com a cabeça, mas seu olhar moveu-se para onde estava Katia, ainda cercada por câmeras.

— Ela é linda — disse ele, quase cortando um dedo fora.
— É ainda mais gata pessoalmente.

Lizzie olhou para a mãe, ainda posando para as fotos. Não conseguiu resistir.

— Ela é minha mãe — disse ela.

O queixo do barman ia caindo à medida que se virava para trás.

— Aquela é a sua *mãe*? — perguntou ele, sem acreditar.

Lizzie sorriu. As pessoas jamais acreditavam nela.

— É — disse ela.

— Sério? — perguntou o barman. — É que vocês não se parecem em nada...

Antes que ele pudesse terminar a frase, Lizzie escutou a voz da mãe chamando do outro lado do salão.

— Lizzie! Querida! Venha tirar uma foto!

Ela se virou. A mãe acenava com o braço dourado, perfeitamente torneado, para o que parecia ser a sua direção.

— Venha! — gritou Katia. — Tirar uma foto!

Aqui vamos nós outra vez, pensou Lizzie. Sempre que ia a uma cerimônia oficial com a mãe, acabava sendo persuadida a participar de uma sessão de fotos. Katia não podia ter piedade dela pelo menos uma vez?

— Venha, Lizzie! — gesticulou Katia em meio ao ruído dos cliques das câmeras. — Só algumas!

A multidão de editoras de moda pálidas e magricelas levantou o rosto para olhar Lizzie. Não tinha como sair dessa. Colocou o pé de volta no sapato e foi mancando até a mãe, desejando que o pai, Bernard, pudesse ter sido o acompanhante de Katia. Mas de algum jeito ele sempre parecia estar com o prazo apertado para as suas colunas no *New York Times*. Era meio irritante.

Quando chegou perto, Katia envolveu o braço delgado na cintura de Lizzie e puxou-a para mais perto.

— Minha filha! — anunciou ela para a multidão.

Lizzie encarou a coleção de lentes de câmeras pretas e inexpressivas. Por alguns longos segundos, nada aconteceu. Finalmente, houve um leve flash. Depois outro. E então outro.

E então...

— Podemos tirar só mais algumas com você, Katia? — gritou alguém. — *Só com você?*

— É, Katia, só com você!

— Ei, mãe — sussurrou Lizzie no ouvido da mãe. — Posso ir encontrar minhas amigas agora?

Katia apertou a cintura de Lizzie e retirou o braço.

— Claro — respondeu ela.

— Parabéns — sussurrou Lizzie de volta.

A mãe acariciou-lhe as costas e virou-se novamente para as câmeras. Lizzie estava livre.

Enquanto saía do salão, sentiu os ombros relaxarem e a respiração voltar ao normal. Participar desse tipo de coisa sempre a deixava tensa. Em alguns minutos, estaria no metrô, andando rapidamente em direção às amigas, e poderia se esquecer de tudo isso. Mas a mesma pergunta a atormentava pelo que deveria ser a bilionésima vez, enquanto os saltos estalavam no piso liso de mármore do lobby do hotel e a mortificação pela sessão de fotos lentamente desaparecia: a mãe *realmente* não sabia a aparência que a filha tinha?

Houve uma época na qual os paparazzi queriam tirar fotos de Lizzie, quando ela e a mãe eram a Supermodelo Sexy e sua Adorável Filha. Quando Lizzie era pequena, os fotógrafos seguiam a mãe e ela por todos os lugares: jardim de infância, parque, loja de brinquedos.

Mas então Lizzie ficou mais velha. E transformou-se de Adorável Filha em Adolescente Esquisita. Enquanto Katia permaneceu a Supermodelo Sexy.

Na verdade, usar a palavra esquisita era ser gentil. Ela era Diferente. Incomum. Estranha.

Ou, como Hudson e Carina gostavam de dizer: *formidável*.

— Como Uma Thurman provavelmente era, até ficar linda — sugeria Hudson.

Mas Uma Thurman não tinha olhos castanhos tão grandes que pareciam saltar do rosto. Ou um nariz comprido e sinuoso que fingia ir para a esquerda, mas ia para a direita. Ou sobrancelhas retas, grossas, peludas e unidas como a dos personagens da *Vila Sésamo*, mesmo depois de serem aparadas. E Uma Thurman certamente não tinha cabelos bem ruivos e encaracolados com textura de Bombril que viravam um penacho sempre que a temperatura passava dos 25°C.

Acima de tudo, não *esperavam* que Uma Thurman fosse bonita. Quem esperava que as filhas de professores de budismo virassem atrizes de Hollywood? Mas esperavam que a filha única de Katia Summers, também conhecida como "Prova Viva de Deus", fosse ao menos bonitinha. E não foi exatamente isso o que aconteceu.

Lizzie gostava de pensar que sua aparência diferente significava poder evitar os paparazzi. Se estivesse com a mãe em algum lugar e fossem cercadas saindo de um café ou de uma Starbucks, com certeza podia se manter afastada e nenhum dos fotógrafos se importaria. Mas não era assim que Katia via as coisas. Sempre que tinha uma chance, queria Lizzie na foto. Lizzie imaginava que ela ou era alheia ao fato de ter uma filha de aparência esquisita ou estava tentando provar alguma coisa. Mas como uma supermodelo pode achar que a aparência não importa? Conforme descia para o calor sufocante da estação de metrô, Lizzie concluiu que talvez a mãe *fosse* simplesmente alheia ao fato. O que era pior.

Passou o cartão do metrô na roleta e desceu os degraus para esperar o trem. Quando as portas se abriram, sentou-se e pegou *O grande Gatsby* da mochila. Queria terminá-lo antes do dia seguinte, mesmo o *Gatsby* sendo a leitura de férias do primeiro ano do ensino médio, não do nono, na

Escola Chadwick. Seu gosto para livros sempre foi um pouco avançado. Tinha aprendido a ler aos três anos, devorou os primeiros dois volumes de *Harry Potter* aos seis e começou a escrever contos aos oito. Desde então escreve, e durante as férias participara do exclusivo Workshop do Escritor em Cape Cod durante seis semanas. Nele, um escritor ficava falando de Fitzgerald, e Lizzie sentiu-se envergonhada por nunca tê-lo lido antes. Agora não queria que o livro chegasse ao fim. Havia parágrafos tão lindos que chegava a lê-los várias vezes. Um dia, esperava ela, seria capaz de ter um quarto do talento de Fitzgerald para escrever. Ou talvez um décimo.

Na rua Bleecker, saiu do metrô e subiu mancando os degraus até a calçada. Os pés doloridos iam de um lado para o outro nos Louboutins, e era tudo o que podia fazer para não cair de cara no chão enquanto passava pelas calçadas de pedras de arenito marrom-avermelhadas com canteiros de flores nas janelas, e fachadas de padarias e cafeterias de vidro laminado. Amava o West Village — sempre a fazia se lembrar da antiga Nova York, quando a cidade era tomada por artistas e escritores, e antes disso, cavalos e carruagens. Agora as ruas estavam cheias de lojas de roupas da moda, restaurantes japoneses, cobertas de alunos da NYU acabando de voltar das férias de verão e carregando sacolas da Bed, Bath & Beyond. Um dia, quando fosse uma escritora famosa, moraria aqui, pensou ela, assim que virou a esquina e viu a fachada azul e verde da Terra Prometida. Também conhecida como Pinkberry.

Abriu a porta de vidro e entrou apressada, em direção à mesa do canto, onde duas garotas, uma loira pequenina e a outra mais alta e de cabelos pretos estavam sentadas esperando por ela.

— Lizzie! — a loira deu um grito estridente quando saltou da cadeira. Carina Jurgensen atirou os braços bronzeados em volta de Lizzie como se não se vissem há anos. — Oh, meu Deus, *oi*! — disse ela, dando saltinhos em seus chinelos, enquanto o rabo de cavalo balançava de um lado para o outro. — Que saudades, Lizzbutt!

— Senti saudades também, C — revelou ela, retribuindo o abraço desesperado de Carina da melhor forma possível. — Você está tão bronzeada.

— E você está tão *alta* — disse Carina com admiração, soltando-a. — Logo, logo eu vou me sentir uma anã perto de você, juro. — Os olhos cor de chocolate estavam arregalados e eletricamente vivos. Às vezes, Lizzie tinha a impressão de que Carina era mais viva que qualquer outra pessoa que ela já havia conhecido.

— Oh, meu Deus, esse vestido é de morrer — elogiou a outra melhor amiga de Lizzie, Hudson Jones, enquanto se levantava e também a abraçava. Cabelos negros ondulados adornavam o rosto em forma de coração, e os olhos verdes cintilavam. — É um Margiela? — perguntou ela com sua voz suave e macia, olhando para o vestido de Lizzie.

— É da minha mãe — disse Lizzie. — E mal cabe em mim.

— Então, vamos tomar um Pinkberry — sugeriu Carina enquanto se sentavam. Ela empurrou pela mesa um pote de sorvete de iogurte de romã com mochi. — Aqui, compramos seu favorito.

Carina Jurgensen tinha morado a vida inteira em Nova York, mas à primeira vista parecia uma surfista da costa norte de Oahu. Pequena, mas atlética, com os cabelos loiros do sol e algumas sardas salpicadas no seu nariz de botão,

Carina na verdade surfava, praticava snowboard, montanhismo e qualquer outra coisa que a permitisse ficar ao ar livre. Era corajosa. Desde pequenas, Carina era a primeira a fazer qualquer coisa assustadora — quer fosse descer uma colina de patins no Central Park lotado num domingo, ou paquerar os garotos em St. Brendan. Como era incapaz de ficar parada por mais de alguns minutos, Carina não gostava de passar muito tempo na frente do espelho; e ela era tão bonita que nem precisava. Sua estação favorita era o verão e seu visual favorito para a ocasião era o que estava usando hoje: shorts, camisetas sem manga e chinelos com estampa camuflada. Os garotos costumavam achar Carina Jurgensen totalmente adorável, embora ela normalmente não notasse.

— Preciso tanto disso — disse ela, apreciando o sorvete de iogurte. — Está fazendo um zilhão de graus lá fora.

— É, mas Hudson ainda está com frio — implicou Carina, balançando a cabeça para a amiga.

— Não, não estou — argumentou Hudson, ajeitando a manta de franja desfiada ao redor do rosto. — Só estou me protegendo do sol.

Se Carina era a surfista loira de sol, Hudson Jones era a sofisticada hippie-chique urbana. Era linda, tinha a pele morena e olhos verdes estonteantes, cortesia da herança afro-caribenha da mãe e dos antecedentes franco-irlandeses do pai, era longilínea e tinha a postura perfeita de uma garota que estudara dança durante toda a vida. Hudson era incrivelmente estilosa. Sob a manta, usava uma túnica de seda coral pontilhada com lantejoulas, sandálias estilo gladiadora com tiras cruzadas que iam até os joelhos, argolas de prata gigantes e uma bolsa de lã multicolorida sem igual comprada em Buenos Aires. Em Hudson, tudo conseguia ficar perfeito.

— Como foi o evento da sua mãe? — perguntou Hudson, pegando uma pequena porção de seu iogurte de chá verde com mirtilo. Hudson sempre optava pelo mais saudável.

— Bom, mas ela me enfiou numa sessão de fotos novamente. Quando ela vai entender que ninguém — *ninguém* — quer tirar foto de mim?

— Lizzie, pare com isso — disse Hudson com um tom cauteloso. A aparência de Lizzie era um território bastante explorado entre as três, e ela sabia que suas amigas já estavam cansadas de falar sobre isso.

— Não, vocês sabem que eu não ligo, só queria que ela *enxergasse* isso — comentou Lizzie. — Deixa pra lá, Carina. Como foi em Outward Bound?

— Tão, tão, *tão* incrível — disse Carina, balançando a cabeça enquanto engolia o iogurte. — O Colorado é o lugar mais perfeito da Terra. Mas fiquei sem tomar banho por quase um mês. Vocês precisavam ver. Eu estava coberta de sujeira. Foi impressionante.

— O que o seu pai diria se visse você coberta de sujeira? — perguntou Hudson.

Carina sorriu.

— Que eu desperdicei minhas férias. O que você acha?

O pai de Carina, Karl Jurgensen, era um workaholic. Ele também era um dos homens mais ricos do mundo. Metronome Mídia, seu império de revistas de moda e fofoca, de jornais, canais de notícias a cabo e sites de relacionamento atravessava os continentes e empregava milhares de pessoas. Ele estava construindo o que esperava ser o maior site de entretenimento do mundo, com todas as séries de TV, reality shows e filmes disponíveis em um site fácil de usar. Karl tinha tanto dinheiro que também havia se tornado um dos maiores filantropos do mundo, doando milhões para a luta contra a pobreza e a fome mundial. Com sua personalidade carismática e aparência elegante, Karl era um dos maiores partidos de Nova York, se não do mundo. Tinha se separado da mãe de Carina quando a filha estava na quinta série, e desde então ela morava sozinha com ele em uma cobertura luxuosa como um palácio na rua 57.

Na maior parte do tempo, os dois se davam bem. Mas a impaciência de Karl com sua filha de espírito livre podia provocar uma briga violenta entre os dois, e no fim do ano letivo, Carina e o Jurg, como ela chamava o pai, normalmente não estavam se falando. E era esse o motivo pelo qual ela passava todos os verões o mais longe de Nova York e dele possível, escalando montanhas no Colorado ou aprendendo a mergulhar.

— Como foi a festa do seu pai este ano? — perguntou Hudson.

Carina deu de ombros.

— Legal, eu acho — disse ela. — Ele acredita que arrecadou 2 milhões. — Todos os anos, próximo ao Dia do Trabalho, Karl, ou o Jurg, transformava sua propriedade de Montauk num parque de diversão para arrecadar dinheiro para caridade. Havia montanhas-russas, xícaras giratórias, show de fogos de artifício e até mesmo um passeio de submarino em um de seus lagos. Um ingresso para a "Jurgensenland" custava mil dólares e uma mesa para o baile ao final do evento custava 10 mil.

— E como foi o fim da turnê? — perguntou Lizzie a Hudson.

— Uma loucura — suspirou Hudson. — Trinta cidades em 45 dias. Não sei como minha mãe consegue. No nono dia eu já estava exausta.

— Algum drama com Holla? — perguntou Carina, indo direto ao assunto.

Hudson revirou os olhos.

— Tinha um cara da *Rolling Stone* na turnê com a gente, fazendo a matéria de sempre sobre "Holla Jones e sua Carreira Irrefreável", e ele me perguntou quantos anos minha mãe tinha. E eu estava com tanto sono por causa do fuso horário que disse a verdade: 37. E quando chegou aos ouvidos da minha mãe, ela *surtou*. Como se três anos a mais fizessem tanta diferença. — Hudson levantou-se e jogou o pote de sorvete ainda pela metade no lixo. — Moral da história? Nunca fale com a imprensa. Mesmo se estiverem, digamos assim, convivendo com você dia e noite.

A mãe de Hudson, Holla Jones, era uma pop star. Sua voz multi-oitava e hits que tocavam no rádio a tinham transformado numa estrela aos 19 anos, e agora ela era um ícone. Ano após ano, através de uma combinação de turnês, produções de álbuns supermodernas e uma vontade de ferro, chegou ao topo das paradas musicais. Porém, a vontade de ferro ultimamente havia se tornado um problema. Relacionava-se a tudo: sua ginástica diária de três horas com um personal trainer; sua dieta estritamente vegetariana orgânica; e seus relacionamentos que normalmente terminavam antes de começar. O pai de Hudson era um bom exemplo. Foi um dançarino substituto em uma das primeiras turnês de Holla — e então prontamente desapareceu assim que a turnê terminou, amedrontado com a disciplina apavorante da artista.

A ligação de Hudson e Holla era fortíssima, quase fraternal, e Lizzie normalmente a admirava. Mas também a deixava um pouco nervosa. Hudson tinha herdado a voz da mãe, sua aparência e sua presença, e agora estava prestes a gravar o próprio álbum. Mas enquanto Holla era totalmente feita de batidas rápidas, figurinos espalhafatosos e pop vigoroso, Hudson era cheia de sentimento, devagar e relaxante. Infelizmente, Holla não estava tão ciente desta distinção.

— Algum dançarino bonitinho? — perguntou Carina quando saíram para a rua.

— Uh, não — disse Hudson. — Eram todos da outra equipe.

— Que pena — lamentou Carina, indo direto para um estande de joias montado na rua. — Eu estava fedorenta demais para ficar com alguém naquela montanha, embora tivesse um cara realmente gato — disse ela, segurando na frente das orelhas um par de brincos de moedas penduradas. — O que vocês acham? Baratos ou bonitos?

— Baratos — opinou Lizzie.

— E você realmente precisa deles? — perguntou Hudson.

— O que é que tem, custam dez dólares — disse Carina, tirando uma nota do bolso de trás dos shorts e entregando-a ao homem de touca rastafári atrás do estande. Apesar de suas tendências naturalistas, Carina gostava de gastar dinheiro. E seu pai lhe dava bastante.

— E falando em cara gato — murmurou Hudson, encarando alguém na rua. — Olha para ele.

Lizzie virou-se e seguiu o olhar de Hudson. Saindo do lado sul da praça do parque Washington, mãos nos bolsos dos jeans, fios brancos do iPod saindo dos ouvidos, havia um cara muito gato. Um cara *preocupantemente* gato. Era tão bonito que Lizzie só conseguia olhar para ele com discretos e breves olhares. Olhos azuis enormes. Rosto com traços bem-definidos. Cabelos castanhos lisos que estavam um pouco bagunçados na testa. Lábios carnudos e rosados.

— Uau — balbuciou Carina. — Isso *sim* é um cara de faculdade gato.

Mas Lizzie tinha a impressão de ele ser mais novo que isso. E então percebeu algo familiar no seu jeito de andar. Era um andar de passos longos e suaves, como se estivesse completamente no seu próprio mundo e absolutamente sem pressa.

— Oh, meu Deus — disse Lizzie quando se deu conta. — É o Todd Piedmont.

— O quê? — perguntou Carina, boquiaberta. — O garoto do seu prédio?

— Ele não tinha se mudado para Londres? — perguntou Hudson. — Tipo, três anos atrás?

— Talvez tenha vindo fazer uma visita — respondeu Lizzie.

— É isso que acontece quando as pessoas se mudam para Londres? — imaginou Carina. — Ficam totalmente atraentes?

— Vá dizer oi. — Hudson pegou o braço de Lizzie e deu-lhe uma cutucada.

— Isso — apoiou Carina. — Antes que ele suba num avião e nunca mais volte.

— Peraí, sozinha?

— Vocês dois eram Melhores Amigos pra Sempre — ressaltou Hudson.

— Sim, quando tínhamos *seis* anos.

Enquanto observava o antigo vizinho alcançar o meio-fio, tentou digerir o fato de que esse era o mesmo garoto em quem ela ficava mandando, com quem brincava e que uma vez fizera chorar. Mas quem quer que fosse, sentia-se feliz por estar usando um vestido bonito e um sapato de salto alto, mesmo que estivesse acabando com seus pés.

Sendo duas crianças da mesma idade morando a três andares de distância, ela e Todd Piedmont brincavam de travessuras e gostosuras juntos, andavam de trenó no Central Park, corriam pela portaria em dia de chuva ou simplesmente ficavam andando de elevador durante horas, apertando os botões para os vizinhos tolerantes. Os pais de Todd, Jack e Julia, eram quase tão glamourosos quanto seus pais. Jack era diretor de um banco de investimentos, fazia triatlo nos fins de semana, e tinha uma forte autoconfiança que deixava as mulheres rindo à toa e os homens mudos. Julia era uma mulher bonita, elegante, de cabelos escuros, trabalhava como colaboradora para *Vogue*. Pareciam ser completamente apaixonados um pelo outro.

Mas Todd às vezes era um pouco temperamental. De vez em quando desaparecia no quarto com um livro durante horas, mesmo quando Lizzie estava na sua casa. Também ficava chateado facilmente, como quando Lizzie derramou seu suco de uva favorito pelo ralo da pia e ele começou a chorar. (Não ajudou o fato de ela ser pelo menos 15 centímetros mais alta que ele.) Na quinta série, Todd foi para uma escola só de meninos, St. Brendan, e começou a ficar mais com os garotos da sua turma. E quando a via, Todd agia de forma estranha. Ele a ignorava na portaria ou mal murmurava um oi se eles se esbarrassem pela rua.

— Todd! — dizia a mãe, na frente de Lizzie e de sua mãe.
— O que houve com suas boas maneiras? — "Oi" dizia ele com desânimo e ia direto para o elevador.

No ano seguinte, quando Lizzie e Todd tinham quase 12 anos, a família dele decidiu se mudar para Londres. Lizzie ficou aliviada. Não haveria mais momentos desconcertantes no elevador. Nem a esquisitice de Todd.

Mas então Todd fez uma coisa *realmente* estranha.

Foi na festa de despedida dos Piedmont. Todd e Lizzie estavam sozinhos, como sempre, na cozinha, enquanto os adultos misturavam-se na sala de estar. Estavam na cozinha num silêncio constrangedor, comendo cupcakes de chocolate. De repente Todd agarrou-a pelos ombros e puxou-a para ele. Lizzie sentiu os lábios úmidos pressionarem-se contra sua boca por um instante, e quando terminou, o cupcake dela estava no chão, o lado da cobertura para baixo. Então os pais dela entraram para dizer que estavam indo embora, e aquela foi a última vez que ela o viu. Seu presente de despedida tinha sido aquele primeiro beijo rápido e desajeitado.

Agora, olhando Todd vir na sua direção, perguntava-se se aquele beijo realmente tinha sido desajeitado no fim das contas.

— Vamos, você vai perdê-lo! — disse Hudson, dando-lhe um leve empurrão. — Vai!

Lizzie deu um passo hesitante em seus Louboutins. O bom de ser parecida com uma personagem da *Vila Sésamo*, pensou ela, era que normalmente as pessoas se lembravam de você. Ela foi cambaleante até ele, e estava a apenas alguns metros de distância quando Todd tirou os fones do ouvido.

— Lizzie? — perguntou ele, um sorriso brotando no canto dos lábios. — Lizzie Summers?

Ela deu um passo e tropeçou numa fenda da calçada.

— Oh! — gritou ela, e antes que se desse conta, caiu sobre o peito dele.

— Nossa, você está bem? — perguntou ele, segurando-a em seus braços. Com o nariz amassado na camiseta dele, sentiu o cheiro de Downy, sabonete Ivory e suor de garoto. Sentia braços fortes ao seu redor, como se ele tivesse finalmente desenvolvido músculos de verdade. — Pronto — disse ele, ajudando-a a recobrar o equilíbrio. — Você está bem?

— Então, hum, tudo bem? — perguntou ela rapidamente, tentando fingir que não tinha acabado de tropeçar e quase cair de cara no chão.

— Tudo, e você? — indagou ele, um leve sotaque inglês alongando suas palavras. Ele estava mais alto que ela agora, e próximo assim, os olhos dela ficavam na altura dos lábios dele. Eram definitivamente enormes — eles já eram assim antes?

— Hum, o que você está fazendo aqui? — Sua perna direita começou a tremer como sempre acontecia quando estava nervosa. — Achei que estivesse em Londres.

— Voltamos — disse ele. — Há apenas algumas semanas.

— Vocês *voltaram*? — ela praticamente berrou.

— Sim. Meu pai queria. E aí meu irmão entrou para a NYU — disse ele, gesticulando para o parque às suas costas. — Então parecia o momento certo. E na verdade voltamos para o antigo prédio. Vocês se mudaram, né?

Há um ano, Lizzie teve a sensação de que se mudar havia sido uma péssima ideia. Agora sabia por quê.

— Sim, ano passado. Para o lado oeste. Sabe, acho que os moradores se irritaram com a quantidade de fotógrafos.

Todd sorriu.

— Mas tenho certeza de que vamos no ver. Todos os dias, provavelmente.

— Vamos?

Ele tirou uma mecha de cabelo dos olhos.

— Vou para Chadwick.

Lizzie piscou. Por um instante, pensou que talvez fosse perder o equilíbrio novamente. Todd Piedmont iria para sua escola? Tinha ficado longe por três anos, se tornado absurdamente gato e agora ela o veria todos os dias — durante o dia todo?

— Que ótimo — disse ela casualmente, esperando que seu peito ofegante não a dedurasse.

— Oi, meninas — falou Todd para as amigas dela. Lizzie estava distraída demais para notar que elas tinham se aproximado, e estavam cada uma de um lado.

— Como vai a divertida velha Inglaterra? — perguntou Carina alegremente.

— E há quanto tempo você está aqui? — inquiriu Hudson.

— Todd se mudou de volta — anunciou Lizzie. — E vai para Chadwick. — Ela olhou de lado para ver a reação das amigas. Carina parecia embasbacada e Hudson estava corada.

— Na verdade, tenho que ir — disse ele para Lizzie, indiferente às suas amigas. — Vou encontrar meu irmão no dormitório. Mas quem sabe você não pode ser minha guia turística amanhã? — perguntou ele, sorrindo enquanto passava por ela.

Lizzie concordou com a cabeça em silêncio.

— Com certeza.

— Bem, a gente se vê então. — Ele acenou para Carina e Hudson, colocou os fones de volta nos ouvidos, e seguiu pela rua.

As três o encararam em silêncio.

— Mãe do céu — suspirou Carina quando ele já estava na metade do quarteirão.

— Ele vai para a *nossa* escola? — gaguejou Hudson.

— Aparentemente.

— Vocês dois vão se apaixonar — Hudson deixou escapar.

— O quê?

— Ele pediu para você ser *guia turística* dele — disse Hudson de forma expressiva.

— Porque ele não conhece mais ninguém.

— Mesmo assim. Vi as faíscas. C, você viu as faíscas? — perguntou Hudson.

— Quase peguei fogo — disse Carina.

— É o destino — anunciou Hudson.

— Oh, meu Deus, *parem* — reclamou Lizzie.

— É — argumentou Hudson. — Você não acha, C? Você não acha que é o destino? — Hudson sabia um pouco de astrologia e dessas coisas de destino. *Um pouco.*

— Ok, vamos recordar — disse Carina, virando-se para Lizzie. — Seu primeiro beijo foi com ele, o cara é mais gato que o Christian Bale *e* vai estudar com você — continuou ela, contando os pontos nos dedos esguios. — É. Eu diria que uma força maior pode estar envolvida.

Observando Todd virar a esquina, Lizzie se perguntou se Hudson estava certa. Diferentemente de suas melhores amigas, não lia com ansiedade seu horóscopo diariamente, ou fazia testes e mais testes na internet para saber o nome de sua alma gêmea, mas talvez isso tudo estivesse acontecendo por uma razão. Tudo parecia estranho demais. Bem... predestinado... demais.

— Quando é o aniversário dele? — perguntou Hudson.

— Em novembro.

— Hummm — disse Hudson, balançando a cabeça. — Escorpião. Combina com Touro. Mas um pouco intenso demais. Você deve ser cuidadosa.

— Ei, meninas, não aconteceu nada ainda — lembrou-lhes Lizzie.

— Ah, mas vai acontecer — disse Carina de forma perspicaz, enquanto colocava uns óculos Oakleys prateados. — Com certeza vai. — E então liderou o caminho pela rua.

capítulo 2

— O nome dele é Todd Piedmont. Ele começa hoje. Acabou de ser transferido de Londres. É alto, tem cabelos castanhos. Olhos *bem* azuis.

O sr. Barlow se encostou na cadeira giratória, observando-a, e apoiou a cabeça grisalha sobre as mãos.

— E o que ele tomou de café da manhã? — perguntou ele com um ar de indiferença.

— Pediu para eu mostrar o colégio a ele — observou Lizzie, tentando não ficar com o rosto corado. — Só estou tentando ajudar. Não é essa a política da Chadwick? — Ela sabia que estava sendo totalmente óbvia, mas não conseguia nem mesmo fingir ser casual em relação a isso.

— Há alguma chance de seu interesse pelo sr. Piedmont ser de uma variedade menos... *altruísta*? — O sr. Barlow perguntou, levantando uma sobrancelha branca. Trinta anos como diretor da Chadwick o tinham deixado um pouco cético no que dizia respeito a adolescentes Bons Samaritanos. E os cinco anos que passou na marinha o tornaram um pouco assustador.

— Não... — Lizzie tentou se esquivar.

— Então, longe de mim dizer não para sua vontade de ajudar as pessoas — disse o sr. Barlow, movendo-se repentinamente para a frente e mexendo na gaveta que havia embaixo da mesa. Ele pegou duas pastas e colocou-as sobre a mesa. — Tudo bem, srta. Summers. Vamos ver se os seus horários coincidem.

Quando ele curvou sua estrutura magra sobre os arquivos, Lizzie aproveitou para olhar a sala. Nada havia mudado durante o verão. O consolo da lareira continuava entupido de cartões de Natal velhos e de fotos de alunos graduados, e o sofá de chenile cinza claro ainda estava com os braços puídos. O carpete verde-limão dos anos 1980 ainda não tinha sido trocado. Chadwick era uma das escolas mais caras do Upper East Side, mas certamente nenhuma parte das mensalidades estava sendo investida no escritório do sr. B, ela pensou.

— Vocês dois estão na mesma sala de chamada, na mesma turma de inglês, de história mundial... — disse o sr. Barlow, fechando as pastas. — Ele é todo seu.

— Obrigada, sr. Barlow — falou ela, prestes a sair da sala.

— Espere aí, Summers.

Lentamente, Lizzie virou-se.

— Ouvi coisas muito impressionantes do diretor da Barnstable — disse ele, dando um gole no seu café de copo descartável. — Ele me disse que você ganhou um prêmio especial.

— Só porque eu era a mais nova de lá.

— O prêmio de Maior Promessa — disse ele com um sorriso. — E por essa razão espero que você inscreva alguma coisa no concurso de ficção deste ano. Acho que tem grandes chances de ganhar, Lizzie. Mesmo como aluna do primeiro ano. Você é uma das melhores escritoras que temos aqui. — Ele deu um leve sorriso. — Sem pressão, claro.

De todos os professores da Chadwick, o sr. Barlow era o que apoiava Lizzie de forma mais fervorosa, desde que srta. Hardwick, sua professora de inglês do nono ano, tinha lhe mostrado um conto que Lizzie havia escrito para a revista literária. Neste ano, o sr. Barlow também seria seu professor de inglês. Liz não sabia se isso seria bom ou ruim.

— Posso lhe mostrar alguma coisa esta semana se o senhor quiser — ofereceu. — E talvez saber sua opinião?

O sr. Barlow concordou com a cabeça.

— Vou ficar esperando. Agora, vá mostrar o colégio ao ilustre sr. Piedmont.

Quando saiu da sala do sr. Barlow e colocou os pés no corredor cheio de gente, seu coração acelerou, só não sabia se por causa da conversa estimulante sobre o concurso de ficção ou se pela iminente chegada de Todd Piedmont. Às vezes era difícil acreditar que alguém como o sr. Barlow, que realmente já conhecera escritores de verdade, e alguns até mesmo famosos, achava que ela realmente tinha talento. Talvez devesse inscrever alguma coisa no concurso.

No corredor, algumas pessoas disseram oi e pararam para lhe dar o abraço-de-boas-vindas-do-primeiro-dia. Mas ela tentou continuar andando. Havia acordado uma hora mais cedo para alisar o cabelo com o secador iônico moderníssimo da mãe, e tinha apenas uma pequena janela de tempo até que seus cachos ruivos, lisos e longos voltarem a ter cachos estilo Ronald McDonald.

Ela chegou a sala de chamada do nono ano: não havia sinal de Todd. Ele não estava na antessala. Lizzie estava a caminho dos armários quando viu um garoto de pé na frente do quadro de comunicados principal, olhando os horários. Sobre um dos ombros havia uma mochila com algumas insígnias estranhas, vagamente europeias, que não reconheceu. As calças do uniforme eram pretas e novas. A camisa branca de algodão ainda estava com os vincos por ter estado dobrada. Os cabelos estavam despenteados sobre o colarinho. Era ele.

Ela deu um tapinha no ombro dele.

— Ei!

Quando ele se virou, toda e qualquer compostura que tinha conseguido manter foi instantaneamente embora.

— Ei, minha guia turística — disse ele, com um sorriso alargando-se no rosto. Seus olhos pareciam ainda maiores e mais azuis que no dia anterior. — Como você está?

— Seu desejo foi realizado — brincou ela.

— Só espero que você não seja uma má influência — disse ele, sorrindo. — Como antes. — Ela sentiu o sangue subir para o rosto, e um frio na barriga. Rezou para não vomitar.

— O que você quer dizer com antes? — perguntou, tentando não olhar para seus dentes brancos perfeitos.

— Era sempre você quem queria atirar balões de água na Park Avenue — disse ele. — Você quase fez com que meus pais fossem expulsos do prédio depois que acertamos o porteiro.

— Mas você adorou — reagiu ela. — Só estava querendo deixá-lo feliz.

— Você me *deixou* feliz. — Ele fingiu discutir. Depois olhou para ela de cima a baixo, como se a estivesse vendo pela primeira vez. — Mas agora eu sou finalmente mais alto que você, então não pode mais mandar em mim.

— Não tenha tanta certeza disso — disse Lizzie. Ela voltou os olhos para a mochila dele. Precisava dar um tempo daqueles olhos azuis penetrantes. — Deixa eu ver seu horário.

Ela o observou abrir as abas da mochila e pegar a grade de horário. Um livro azul familiar apareceu no meio de pastas e papéis.

— Peraí — disse ela. — É *O grande Gatsby*?

Ele ficou imóvel e levantou o olhar para ela, surpreso.

— É.

— Que engraçado — disse ela. — Também estou lendo. Estou meio que obcecada por ele.

— Eu também. — Ele tirou o livro da mochila. Seu exemplar estava ainda mais amassado e surrado que o dela. — Terminei faz um tempo, mas ainda carrego comigo — disse ele, folheando as páginas. — É como se fosse um pé de coelho ou coisa do tipo. — Ele deu de ombros, tímido. — Quero ser escritor.

— Eu também — disse ela.

— Sério? — perguntou ele, olhando fixamente para os olhos dela. Seu coração disparou a toda velocidade, exatamente quando sentiu alguém vir andando atrás dela.

— Todd? Oh, meu Deus!

Ava Elting passou cuidadosamente seu corpo torneado do Pilates pelo de Lizzie, como se ela nem estivesse lá, e colocou os braços em volta do pescoço de Todd.

— *Ouvi dizer* que você tinha voltado — murmurou ela, a voz aumentando e baixando o tom conforme o abraçava. — Que *booooooooom* ver você.

Como sempre, Ava parecia ter passado horas se arrumando para ir à escola. Os cachos acobreados perfeitamente modelados estavam presos com uma presilha, as sobrancelhas feitas pareciam girinos perfeitos e as unhas estavam pintadas à francesinha. Apenas olhar para ela podia ser exaustivo. Provavelmente tinha levado o fim de semana inteiro para ficar arrumada daquele jeito. Porém Lizzie secretamente desejava estar do mesmo jeito.

— Oi, Ava — disse Todd, amável, mas comedido, retribuindo o abraço. — Bom ver você.

— Então a velha Inglaterra deu o que tinha que dar — disse ela, inclinando a cabeça e piscando os olhos castanhos em forma de disco voador. — O que aconteceu? Sentiu falta de estar em meio a garotas com dentes bonitos? — Ela deu uma risadinha e balançou no braço sua bolsa Hervé Chapelier.

— Bem, hum, meu pai fez a gente se mudar — disse ele. — Mas, sim, acho que podemos dizer que as garotas aqui têm, hum, dentes melhores — disse ele, num tom de voz resignado. — Ou o que quer que seja.

— É *claro* que têm! — exclamou Ava, mexendo no A de diamante que sempre usava no pescoço. — Tenho certeza de que irão sentir saudades suas.

Todd simplesmente corou e olhou para o chão.

Além do fato de ser bem-arrumada, Ava se sobressaía em algo mais e na maneira como falava com os garotos e com qualquer outra pessoa, na verdade. Ava Elting era provavelmente a garota mais confiante que Lizzie já tinha visto. Ela era assim desde a terceira série, sempre fazendo a social — e paquerando —, o que a tinha impulsionado ao topo da cadeia alimentar das escolas particulares da cidade de Nova York. Não havia um comitê de caridade que ela não supervisionasse, uma festa para a qual ela não fosse convidada ou um cara com quem ela não falasse com empolgação —

normalmente com resultados impressionantes. Verdade, ela era bonita, tinha pernas torneadas de corredora e um cabelo cheio de estilo, mas era sua personalidade forte — e sua forma descarada de paquerar — que normalmente a fazia ter o cara que quisesse.

— Ah, oi! — exclamou Ava, virando-se e de repente percebendo a presença de Lizzie. — Que falta de educação a minha! Como foi seu verão, Lizzie?

— Ótimo — disse Lizzie com um sorriso sem graça. — Como foi o seu?

— Ah, sabe, o de sempre. Colônia de tênis na Flórida, depois colônia de equitação em Bedford e depois só passeando em Southampton... Espere! — Ela olhou para Todd. — A gente bem que podia almoçar todos juntos hoje. Que horas é o intervalo para o almoço de vocês?

— Não sei. Está aí? — perguntou Todd a Lizzie.

Lizzie teve vontade de falar que fazia anos desde a última vez que almoçaram juntas, mas apenas olhou para o papel com os horários dele.

— 11h45 — disse ela.

— Ah, o meu é 12h30 — disse Ava, desapontada, balançando um de seus cachos. — Deixa pra lá. É só você passar aqui depois da aula esta semana e a gente coloca o papo em dia.

— Com certeza — disse Todd, com um sorriso compreensivo. — Vai ser ótimo.

Lizzie sentiu um frio na barriga. Sabia muito bem que Ava mal conhecia Todd antes de ele se mudar — ele definitivamente não era um cara popular na St. Brendan's. Agora, só porque estava bonitinho, ela ia fingir que eram velhos amigos. E dar em cima dele. Droga.

O sinal tocou, avisando que faltavam cinco minutos para que se dirigissem à sala de chamada.

— Ah, oi, meninas — disse Ava quando suas três melhores amigas, Ilona Peterson, Cici Marcus e Kate Pinsky, apareceram para formar o habitual círculo protetor a sua volta. — Digam oi para Todd Piedmont.

Ilona, Cici e Kate deram um sorrisinho discreto para Todd. Ilona era a mais bonita das três, tinha os cabelos com luzes claras de trezentos dólares e cílios curvados. Também possuía os maiores seios da Chadwick. Cici estava em segundo lugar, tinha sardas, sobrancelhas grossas e uma expressão sempre séria. Kate era a mais quieta, com olhos azuis brilhantes e cabelos pretos quimicamente alisados. Usando a primeira letra de seus primeiros nomes, Carina, Hudson e Lizzie as chamavam de as Icks. Perto de Ava, as Icks eram normalmente inofensivas. Mas assim que sua líder ia embora, podiam ser — e normalmente eram — cruelmente maldosas. Nada e ninguém estavam a salvo. A arma preferida delas era o risinho coletivo seguido por um olhar fatal e penetrante, e o alvo preferido era normalmente Lizzie, Carina ou Hudson.

Não sabiam ao certo como tinham se tornado as Inimigas Número Um das Icks, mas só podiam imaginar que era por conta dos seus pais. Como algumas outras garotas da turma, as Icks pareciam concluir que Lizzie e as amigas eram absurdamente arrogantes — e não importava o quanto se esforçassem para parecer o contrário. Quanto mais legais eram com as Icks, mais maldosas as Icks eram em troca. Lizzie às vezes achava que se sua mãe fosse uma assassina em vez de modelo, as Icks provavelmente seriam mais legais com ela. Somente Carina às vezes escapava da ira delas. A extrema riqueza do pai e o apreço que tinha pelo circuito social de Nova York significavam que Carina possuía um pé no mundo de convites exclusivos das festas de caridade e partidas de polo nos Hamptons. Se Carina realmente desse importância, podia ser muito mais popular que Ava.

— Ei, meninas — disse Todd, cumprimentando a todas. — Vocês conhecem a Lizzie, certo?

As Icks olharam para Lizzie com desgosto.

— Oi — disse Ilona com indiferença, direcionando os olhos para as pernas brancas de Lizzie. — Belo bronzeado. — Kate e Cici deram uma risadinha.

— Oi, Ilona — falou Lizzie de forma breve. Ela olhou para Todd para ver se ele havia percebido as risadinhas, mas os olhos dele estavam em Ava e sua camisa-de-algodão-abotoada-um-pouco-baixo-demais.

— Bem, temos que ir — disse Ava. — Mando uma mensagem para você mais tarde. E estou falando sério. Vamos sair com certeza, tá? — provocou ela, colocando uma das mãos no braço de Todd. — Ah, e Lizzie, bom te ver!

Acenando rapidamente para Lizzie, Ava virou-se e foi embora, abrindo o caminho para que seu grupo a seguisse pelo corredor. Todd encarou a parte de trás da saia escolar de Ava, balançando de um lado para o outro, até que desaparecesse na esquina.

— Ela é legal — disse Lizzie, o mais vagamente possível.

— É — respondeu ele, virando-se para ela. Todd parecia ligeiramente inexpressivo, como se sua mente ainda estivesse em outro lugar. — É uma garota legal.

Todd realmente achava que uma garota legal era alguém que conhecia a cidade inteira e promovia festas? Ou uma garota que amava *O grande Gatsby* e que queria ser escritora?

Lizzie o guiou pelo corredor em direção à porta aberta da sala de chamada.

— Somos daqui — disse ela, entrando na frente dele.

Conforme andavam juntos, vinte pares de olhos os observaram avançar pelas carteiras. *Sim*, pensou Lizzie. *Todd Piedmont vai chamar bastante atenção na Escola Chadwick.* Até mesmo Hudson e Carina estavam encarando.

— Quer se sentar aqui? — perguntou Todd, apontando para as duas carteiras vazias. Depois de concordar com a cabeça e se sentar ao lado dele, percebeu os sorrisos animados de suas amigas.

Lizzie revirou os olhos para elas, esperando que entendessem o recado e parassem de olhar feito bobas para eles. Mas ela sentiu um vermelho revelador espalhar-se por seu rosto. E pelo frio na barriga e pela maneira que se sentia tonta, sabia que já tinha atingido o Ponto-De-Gostar-Sem-Volta.

Todd curvou o corpo na direção dela, tão perto que podia sentir o cheiro de menta de sua pasta de dente.

— Você está comigo o dia todo, não está? — perguntou ele.

Lizzie engoliu em seco.

— Aham — disse ela.

Oh, meu Deus, pensou ela, olhando para a carteira. Não havia possibilidade de conseguir sobreviver até 15h30.

capítulo 3

Tut-tut-tut-tut-tut-tut.
A última página começou a sair da impressora em direção à bandeja, e Lizzie reuniu as 12 nas mãos. Ainda não tinha decidido o título, e não estava certa do final, mas se sentia orgulhosa de seu conto. Talvez enviasse esse ao concurso de ficção. Esperava que o sr. Barlow achasse o mesmo.

Os personagens principais eram ligeiramente familiares: uma adolescente desajeitada que vive à sombra da mãe linda e atriz decide fazer um corte de cabelo exatamente igual ao dela, com resultados desastrosos. A garota então acaba se dando conta de que na verdade gostava do seu cabelo, e que não queria ter cortado. Qualquer um que lesse o conto e soubesse quem o escrevera, saberia exatamente sobre o que — e sobre quem — a história realmente era. Mas o verdadeiro eu de Lizzie, acrescentado aos seus pensamentos e sentimentos secretos, sempre invadia suas histórias. Não conseguia evitar. De todo jeito, o sr. Barlow sempre lhe dizia que a melhor escrita vem da experiência pessoal. "Somente sendo você mesma é possível ser *mais* que você mesma", ele gostava de dizer sempre que lia seus rascunhos. Mesmo assim, era um pouco constrangedor ficar exposta desse jeito. Embora houvesse um certo alívio quando seus personagens lidavam com algo que a incomodava. Era como se tivesse lidado com isso também.

Quando estava voltando para seu lugar no laboratório de informática, escutou Ilona, Cici e Kate começarem a dar risadinhas no corredor. *Que se dane*, pensou Lizzie, sentando-se e abrindo o Gmail. Estavam fazendo isso o dia todo, e ela sabia por quê. Todd continuava andando com ela, já fazia três dias, mesmo depois de ficar claro que ele não precisava mais de um guia. Carina e Hudson, naturalmente, estavam convencidas de que Todd estava loucamente a fim dela. Lizzie não sabia, mas a ideia de que Todd pudesse realmente gostar dela era extremamente animadora, e possivelmente não era verdadeira. Coisas desse tipo simplesmente não aconteciam. Quanto as Icks, a atenção de Todd parecia simplesmente ser outra razão para a antipatia em relação a Lizzie. Por que precisava se sentir insegura pelo fato de um garoto bonito estar andando atrás dela, Lizzie não sabia, mas para as Icks, qualquer chance de fazê-la se sentir insegura aparentemente valia a pena.

Conforme lia seus e-mails, as risadinhas ficavam ainda mais altas. Estava prestes a dizer alguma coisa quando ouviu alguém dizer:

— Oi, Lizzie.

Ela levantou os olhos. Hillary Crumple, que estava na oitava série, mas vestia-se como se estivesse na quarta, estava de pé ao lado dela no corredor, a mochila gigante pendurada nos dois ombros, e o cabelo que havia se soltado do rabo de cavalo envolvia seu rosto. Como de costume, o rosto em forma de coração estava um pouco brilhante demais e os olhos amarelo-esverdeados não piscavam.

— Oi, Hillary — disse Lizzie, lutando contra a vontade de correr para a porta. — Como foi seu verão?

— Então, eu vi a Hudson na *E!* da semana passada — respondeu Hillary, indo direto para seu assunto favorito. — Estavam falando sobre o estilo dos filhos das celebridades. Como ela se veste? Tem um estilista? Ou ela mesma escolhe tudo? O que você acha? Você sabe?

A metralhadora de perguntas de Hillary deixou Lizzie sem fala, como de costume.

— Hum, não sei muito bem — murmurou Lizzie.

— Vi a mãe dela este verão — continuou Hillary, sem se deixar intimidar. — Se apresentando. Oh, meu Deus, ela estava tão linda. Eles disseram que Hudson está gravando seu próprio álbum. É verdade? Você acha que ela me deixaria escutar uma música? Como é o som dela? Ela vai participar do *American Idol*?

Ela se aproximou ainda mais. Lizzie desejou muito ter uma arma imobilizadora.

— Hum, não sei — disse Lizzie, e virou-se para o computador e começou a digitar alguma coisa. — Na verdade, ela é muito discreta sobre essas coisas. — *Socorro*, pensou ela.

— Você acha que algum dia ela me levaria com ela para fazer compras? — Hillary continuou insistindo, se aproximando ainda mais. — Ela tem um estilo tão maravilhoso...

— Ei? Este lugar já está ocupado?

Lizzie quase gritou de alegria quando viu Todd caminhando atrás de Hillary.

— Não! — ela deu um grito estridente, colocando a mochila sobre outra cadeira perto dela.

— Eu sou Todd — ele disse a Hillary quando passou por ela.

— Esta é Hillary Crumple — falou Lizzie. — Está na oitava série.

— Oi — disse ele.

Depois de três dias, Todd agora parecia um cara típico da Chadwick. Tinha aprendido como deixar o nó da gravata pendurado alguns centímetros abaixo da gola e trocado a sua mochila europeia por uma L.L. Bean. Quando se sentou ao lado dela, Lizzie sentiu seu estômago virar uma mola maluca.

— Bem, só diz para a Hudson que eu disse oi — pediu Hillary, visivelmente petrificada com Todd, antes de voltar para seu computador.

— O que foi isso? — perguntou Todd enquanto entrava no seu e-mail.

— Ah, ela é maníaca pela Hudson.

— O quê? — perguntou ele, olhando para ela.

— Ela tenta ser amiga dela. De um jeito bem espalhafatoso — explicou Lizzie. — Hudson é legal com ela. Mas meio que me dá nos nervos. — Lizzie sentiu-se culpada só de explicar isso.

— Bem, você deu a impressão de estar sendo muito legal com ela — disse ele de forma tranquilizadora. — É a única coisa que você pode fazer.

Quando ele começou a digitar sua senha, Lizzie roubou-lhe um olhar de canto de olho. Todd era tão diferente dos outros garotos da turma. Enquanto Eli Blackman e Ken Clayman ficavam o tempo todo tentando chamar atenção na sala de aula com brincadeiras e piadas, Todd era tranquilo, o que fazia dele ainda mais atraente. De alguma maneira, aquele menino calmo e sensível que a seguia pelo antigo apartamento tinha se tornado um garoto inteligente, engraçado, simples e pé no chão. E que ainda por cima era bonito.

— Ei, o que é isso? — perguntou ele, apontando para o papel que Lizzie tinha virado de cabeça para baixo.

— Ah, é só uma coisa que eu escrevi.

Todd pegou o papel e virou-o de cabeça para cima.

— Posso ler?

Lizzie hesitou. Nunca tinha deixado um garoto — muito menos um garoto de quem gostava — ler seus contos. Mas agora o interesse dele era tão emocionante que ela não via razão para não deixá-lo ler.

— Com uma condição — disse ela. — Que você me deixe ler o seu.

— Só depois de eu ler isto aqui — ponderou Todd com um sorriso. — Só assim vou saber com quem estou concorrendo.

Do outro lado do corredor, Lizzie podia ver os olhares invejosos das Icks nos dois. Ela rapidamente voltou os olhos para ele.

— Claro — disse ela, ainda mais nervosa agora que sabia que estavam sendo observados.

— Ah, e deixa eu te perguntar uma coisa — disse ele, inclinando-se tão perto dela que seus cotovelos acabaram se encontrando. O coração dela foi a mil. — Se eu desse uma festa sábado à noite, você acha que as pessoas iriam?

Lizzie piscou.

— Hum, claro. Acho que sim — disse ela, fingindo não ter tanta certeza.

— Que bom, porque eu vou ficar sozinho em casa — disse ele. — Meu pai vai estar em Southampton e minha mãe... ainda está em Londres. — Ele lhe lançou um olhar cauteloso.

— Sério? Ela ainda não está aqui? — perguntou Lizzie.

O músculo de seu maxilar contraiu-se para cima e para baixo.

— Ela não vem. Meu pai conheceu uma pessoa aqui... Foi por isso que nos mudamos. Eles estão se separando.

Lizzie sentiu seu rosto corar enquanto olhava para o mouse do computador. Sentiu-se mal por só estar sabendo disso agora. Devia ter perguntado pelos pais dele antes.

— E você decidiu se mudar com seu pai? — perguntou ela finalmente.

— Ele quis que eu viesse — disse Todd. O músculo de seu maxilar contraiu-se novamente. — Talvez não tenha sido a coisa certa. Acho que minha mãe está muito triste.

Ela sentiu uma devastadora vontade de colocar a mão sobre a dele.

— E vamos deixar que isso fique só entre a gente, se você não se importar — disse ele. — Você é como Nick Carraway em *O grande Gatsby*. O cara para quem todo mundo conta todos os segredos. — Ele sorriu para ela, deixando à mostra seus dentes brancos perfeitos. — Então... Será que você poderia chegar mais cedo para me ajudar a organizar as coisas?

Ela sentiu como se seu coração fosse saltar do peito.

— Eu adoraria — disse ela.

— Legal. — Ele se levantou e pendurou a mochila nas costas.

Ele queria que ela chegasse mais *cedo*. Sua cabeça ficou a mil.

Ele se curvou e pegou o texto dela.

— Não se preocupe. Só eu vou ver.

— É melhor mesmo — conseguiu dizer ela, exatamente quando Ava Elting passou pelas portas do laboratório de informática. Os cachos acobreados balançavam sobre os ombros, e o colar com o diamante em forma de "A" brilhava sob a luz fluorescente como uma arma.

— Acabei de saber da festa. Estou tão animada! Eu teria dado uma, mas meus pais não vão para a casa de campo este fim de semana. Tão irritante. — Ela enrugou o nariz e ajeitou a bolsa cor de baunilha nos ombros. — Posso ajudar em alguma coisa? Levar alguma música? Acabei de fazer a mais incrível playlist.

Todd deu um passo para trás, em direção à porta.

— Não, acho que já está tudo certo. É só levar seus amigos.

— Oh, não se preocupe. Levarei — disse ela, de modo enfático.

Todd olhou para Lizzie e abanou antes de sair lentamente do laboratório.

Ava virou-se.

— Oh, ei. Lizzie — disse ela, com muito menos entusiasmo. — Você vai à festa de Todd? — Ela se sentou no assento que ele havia deixado vago. Do outro lado do corredor, Lizzie podia sentir as Icks observando.

— Vou — respondeu ela, levantando-se e arrumando a bolsa. — Todd e eu nos conhecemos faz tempo, na verdade. Somos grandes amigos desde crianças.

Ava estava ocupada demais entrando no seu e-mail para perceber o sarcasmo do comentário.

— Ah, tá — disse ela distraidamente. — A gente se vê mais tarde.

Quando saiu pela porta, quase teve de se beliscar. Todd a tinha convidado para ir à casa dele. Antes de todo mundo. Havia lhe confidenciado sobre os pais. Levara seu conto para ler. *E a tinha convidado para ir à casa dele. Antes de todo mundo.*

Isso realmente estava acontecendo? Era o que ela achava que fosse? Ela e Todd podiam realmente ter, bem... alguma coisa?

Mal podia esperar para contar a Carina e a Hudson. Como tinha apenas alguns minutos antes de o sinal tocar, correu pelo corredor. Elas saberiam o que isso significava.

capítulo 4

Lizzie continuou pensando em Todd na noite seguinte, à medida que seu carro avançava pela rua 42. Mesmo com a pouca claridade do entardecer, podia distinguir a extremidade da enorme tenda branca no meio do Bryant Park, guarnecida por árvores de tamanho uniforme, altas e finas. Enquanto um milhão de garotas de 14 anos de idade provavelmente mataria para assistir a um desfile do Fashion Week — e numa noite anterior a um dia de aula, acredite se quiser —, entrar nas tendas com a mãe sempre deixava Lizzie um pouco nervosa. E hoje seria ainda mais louco que o normal. Essa seria a primeira vez que o mundo da moda colocava os olhos na marca Katia Coquette, e sua mãe tinha feito de tudo para reunir uma multidão especialmente *high-profile* para o desfile.

Mas por agora, ainda tinha alguns minutos extras para pensar na festa de Todd. Ainda faltavam duas noites. Carina e Hudson estavam convencidas de que era um encontro romântico.

— Eu disse! — gritou Carina quando ouviu a notícia.

Hudson entrou imediatamente na internet para checar a previsão astrológica no sábado à noite.

— Marte está em Câncer! — gritou ela, ofegante. — Isso significa que você com certeza vai ter alguma coisa com ele!

Lizzie não tinha tanta certeza disso, mas a animação de suas amigas só acrescentava a sua.

— Tudo bem, estamos parando o carro neste exato momento — falou a mãe ao seu lado, no celular preto e pequeno. — Me deseje sorte, querido. Nos vemos mais tarde. — Katia guardou o telefone na minúscula bolsa de mão. — Seu pai disse que vai tentar chegar para a festa — contou ela para Lizzie. — Mas está atrasado com um fechamento.

Hoje a mãe estava ainda mais deslumbrante que o normal. Usava um vestido roxo, sem manga e justo no corpo, que realçava o busto e os ombros definidos. O cabelo loiro tinha sido habilmente preso em um nó bagunçado, mas chique, e os cílios postiços pareciam delicadas aranhas negras agarradas às suas pálpebras. *Como é possível que eu seja parente dessa pessoa?* pensou Lizzie.

Katia fez um carinho na mão de Lizzie.

— Você está linda, querida.

— Obrigada — mentiu Lizzie. Ela não se sentia linda. Seu vestido sem alça da Trina Turk estava justo demais nos quadris e as tiras dos sapatos Manolos de salto agulha da mãe estavam esmagando a carne de seus dedos dos pés. Além disso, seu penteado *updo* mais parecia uma colmeia. Quando o carro andou mais alguns metros em meio ao trânsito, decidiu finalmente fazer a pergunta que estava querendo fazer havia semanas.

— Então, mãe... Não vai me fazer tirar fotos com você, vai?

Katia lançou-lhe um olhar confuso enquanto tirava da bolsa um espelhinho decorado com joias.

— Bem, você é meu par, não é? — perguntou ela, abrindo o espelho e checando o batom.

— É que eu prefiro ficar em segundo plano desta vez. Quem sabe eu possa encontrar com você lá dentro, nos nossos lugares?

— Mas como você vai me encontrar? — Katia franziu levemente as sobrancelhas enquanto apertava uma gotinha de brilho labial Chanel sobre o dedo e o passava nos lábios. — Você costumava amar o Fashion Week.

— Eu sei — disse Lizzie. — É que é intenso demais.

O carro parou.

— É o mais longe que posso ir — anunciou o motorista.

— Tudo bem. Vamos descer aqui — disse Katia.

— Mãe? Podemos fazer assim? — insistiu Lizzie.

— Tudo bem, Lizzie — disse Katia apressadamente enquanto abria a porta.

Katia desceu do carro, e Lizzie a seguiu em direção ao crepúsculo vaporoso de setembro. Estava tão úmido que o vestido sem alça havia colado em suas costas. Por alguns minutos, caminharam pela multidão que se aglomerava na frente dos degraus que davam na tenda sem serem notadas. Funcionários do evento usando camisetas pretas SEVENTH ON SIXTH e crachás no pescoço corriam de um lado para o outro. Lá em cima, já do lado de dentro, Lizzie podia ver os flashes das câmeras dos paparazzi. Eram como raios. De repente, queria estar de volta em seu quarto, deitada na cama e conversando pela webcam com Carina e Hudson.

De repente, um jovem loiro com camiseta preta SEVENTH ON SIXTH, crachá e uma expressão estressada correu até elas.

— Katia? Eu sou o Phil, vou acompanhar vocês até lá dentro — disse ele, passando com elas pela primeira leva de seguranças que havia na frente dos degraus.

Elas o seguiram pelos degraus até o lobby principal da tenda. Uma rajada gélida de ar-condicionado fez Lizzie se arrepiar. A sua frente, podia ver as fileiras tortuosas de pessoas — que não eram celebridades — esperando para entrarem nos dois salões de desfiles diferentes. Várias garotas de pernas longas entregavam exemplares gratuitos de *Women's Wear Daily* e estandes dispostos pela tenda anunciavam diferentes patrocinadores: água mineral, óculos escuros, relógios. O barulho no lado de dentro era ensurdecedor. Fez com que ela se lembrasse do dia em que seu pai a levou para assistir a uma partida do Giants; o emaranhado de pessoas, todas tentando se espremer em uma das fileiras do seu setor de assentos. Pelo menos tinha finalmente tomado coragem para pedir à mãe que a deixasse fora dessa.

Estava quase pedindo a Paul para levá-la até seus lugares quando um flash de luz estourou em seus rostos.

— Katia! — alguém gritou. Um segundo depois, estavam cercadas. Uma armada de paparazzi fechou-se ao redor delas, gritando, tirando fotos. *Clique-clique-clique. Clique-clique-clique. Clique-clique-clique.*

— Katia! De quem é o seu vestido?
— Katia! Por que lingerie?
— Você vai desfilar com ela?
— Katia! Aqui, *aqui*!
— KATIA!

As câmeras estavam tão próximas que Katia e Lizzie não conseguiam nem se mexer. Phil tentou abrir caminho através das câmeras, mas foi impossível. Lizzie tentou se lembrar de respirar.

— Katia! Katia! Katia! — berravam eles.

Lizzie cambaleava em seus saltos, enquanto a sua frente Katia fazia sua pose favorita — ombros para trás, mãos no quadril, sorriso brilhante. O tumulto das câmeras e o ruído dos gritos teriam feito qualquer pessoa sóbria correr de volta ao Bryant Park, mas Katia já estava acostumada a isso. Na verdade, era o motivo de estarem ali.

Lizzie enfiou as mãos na bolsa e fechou os dedos em volta do celular. Desejava desesperadamente mandar uma mensagem para C e H, para que as amigas a fizessem abstrair essa cilada.

E então sua mãe virou-se.

— Querida! — ela chamou Lizzie com o mesmo sorriso falso no rosto. — Venha aqui!

Lizzie observou, atônita, Katia levantar o braço e acenar para ela, exatamente como fizera alguns dias atrás.

— Venha aqui! Tire uma foto comigo!

Lizzie ficou imóvel. Por que a mãe estava fazendo isso? Não tinha acabado de dizer que Lizzie podia ficar fora dessa hoje?

— Querida! — gritou Katia. — Vamos *lá*!

Lizzie engoliu em seco. A mãe já havia se esquecido sobre o que conversaram no carro? Ela deu um passo à frente quando Katia alcançou-a e puxou-a mais para perto, até que tivesse o braço em volta dela.

Os flashes ofuscavam a visão. Lizzie tentou sorrir, mas seu maxilar estava tão tenso que pareceu uma careta.

— Sorria — sussurrou Katia. Lizzie queria empurrá-la, mas não podia fazer isso. Era uma ordem, pensou ela. A mãe não estava desmemoriada. Era egoísta. Decidira ignorar tudo o que Lizzie tinha dito.

— Obrigada — disse Katia em meio às torrentes de flashes. — Obrigada.

Era isso que você dizia quando queria que os paparazzi parassem de tirar foto, como se eles estivessem lhe fazendo um favor.

— Katia, temos alguns repórteres esperando — gritou Phil no ouvido de Katia, segurando-a pelo cotovelo. Ela concordou com a cabeça, e ele a conduziu até a sala da imprensa, onde várias equipes de televisão esperavam para entrevistá-la.

— Parabéns pela sua nova linha! — disse a repórter, mirando seu gravador na boca de Katia. — O que fez você decidir por lingerie?

A mãe apontou para os grandes seios.

— O que *você* acha? — perguntou ela em seu tom mais sensual.

Lizzie pegou uma garrafa de água Voss de um estande próximo e tentou se esquecer da raiva. Por que a mãe tinha feito isso com ela?

Deu um gole na água e saiu da direção de outra corrente de ar gelado que emanava de uma das saídas de ventilação. O grupo de fotógrafos que havia às portas agora estava com outra pessoa, uma estrela iniciante conhecida por diminuir um número do tamanho do vestido a cada estação. Lizzie a observou tentando se manter calma enquanto os paparazzi engoliam sua minúscula figura.

Ao menos estavam andando novamente. Phil começou a conduzi-las em direção ao salão de desfile principal.

— Katia entrando — disse ele no microfone do headset, com uma voz extremamente séria. — Katia entrando.

Em seguida, um homem pequeno e musculoso de cabelo platinado raspado e olhos grandes, castanhos e brilhantes, apareceu do meio do caos. Ele vestia jeans pretos rasgados e uma camiseta com uma imagem de uma bandeira americana cheia de buracos de bala, e seu olhar para elas era fixo e inquieto.

— Katia, *querida*! — gritou ele, atirando os braços em volta da mãe dela como se ela tivesse acabado de sobreviver a um terremoto.

Era Martin Meloy. Quando ele e Katia se abraçaram, os paparazzi empurraram-se uns aos outros para capturar o momento. Uma foto da supermodelo mais famosa do mundo abraçando o estilista mais famoso do mundo valia muito dinheiro.

— Martin! — disse Katia, beijando-lhe as duas bochechas. — Obrigada por vir. Sei que você tem seu desfile amanhã, então agradeço muito.

— Deixe disso, querida! — respondeu ele, segurando a mão dela. — Não durmo desde julho, então está tudo sob controle — disse ele, piscando os olhos.

Lizzie encarou-o, fascinada pelo estilista famoso, apesar da raiva. Martin Meloy não era apenas um estilista — era O estilista. Um vestido de Martin Meloy, ou, ainda mais importante, uma bolsa de couro acolchoado de Martin Meloy com componentes de prata verdadeira e um bolso especial para iPhone era um santo graal da moda. Suas campanhas de publicidade eram intencionalmente irritantes, com uma simples foto de uma garota sentada encostada num muro, usando uma de suas roupas ou acessórios, quase sem exibi-los. Mas a garota nunca era apenas uma garota. Era uma misteriosa combinação de beleza e indiferença sentadas ao estado de espírito Martin Meloy — que parecia significar ser ao mesmo tempo naturalmente chique e rebelde. Supostamente, era o próprio Martin Meloy quem a escolhia todos os anos, e então desenhava sua coleção baseado nela.

Katia e Martin trabalharam juntos uma ou duas vezes, mas eram principalmente grandes amigos.

— Querida, entre lá e *arrase* — orientou Martin. — Você vai estar divina.

— Obrigada, amor — disse a mãe. — E você se lembra da minha filha, Lizzie.

Os olhos agitados de Martin moveram-se na direção do rosto de Lizzie, mas só por um instante.

— Claro — disse ele, curvando-se para dar um beijo superficial no rosto de Lizzie.

— Oi — falou ela, sorrindo educadamente. Ele nunca teria lembrado dela de verdade.

— Mais uma vez, obrigada por ter vindo — agradeceu Katia.

— Linda, linda — disse Martin, do mesmo jeito que outra pessoa diria "tchau, tchau". E então ele se foi.

— Mãe — começou ela, querendo perguntar se podiam esperar para se sentar, mas houve um empurrão da multidão atrás delas, e antes que Lizzie se desse conta, as duas estavam dentro do salão de desfile principal. A passarela coberta de plástico parecia alongar-se por mais de 1,5 quilômetro do centro do salão. O ar tinha um aroma agradável e doce, vindo de todos os tipos de perfume. Centenas de editores, escritores, fotógrafos, atrizes, celebridades e estrelas do rock interagiam em seus lugares, entretendo-se na habitual meia hora de espera. Quando o assistente as conduziu em direção à primeira fileira, Lizzie pôde ver todos os rostos se virarem para olhar boquiabertos.

— Hum, mãe — começou Lizzie, mas Katia já estava batendo papo com uma cantora de *dreadlock* que havia escrito uma música sobre ela. Lizzie não tinha outra escolha além de andar de lado até as duas cadeiras douradas vazias no final da primeira fileira.

Sentou-se no seu lugar. Agora estava encurralada. E sabia o que estava por vir.

— Eu não podia pelo menos ter pulado esta parte? — Lizzie perguntou à mãe quando ela finalmente se sentou.

Katia encarou-a com um ar questionador, os olhos azuis esverdeados brilhando sob a luz.

— Oh, querida. Não vai ser tão ruim assim. Acho que tudo está indo tão bem. — Mesmo tão de perto assim, a pele da mãe não tinha um único poro. Ela acariciou o joelho de Lizzie. — Só não se esqueça de sorrir.

E então, como se tivesse sido uma deixa, estavam cercadas novamente. Os fotógrafos pairavam como gafanhotos, disparando flashes, as lentes apenas a centímetros das duas, gritando mais perguntas para a mãe.

— *Como você consegue manter essa excelente forma?*
— *Como você administra a carreira com a família?*
— *Qual foi a inspiração para o design?*

Calmamente, Katia começou a responder às perguntas. Porém Lizzie sentiu o princípio de um completo ataque de ansiedade. Com a cabeça baixa, mexeu na bolsa à procura do celular. Agora realmente precisava mandar uma mensagem para Carina e Hudson...

— Ei! — disse uma voz.

Ela olhou para cima e viu bem na sua cara um microfone coberto de espuma. Atrás dele estava um homem usando pó e delineador. Um repórter de entretenimento. Detrás dele havia outro homem com uma filmadora no ombro.

— Você é a filha? — perguntou o repórter.

Lizzie balançou a cabeça em silêncio.

— E então, como é ter a mulher mais linda do mundo como mãe? — perguntou ele ofegante. Ele enfiou novamente o microfone em seu rosto.

Lizzie ficou olhando para ele. De repente não conseguia mais pensar.

— É divertido ter uma mãe supermodelo? — perguntou ele no mesmo tom superentusiasmado. — E o que você acha das roupas dela?

Lizzie pensou por um momento, encarando o microfone. Sabia o que devia dizer. É! É legal! As roupas dela são demais!

Mas isso era realmente divertido? Divertido era passear com Carina e Hudson pelo Village. Divertido era usar seus shorts desfiados de tecido de veludo e os chinelos Old Navy, e ficar deitada no Meadow, olhando as pipas dançarem no céu enquanto tomava um Frappuccino. Divertido era escrever no seu diário ou ficar sentada na frente do computador, perdida em pensamentos, escrevendo um conto. Divertido era ficar fazendo carinho no seu gato persa, Sid Vicious, deitada na cama.

Divertido era *não* ficar espremida em um vestido um número menor que o seu e usar sapatos de salto que lhe davam bolhas, e de pé com um sorriso congelado preso no rosto, ao lado da mulher mais linda do mundo. Ou ter um zilhão de câmeras enfiadas no seu rosto por minutos intermináveis.

Ou ser encurralada por um homem mais maquiado que a metade das mulheres do lugar e suas perguntas irritantes.

— Na verdade, é meio chato — ela deixou escapar no microfone. — E acho suas roupas um pouco vulgares.

O repórter ficou boquiaberto. Bem dentro da boca dele, Lizzie podia ver uma obturação dourada. Segundos se passaram.

— Quero dizer... É legal — corrigiu-se ela. — É ótimo! Eu só estava brincando.

Ele ficou apenas olhando para ela, embasbacado. Claramente, já era tarde demais para se corrigir. Finalmente, ele voltou com o microfone para o rosto dela.

— Qual é o seu nome novamente? — perguntou ele.

Ela engoliu em seco. Isso não era bom.

— Lizzie.

— Lizzie. Bem, obrigada pela declaração. — Ele se virou para o cameraman. — Acho que terminamos aqui — murmurou ele.

A câmera. Ela quase esquecera. Tudo tinha sido filmado.

— Espere um minuto — disse Lizzie.

Antes de conseguir terminar, o repórter e o cameraman já tinham se afastado e voltado para o meio da agitada aglomeração de pessoas. Um instante depois, eles já haviam desaparecido.

Lizzie ficou sentada, paralisada. Por um segundo, pensou em correr atrás deles, mas sabia que seria inútil. Ainda bem que tinham ido embora. E ela não fazia ideia de quem eram.

— Obrigada — à sua esquerda, ela escutou Katia dizer para os fotógrafos. — Muito obrigada.

A mãe tinha escutado o que acabara de dizer? E ela realmente havia dito aquilo?

Quando as câmeras finalmente pararam, Katia apertou o braço de Lizzie.

— Vamos fazer o desfile começar, hum? — perguntou ela, sorrindo.

— Sim — disse Lizzie, sem convicção, tentando respirar. Milagrosamente, parecia que ela não tinha escutado.

As batidas de um remix de uma de suas músicas favoritas começaram a invadir o lugar e as luzes abaixaram. Mais funcionários do evento apareceram e tiraram o plástico da passarela. Um clima de expectativa pairava no ar. Os minutos antes de um desfile começar normalmente deixavam Lizzie arrepiada, mas desta vez estava aterrorizada demais para prestar atenção. Tudo o que conseguia escutar era o que tinha dito ao repórter.

Katia apertou a mão de Lizzie na expectativa.

— Aqui vamos nós — sussurrou ela.

Lizzie tentou retribuir o aperto. Tinha quebrado uma das regras de ouro, o Primeiro Mandamento. Bem, na verdade, era a regra número seis de ser uma Filha, mas ainda assim era uma grande regra. Deveria ser a regra número um.

Tinha falado mal da mãe.

Em público.

Para um repórter.

Na frente de uma câmera.

Agora Lizzie *realmente* nunca mais iria a um Fashion Week.

capítulo 5

— Fuzz? É você? O jantar chegou! — gritou o pai da cozinha.

— Já vou! — gritou ela em resposta, entrando no apartamento com o coração na boca.

Ainda estava em choque. Depois do desfile, havia dito à mãe que tinha dever de casa para terminar e saiu apressada da tenda, deixando-a no backstage rodeada por repórteres e um bando de obcecados por moda. Os 12 minutos do desfile tinham se passado como um borrão. A resposta que deu para o repórter pulsava em sua mente, abafando a música do DJ. Em vez das modelos caminhando pela passarela, tudo o que conseguia ver era a boca aberta do repórter e sua obturação dourada. Agora, seu vestido Tina Turk estava empapado de suor, e só o que ela queria era poder tomar um banho, ir para a cama e fingir que isso nunca tinha acontecido.

Mas não conseguia. Havia uma *fita* gravada com ela dizendo o que tinha dito. Estava lá, solta no mundo. Embora Katia não a tenha escutado, era apenas uma questão de tempo para que soubesse, o que significava que ela teria de contar. A garganta de Lizzie deu um nó só de pensar nisso.

Abriu a porta do quarto e sentiu o nó relaxar levemente. Seu quarto sempre a acalmava. Ela o chamava de Nuvem, porque era todo azul e branco. As paredes eram da cor do céu, e o carpete exuberante, de pelúcia branca. A escrivaninha era branca, o MacBook era branco, e até mesmo Sid Vicious parecia uma bola fofa de neve enroscada na colcha felpuda azul e branca.

— Oi, Sid — disse ela, sentando na beira da cama e desafivelando as sandálias.

O gato levantou a cabeça e piscou sonolentamente. Um dente solitário ficava para fora da boca e quase encostava no focinho, conferindo-lhe um ar sombrio e desafiador. Lizzie tinha lhe dado esse nome por causa disso. Gostava de imaginar que o gato era uma ilustre estrela de rock do mundo dos gatos.

Sid voltou a dormir, e ela tirou o iPhone da bolsa. Durante todo o caminho para casa dentro do carro, estava nervosa demais para mandar mensagens para as amigas. Agora achava que devia ligar para uma delas.

— Fuzz? — ela escutou o pai gritar. — A comida está esfriando!

Largou o celular. Esperaria até depois do jantar. Colocou uma camiseta, um short e umas Havaianas, e quando entrou na cozinha, viu o pai fazendo as últimas correções na sua coluna com um lápis vermelho. Embalagens para viagem com comida tailandesa exalavam vapor, espalhadas na mesa à sua frente.

— Pedi *pad thai* e espetinho de pato — disse ele, olhando para cima. — E rolinhos primavera. Gostoso e saudável — brincou ele, dando risada.

Desde o instante em que nasceu, tinha ficado óbvio para qualquer um com quem Lizzie era realmente parecida: com o pai. Ela e Bernard tinham os mesmos olhos esbugalhados e o mesmo nariz torto, e embora o cabelo dele não fosse ruivo, possuía a mesma textura frisada que desafiava a gravidade. Os dois tinham sobrancelhas grossas (embora as dele fossem mais peludas), lábios carnudos e nós dos dedos largos que estalavam quando estavam nervosos. Quando ele se casou com Katia, a imprensa os apelidara de "A Bela e a Fera". Mas apesar de sua estranha aparência, Bernard Summers era muito bem-sucedido. Era um jornalista brilhante, e já tinha sido duas vezes finalista do prêmio Pulitzer. Além disso, havia se casado com a mulher mais bonita do mundo (que por acaso apreciava um texto bem-escrito). Lizzie gostava de pensar que, além da aparência, herdara um pouco do talento do pai para escrever. Mas ela não esperava se casar com alguém bonito. Garotas de visual esquisito normalmente não atraem os Brad Pitts do mundo.

— Então, como foi o desfile? — perguntou o pai quando ela se sentou.

— Ótimo — disse ela, tentando parecer alegre. — Mamãe fez um trabalho maravilhoso.

— Gostaria de ter ido, mas nem terminei a coluna — lamentou ele, balançando a cabeça. — E temos que ir para Paris amanhã de manhã. Aquelas pessoas da L'Ete não iam adiar. Tem tanta burocracia naquela empresa que parece que estamos falando com o Pentágono.

L'Ete, uma empresa francesa de cosméticos, era um dos maiores e melhores contratos de modelo de Katia. Três vezes ao ano a mãe voava para Paris para colocar um vestido de noite e salto alto e ficar na frente de pontos turísticos óbvios, como o Arco do Triunfo e a Torre Eiffel. Como se usar certo tipo de blush o transportasse para Paris.

— Prefere que eu fique em casa com você? — perguntou ele. — Em vez de Irlene? Eu não *tenho* que ir.

— Vou ficar bem, pai. Pode ir. Vou ficar tranquila. — Lizzie mastigou o pato. Se Katia tivesse escutado o que ela havia dito ao repórter, talvez uma longa e agradável viagem fosse exatamente do que precisavam.

De repente, Lizzie escutou a porta da frente se abrir.

— Cheguei! — gritou a mãe do hall, e Lizzie sentiu um frio na barriga novamente. *Você vai ter que contar para ela*, pensou. *Hoje à noite — antes de viajarem.*

— Estamos aqui! — Bernard gritou de volta, e Katia já estava passando pela porta de vaivém.

— Adivinha? — perguntou ela, os olhos verde-azulados brilhando como os de uma criança agitada. Com seu vestido e sapatos, ela parecia estonteante demais para estar no meio da cozinha. — Saks, Nordstrom e Neiman Marcus, todos fizeram pedidos. Não é *incrível*? — Ela bateu com os pés no chão. — E Bergdorf's também. Não consigo acreditar! Não consigo acreditar!

Katia nunca ficava tão animada com um compromisso como modelo. Chegava a ser meigo.

— Fantástico! — disse Bernard com alegria. Ele se levantou e deu um beijo e um abraço vagamente paternais na esposa. A diferença de 15 anos entre eles ficava evidente sempre que Bernard ficava orgulhoso dela. — Eu sabia que você era capaz. Lizzie me disse que foi um grande desfile.

Katia tirou os sapatos de salto e sentou-se à mesa.

— As lojas de Paris também estão interessadas — disse ela. — Vou encontrar com os representantes delas depois das fotos para L'Ete. Claro, isso significa que talvez a gente acabe ficando um pouco mais que uma semana. — Ela disse essa última parte para Lizzie dando uma colherada de uma pequena porção de *pad thai* do seu prato. Em vez de seguir alguma dieta, a mãe simplesmente comia 3/4 a menos que as outras pessoas.

— Tudo bem — disse Lizzie, esforçando-se para ser gentil. Ver a mãe estava começando a deixá-la irritada novamente. — Realmente foi um grande desfile. Parabéns.

Katia mordiscou a comida.

— Martin Meloy estava lá — contou ela para Bernard. — Me disse umas coisas legais.

Lizzie arrumou o arroz em seu garfo.

— Mãe? — começou ela, ainda olhando para o prato. — Tem uma coisa que eu preciso te contar.

Ela sentiu os olhos de Katia nela, esperando.

— Quando nos sentamos e os paparazzi vieram até nós duas, esse cara, um repórter, meio que me encurralou, e começou a me fazer umas perguntas, e acho que eu disse algumas coisas que saíram errado.

Katia não disse nada. Ainda olhando para baixo, ela esperou.

— Não foi nada de tão ruim, mas mesmo assim eu acho que deveria...

— Eu ouvi o que você disse, Lizzie — contou a mãe. — Ouvi tudo.

Lizzie olhou para cima. A mãe estava encarando a refeição, arrastando com um garfo um pedaço de tofu pelo prato.

Bernard desviou os olhos de sua leitura.

— Ouviu o quê? — perguntou ele distraidamente.

— Lizzie falando com um repórter — disse a mãe em voz baixa. Lizzie sentiu o coração dar um salto. — Sobre mim.

O pai largou o trabalho.

— O quê? — perguntou ele.

— Falei sem pensar. Não tive a intenção.

— *O que* você deixou escapar? — quis saber Bernard.

Lizzie fez uma pausa. *Por favor, mãe,* pensou ela. *Não conte para ele.*

— Ela disse que estava de saco cheio de mim — murmurou Katia. — E algumas outras coisas. — Em uma voz ainda mais baixa, ela acrescentou: — Para a câmera.

— *O quê?* — irrompeu Bernard. — Isso foi *filmado*?

Katia fez um gesto de advertência com a mão.

— Já falei com Natasha. Foram dois caras de um canal de notícias inglês, nada de muito importante. Ela está cuidando disso. — Katia voltou o olhar pétreo para Lizzie. Seus olhos tinham ficado num violeta profundo e tempestuoso. — Só fico triste por você achar isso, Lizzie. Nunca teria pedido para você ir se eu soubesse. E de agora em diante, não precisa mais ir.

— Mãe, não fiz de propósito — argumentou ela, começando a entrar em pânico. — E eu pedi para você antes de chegarmos...

— Você tem *14 anos de idade* — interrompeu o pai, a voz perigosamente próxima de um grito.

— Pai...

— Você já deveria estar acostumada — gritou ele, interrompendo-a. — Ela é sua mãe!

— Acha que eu não *sei* disso? — gritou Lizzie de volta. — Você acha que eu não lido com isso *todo santo dia*?

Katia e Bernard olharam para ela, surpresos.

— Você acha que para mim é divertido? — continuou ela. — Tirar foto com você? Ser *comparada* a você?

Katia encarou-a, horrorizada. Lizzie também estava surpresa, mas não conseguia aguentar os dois a julgando. Não quando era tão óbvio que os dois não se importavam com seus sentimentos.

— Eu perguntei para você hoje à noite no carro se podia encontrar com você lá dentro! — gritou ela. — Lembra? E você ignorou completamente!

— Lizzie, não seja tão dramática... — disse Katia.

— Olhe para mim! Acha que é fácil ir para esses lugares com você? Por que não entende? Ou você só quer mostrar para as pessoas como é maravilhosa por ter uma filha de *14 anos*?

O rosto de Katia ficou pálido. Bernard levantou-se.

— Vá para o seu quarto — ordenou ele. — Agora!

— É isso, mãe? Só vou para fazer você parecer bem? — As palavras saíam de dentro dela vindas de lugares que nem mesmo sabia que existiam.

— Bem, me desculpe, Lizzie — disse Katia friamente. — Desculpe por ter te dado uma boa escola e um apartamento bonito. Desculpe por ser uma mãe tão horrível.

— Não é isso que estou dizendo. Só estou dizendo que é difícil! É difícil estar perto de você!

Katia respirou fundo.

— Talvez se você se sentisse melhor com você mesma — disse ela. — Se não se comparasse... Se simplesmente aceitasse o fato. — Katia parou de falar, como se tivesse se dado conta do que estava prestes a dizer.

— De que eu sou feia? — perguntou Lizzie com a voz trêmula.

— Oh, Lizzie — suspirou Katia, olhando para o colo. Estava relutante ou era incapaz de olhar para Lizzie nos olhos. E essa resposta era tão boa quanto qualquer outra.

O rosto de Lizzie estava tão quente que parecia que sua pele iria fritar nos ossos.

Ela se levantou, deixando as pernas da cadeira rangerem contra o azulejo de forma aflitiva.

— Lizzie — disse o pai com uma voz de advertência.

Ela o ignorou.

Saiu correndo da sala, em direção ao hall de entrada. Em um movimento rápido, abriu a porta da frente e bateu com tanta força que as paredes tremeram.

Passou pelo elevador e apressou-se até a escada. Lance após lance, desceu correndo, os sons de seus passos ecoando pelas paredes. Finalmente, quando sentiu que iria vomitar, parou e encostou-se à parede. Veio o primeiro soluço, e então não conseguiu mais parar. Sentou-se num degrau e envolveu os braços em volta dos joelhos nus e com uma leve penugem, e, sentindo-se triste e sozinha como se nunca tivesse tido pais, chorou.

capítulo 6

Depois de se recompor, pegou o elevador até a portaria e foi até a livraria Barnes & Noble da esquina. Leu *O grande Gatsby*, sentada de pernas cruzadas no chão da seção de ficção, até terminá-lo. Às dez horas, entrou no apartamento na ponta dos pés, preparada para uma discussão, mas a porta dos pais estava fechada. Quando acordou na manhã seguinte, eles já tinham partido.

Agora, subindo os degraus de calcário da escada principal da escola, sentia-se confusa e inquieta, como se tivesse tido um pesadelo. Nunca havia gritado desse jeito com os pais — nunca chegara nem perto. Mas o pior era o que a mãe tinha dito. Toda vez que se lembrava das palavras de Katia — e as entrelinhas sob elas — sentia uma dor aguda no peito. Então, afinal de contas, a mãe não estava desatenta.

Era tão doloroso e desconcertante que nem mesmo sabia ao certo o que dizer para Carina e Hudson. Pelo menos ali na escola podia tentar tirar a noite passada de seus pensamentos.

Quando entrou na sala de chamada, Hudson e Carina estavam sentadas nos lugares de sempre, na carteira ao lado do quadro-negro, mas as duas pareciam aborrecidas. Carina segurava a latinha de hidratante labial Carmex, e o passava sobre os lábios, o que sempre era um sinal de que estava estressada com alguma coisa.

— Vocês estão bem? — perguntou ela, olhando rapidamente ao redor à procura de Todd.

O rosto bronzeado de Carina estava um pouco pálido.

— Uma coisa acabou de acontecer — murmurou ela. Lizzie podia ver que ela estava segurando o iPhone.

— O quê?

— Aqui não — disse Hudson, balançando a cabeça. Elas apontaram para a porta, e Lizzie, confusa, seguiu-as de volta ao corredor lotado, e depois até o banheiro.

— O que aconteceu com vocês? — perguntou ela, mais seriamente.

Carina e Hudson espremeram-se em uma única cabine, como sempre faziam quando havia alguma crise, puxaram Lizzie, e trancaram a porta. Isso definitivamente não era nada bom.

— Vocês poderiam me dizer o que houve? — perguntou ela.

Carina entregou-lhe o iPhone.

— Olhe isso — disse ela.

Lizzie olhou para a tela. Era um vídeo no YouTube. Nele podia ver a mãe, sentada numa cadeira dobrável, em seu vestido roxo sem manga, lidando com as perguntas da imprensa. Era o desfile.

E então se viu. Sentada ao lado da mãe. Vestido Tina Turk sem alça. E falando num microfone. Lizzie aumentou o volume, assim que a ouviu dizer as palavras que não conseguia tirar da cabeça: *Na verdade, é meio chato... E acho suas roupas um pouco vulgares.*

Ela assistiu três vezes até Hudson puxar delicadamente o iPhone das mãos de Lizzie.

— Você está bem? — perguntou Hudson, colocando o iPhone de volta na bolsa de algodão, estampada com a foto de seu buldogue francês.

Já tinha tido 12.378 acessos. Em duas horas haveria o dobro. Até a tarde, todos os blogs de fofoca sobre moda e celebridades teriam um link para o vídeo. E abaixo do vídeo um post dizia:

Ela só tem ciúme da mãe pq a mãe é gata. E ela acabou saindo feia.

— Lizzie, fale — disse Carina, os olhos castanhos cheios de preocupação.

— Sua mãe sabe? — perguntou Hudson calmamente. Ela usava o perfume Kate Spade flor de laranjeira.

Lizzie concordou com a cabeça.

— Contei para ela na noite passada. E tivemos uma discussão enorme. Agora ela está num avião indo para Paris. Mas era para a relações públicas cuidar disso.

— Bem, obviamente essa relações públicas está fazendo uma droga de trabalho — disse Carina. — Ligue para ela e reclame.

— Ou vá até lá e fale com ela sobre isso — sugeriu Hudson, os olhos verdes brilhando. — Pergunte se tem alguma coisa que você possa fazer. Ela não vai ficar brava.

— Ah, certo — disse Lizzie, olhando fixamente para o desenho de um coração partido que alguma garota sem nome tinha rabiscado na parede. — Vocês não conhecem

Natasha. Ela é paga para ficar brava. — Ela tocou na parede da cabine para manter o equilíbrio. — Oh, meu Deus, meninas. Eu chamei a minha mãe de vulgar.

— Você disse que as *roupas* dela eram vulgares — corrigiu-a Carina.

— Por que você fez isso? — perguntou Hudson pacientemente.

Lizzie deu de ombros, sentindo as lágrimas encherem os olhos.

— Perguntei para ela assim que chegamos se eu podia pular a parte da loucura das fotos e foi como se ela nem tivesse escutado. E depois, as câmeras e as fotos, a pose com ela... é um inferno.

Dentro da bolsa, seu iPhone apitou com uma mensagem. O primeiro pensamento foi de que era a mãe. Pegou o aparelho e checou a tela.

— É Natasha — anunciou ela para as amigas.

Clicou na mensagem e leu em voz alta.

— *Precisamos conversar. Liga para mim no escritório. O quanto antes. N.* — Lizzie abaixou o telefone. — Ótimo. Ela quer me matar.

— De repente ela só quer te ajudar — disse Hudson, retorcendo o cabelo em um coque improvisado e prendendo-o com uma caneta. — Isso não é o fim do mundo, ok?

Lizzie balançou a cabeça. As amigas estavam certas: isso não era o fim do mundo. Mesmo se 12 mil pessoas já tivessem assistido ao vídeo.

Ela escreveu uma resposta rápida para Natasha, dizendo que poderia passar lá depois da escola, e depois voltou para a sala de chamada, onde Todd a esperava perto do grupo de carteiras de sempre, lindo como sempre.

— Ei — chamou ele, sorrindo. — Tudo bem?

— Sim. Tudo bem — disse ela, embora quisesse chorar.

O resto do dia foi uma tortura. Durante todas as aulas, fingiu escutar e tomar notas, enquanto em sua mente uma voz masculina grave anunciava VOCÊ É UMA FILHA HORRÍVEL, repetidas vezes.

Após o sinal do fim da última aula, Lizzie, Hudson e Carina foram direto para a esquina da Quinta Avenida, acenaram para um táxi e entraram.

Quando chegaram ao prédio do escritório de Natasha no centro da cidade, Lizzie pagou ao motorista e desceu do táxi.

— Você tem certeza de que é uma boa ideia? — perguntou Hudson, olhando para o alto e sinistro arranha-céu. Era mais um entre as centenas de prédios que se enfileiravam no moderno cânion que era a Terceira Avenida, mas esse era especialmente assustador.

— Sim — respondeu Lizzie. Ela olhou invejosamente para as pessoas que passavam por ela, as expressões livres e inocentes do pecado. Provavelmente nenhuma já tinha insultado a mãe no YouTube. — Ok, vamos nessa, meninas — disse ela.

Ela pendurou a alça da mochila no outro ombro, passou pela porta giratória e entrou num lobby altivo e com um átrio.

Depois de uma viagem rápida e silenciosa de elevador, colocaram os pés na área da recepção com ar estéril e pintada com uma combinação de tons de vinho. Ela só tinha estado lá uma vez com a mãe.

— Você quer que a gente vá com você? — perguntou Hudson, mordendo o lábio inferior apertado de preocupação.

— Não, tudo bem. Vocês esperam aqui. — Lizzie apontou para as duas poltronas.

— Só não esqueça, *ela* trabalha para *você* — disse Carina, apontando um dedo indicador mandão no rosto de Lizzie.

— Certo.

Lizzie seguiu em direção à recepcionista de cabelos frisados. Os telefones tocavam sem parar.

— Pode entrar — disse a garota, apontando para o corredor. — Último escritório à esquerda. Natasha está esperando por você. — Aparentemente, ela também tinha visto o vídeo no YouTube.

Lizzie virou-se e avançou pelo corredor acarpetado, a mochila escorregando pelo braço. *Relaxe*, disse ela a si mesma, amarrando o cabelo na melhor versão de rabo de cavalo que conseguia fazer. Um vídeo de dez segundos não era o fim do mundo. Não fez nada ilegal. Natasha estava acostumada a prisões por direção ilegal e fotos de perna aberta sem calcinha. Com certeza conseguiria colocar isso em algum tipo de perspectiva. Mesmo se ela fosse um pouquinho nervosa, pelo que Lizzie se lembrava.

Em direção ao final do corredor, escutou uma voz familiar, disfarçando o sotaque inglês.

— Ela é uma *adolescente*! — disse a voz. — Você sabe como eles são *extremamente* desagradáveis, dizem *o que quer* que lhes venham à mente. Não que *signifique* alguma coisa!

Estava vindo da última porta à esquerda. *Talvez Natasha não consiga colocar isso em algum tipo de perspectiva*, pensou Lizzie.

— Não, Katia *não* tem uma explicação e *não* tem problema nenhum em casa — continuou a voz. — E, meu Deus, existem notícias *de verdade*. Vocês ouviram falar de Darfur?

Era tarde demais para desistir. Engolindo em seco, Lizzie passou pela porta.

Natasha estava sentada atrás de uma mesa tão cheia de pastas de trabalho, jornais e revistas que a princípio Lizzie mal conseguiu enxergá-la. Ela era mais magra que Carina, e sempre parecia estar brincando de se vestir com seu uniforme: terninho listrado e blusinha com decote de renda. Usava os acessórios de sempre — um grosso bracelete algema de prata e um relógio Cartier Tank prata, e uma franja curta preta repicada que terminava logo acima dos minúsculos olhos delineados de forma esfumaçada.

Esses olhos lançaram-se na direção de Lizzie, como os de uma cobra, e ela disse:

— Olha, querida, tenho uma reunião. Outra crise, sabe. Sim, um almoço será fabuloso. A gente se fala. — Ela desligou o Bluetooth e jogou-o entre as pilhas de jornais e uma revista *Vogue* volumosa. — Bem, oi, Lizzie — disse ela. — Falando do diabo.

Lizzie sentou-se na frente da mesa, numa cadeira Lucite. Isso definitivamente tinha sido um erro.

— Só queria dizer que sinto muito pelo que aconteceu — começou ela. — Foi tudo um grande erro. E se houver algo que eu possa fazer...

— Você faz *alguma* ideia do dia que eu tive? — perguntou Natasha, em um tom que sugeria que estava prestes a responder a própria pergunta. — *Faz?*

— Hum, na verdade, hum... — começou Lizzie.

— Em um dia normal, recebo *cem* ligações. Cento e *dez*, no máximo — disse ela, gesticulando para o céu. — Mas hoje, recebi *175* ligações, tudo por sua causa, Lizzie, e não são nem quatro da tarde!

Como se tivesse sido planejado, a linha seis do telefone começou a tocar. Natasha respirou fundo e pressionou o dedo indicador no canto interno do olho, como se estivesse tentando evitar um verdadeiro ataque de nervos.

— Amanda! — gritou ela em direção à porta. — Você pode atender esta, por favor? — Natasha tirou o dedo do olho e novamente respirou fundo.

— Você recebeu 175 ligações? — perguntou Lizzie.

— Recebi ligações do *Star*, da *Us Weekly*, da *TMZ*, do *Daily Mail* de Londres, de Paris, de Tóquio — continuou ela, levantando um por um os dedos pintados de esmalte preto. — Todos querendo saber por que a filha de Katia disse coisas tão horríveis sobre a mãe.

— Mas minha mãe disse que você iria dar um jeito — falou Lizzie.

— É essa droga de internet, pelo amor de Deus! — irritou-se Natasha. — Agora, fiz o que pude, mas me escute, Lizzie, me escute com muita atenção — disse Natasha, colocando uma das mãos sobre o peito ofegante. — Não sei como você se comporta em casa, mas não pode sair por aí falando o que bem entende em público. Especialmente na frente de uma *equipe de filmagem*. Estamos no século XXI, Lizzie. Não existe mais privacidade. Entende? — Natasha balançava a cabeça como se privacidade fosse algo absurdo demais até para ela mesma entender. — E na Fashion Week? Meu Deus, já foi lá vezes suficientes, sabe como são as coisas. Se fosse sua primeira vez, eu até entenderia, mas meu *Deus*... — Ela ficou sem voz de tanta indignação. — Você tem que ser esperta, Lizzie. Tem que *pensar* — disse ela, dando tapinhas vigorosos em um dos lados da cabeça. — Precisa *tomar* mais cuidado com o que fala. Dizer que as roupas da sua mãe são vulgares, Lizzie, sabe, honestamente. Você tem que *proteger* a sua mãe. *Todos* temos.

— Eu estava cercada — gaguejou Lizzie. — Fiquei angustiada, o cara me encurralou...

— Diga para eles que está tudo bem, que está tudo lindo e que sua mãe é uma *inspiração para as mulheres do mundo todo* — enfatizou ela. O telefone de Natasha tocou novamente. — Amanda? — Natasha gritou em direção à porta.

— Você já falou com a minha mãe? — perguntou Lizzie de forma hesitante.

— Ainda não. Mas com certeza falarei. Está uma confusão e tanto.

— Oh — murmurou Lizzie.

Natasha virou-se para olhar a tela do computador.

— Vamos ver — disse ela, lendo na tela. — O *Post* queria que essa história fosse a matéria principal da seção de entretenimento do fim de semana. Disputas de mãe famosa e filha através da história, ou algo do tipo. O *Star* quer colocar você e Katia na capa da edição de semana que vem. Oh, e Tyra quer fazer um programa de auditório com você e Katia. *Quando Sua Mãe é Linda e Você Não*. *Obviamente* não vamos retornar a ligação.

Uma garota alta, de uns 20 e poucos anos, usando calças jeans modelo skinny e uma expressão envergonhada bateu na porta. Lizzie só podia imaginar que fosse a paciente Amanda.

— Sim? — perguntou Natasha.

Amanda entrou no escritório timidamente.

— Aquela fotógrafa ligou e perguntou novamente sobre a filha de Katia. Sobre modelos feias? — anunciou ela, colocando um pedaço de papel sobre a mesa dela. — Não se preocupe, eu me livrei dela.

Houve um longo silêncio. Lizzie fingiu estar muito interessada na caixa de lenços Kleenex que havia sobre a mesa de Natasha.

— Amanda? — disse Natasha docemente. — Esta é Lizzie Summers. A filha de Katia.

Amanda ficou pálida ao colocar os olhos em Lizzie.

— Oh — suspirou ela. — Oi. Desculpe.

— Pode ir agora — ordenou Natasha.

Sem uma palavra, Amanda saiu da sala. Natasha virou-se em direção a Lizzie e corajosamente esforçou-se para dar um sorriso.

— Eu ia te contar isso — disse ela. — Uma fotógrafa viu você no vídeo. Achou o seu visual único — continuou ela, fazendo o sinal de aspas no ar com os dedos.

— Era para ser modelo feia? — perguntou Lizzie. Talvez fosse a hora de ela finalmente admitir isso.

— É apenas uma expressão vulgar — disse Natasha. — É *gente de verdade* como modelo. Usar pessoas que não são *tradicionalmente* bonitas para vender produtos. Está começando a ter algum tipo de atenção aqui e ali no mundo publicitário. Mas falando também como sua *agente*, está fora de cogitação — falou ela, amassando o pedaço de papel. — Quero você longe de qualquer coisa ou de qualquer *um* com uma câmera. Quanto mais fora da mídia você ficar, mais rápido esta palhaçada acaba. E sério, Lizzie... quer que sua mãe pense que você transformou isso numa oportunidade profissional?

Ela jogou o pedaço de papel na lixeira ao lado da mesa exatamente quando o telefone tocou de novo.

— Oh, meu Deus, espere — disse ela, olhando para a tela. Ela ativou o Bluetooth. — Alô? — falou ela com tom de lamento. — Sim, oi. Sei que é péssimo. Mas, meu Deus. *Vulgar* não é aquela palavra com f — comentou ela, girando para o lado.

Lizzie olhou para a lata de lixo. Ali, no carpete, a alguns centímetros dos pés de Lizzie, estava o pedaço de papel. Natasha não tinha acertado. O pedaço de papel amassado estava a apenas alguns centímetros de seu pé, implorando para que ela o pegasse. De repente teve vontade de ver as palavras escritas: "modelos feias". Talvez a ajudasse a finalmente aceitar.

Com um movimento perfeito, abaixou-se, pegou o papel e enfiou-o no bolso da frente da mochila.

— Sim, eu sei que é a Katia, mas não entendo por que isso é novidade — disse Natasha, ainda olhando para a janela. — Você nunca ouviu falar no Sudão?

Lizzie levantou-se. Esse parecia ser o momento certo para sair. Ela acenou para Natasha, que ainda não a tinha visto se levantar.

— Ela é uma adolescente! — gritou Natasha. Lizzie saiu andando pelo corredor.

Quando chegou ao lobby, Carina e Hudson estavam com o nariz enterrado em edições da *InStyle*.

— Vamos, meninas — disse Lizzie apressadamente enquanto a recepcionista olhava para ela com atenção.

Hudson e Carina encontraram-na no hall dos elevadores.

— Então, o que aconteceu? — sussurrou Hudson.

— Natasha disse que finalmente deu um jeito — disse ela.

As portas do elevador se abriram com um ruído.

— Mas alguma de vocês já ouviu falar em agência de modelos feias? — perguntou ela. Não sabia por que, mas dizer modelos feias lhe enchia com um senso de desafio, ou mesmo de resolução. Então o mundo inteiro a achava feia. Havia na verdade um certo alívio nesse fato.

As portas se fecharam.

— Você quer dizer pessoas tão exóticas que chegam a ser bonitas? — perguntou Carina.

Hudson deu um cutucão forte no braço de Carina.

— Pessoas que têm uma aparência diferente. É a nova moda.

Lizzie procurou o pedaço de papel na mochila.

— Uma fotógrafa ligou para Natasha sobre mim e disse que eu tenho um visual único — contou ela. Puxou o papel e abriu-o. — Só não sei quem é — disse ela, tentando ler os rabiscos de Amanda.

Carina pegou o papel. O pai vivia lhe deixando bilhetes com sua caligrafia quase ilegível.

— Aqui diz Andrea Sidwell — disse ela, lendo. — Rua Crosby, 150.

— Oh, meu Deus, Lizzie — exclamou Hudson de maneira sonhadora, colocando uma das mãos no pulso de Lizzie. — Ela quer que você seja *modelo*?

— Bem, uma modelo *exótica*, aparentemente.

— Você tem que entrar nessa — incentivou Hudson, balançando a cabeça. — É o destino. Você tem que fazer.

— Impossível — disse Lizzie, apertando repetidamente o botão do andar do lobby.

— Por que não? — perguntou Hudson.

— Porque Natasha disse que era uma péssima ideia. E provavelmente é, com toda essa história de YouTube rolando. E, venhamos e convenhamos, uma modelo feia? É algo que eu queira ser?

— Olhe todas essas pessoas que são modelos da American Apparel — justificou-se Carina. — São exóticas. E sexies.

— Isso porque elas estão de roupa de baixo — lembrou-as Lizzie. — Não, eu não vou fazer isso.

As portas do elevador se abriram, e elas atravessaram o lobby.

Do lado de fora, as ruas estavam lotadas com o início da hora do rush. Um ônibus vermelho de dois andares cheio de turistas sorridentes passou por elas. Apesar da falação de Natasha, Lizzie estava se sentindo melhor. Mais calma. Iria superar isso. E estava até mesmo um pouco lisonjeada. Uma fotógrafa queria que ela fosse modelo. Mesmo sendo de uma agência de modelos feias, ninguém a havia convidado para fazer isso antes.

— Se você não quer fazer — disse Carina —, então por que guardou o papel?

Lizzie colocou o pedaço de papel de volta na mochila sem dizer nada. Carina tinha o hábito de vir com questões impossíveis de serem debatidas. Então ouviu seu iPhone apitar. Pegou-o da mochila. Era um pedido de amizade e uma mensagem de Todd no Facebook.

Você saiu correndo antes que eu te lembrasse de amanhã à noite. Você vem mesmo, né? Sete horas.

— Oh, meu Deus, meninas — disse Lizzie. — Todd acabou de me mandar uma mensagem. Para me lembrar de amanhã à noite.

Ela mostrou a mensagem para as amigas.

— Eu sabia! — gritou Carina. — Ele *quer* você.

— Vai adicioná-lo? Você tem que adicioná-lo! — berrou Hudson.

Lizzie clicou em Confirmar. Ela e Todd Piedmont eram agora oficialmente amigos. Mas talvez, só talvez, pensou Lizzie, estavam a ponto de serem algo mais.

capítulo 7

— Aqui, Lizzie, experimente esta — disse Hudson na tarde seguinte, tirando de uma pilha na prateleira uma blusinha com decote de renda lavanda.

— Acho um pouco decotada demais — avaliou Lizzie, insegura.

— E é esse o *objetivo* — interrompeu Carina, arrancando a blusinha da mão de Hudson e acrescentando ao topo da pilha de favoritas nos braços de Lizzie. — E, *faça-me o favor* de paquerar ele hoje à noite.

— Verdade, ele saber que você gosta dele ajuda — implicou Hudson, suas argolas de prata gigantes balançando alegremente nos dois lados do rosto em forma de coração.

Lizzie sentiu um frio na barriga. Em exatamente sete horas, estaria a caminho de um possível encontro com Todd ou, pelo menos, um Planejado Tempo Sozinhos na Casa Dele, e ela estava lamentavelmente despreparada. Tinha reunido as amigas para uma ida emergencial ao Big Drop no SoHo, mas agora elas a estavam deixando ainda mais nervosa, assim como a loja. Uma adolescente lhe deu um esbarrão enquanto olhava freneticamente pelos cabides com a mãe.

— E se não for um encontro? — disse Lizzie, passando os dedos numa blusinha de jérsei stretch. — Aí vai ser um pouco ridículo de minha parte ficar paquerando ele.

— Certo, isso não é um encontro — resmungou Carina. — Porque ele *realmente* precisa de alguém para colocar o Doritos nos potinhos. — Ela tirou do cabide um vestido longo preto com alças espaguete e segurou-o a sua frente. — Vocês gostam deste?

Hudson franziu a testa.

— Você realmente precisa disso?

— Para a festa da escola daqui a algumas semanas — disse Carina dando de ombros e tirando o vestido do cabide. — Não importa.

— Aqui, Lizzie, experimente este aqui também — pediu Hudson, atirando para ela uma blusinha curta cintilante com alças cruzadas.

— Tá bem, já volto — disse Lizzie. Precisava ir antes que Hudson pegasse mais alguma peça de roupa que não tinha coragem de usar.

Fechou a cortina do provador e olhou-se no espelho. Seus olhos eram esbugalhados, seu nariz parecia a Torre de Pisa e o cabelo, graças ao tempo úmido e quente, estava começando a fazê-la parecer com a noiva de Frankenstein. Talvez uma blusinha sexy não fosse doer.

A lavanda foi a primeira que experimentou. Parecia um pouco larga no peito, como era de se esperar, mas conforme mexeu aqui e ali na frente do espelho, até que não ficou nada mal. Na verdade, até que ficou bem. A cor combinava com seus cabelos e sua pele branca. Como sempre, o senso de estilo de Hudson estava certo.

— O que vocês acham? — disse ela, passando o tronco pela cortina.

Hudson puxou Lizzie para fora do provador e olhou-a de cima a baixo.

— *Totalmente* aprovada. C?

Carina examinou-a, o vestido preto ainda nos braços.

— Sim. Totalmente sexy.

Lizzie virou-se para se olhar no espelho da loja. Estava *realmente* bem nela... Mas Todd acharia o mesmo? Tentou se ver através dos olhos dele. A pele estava branca demais? Talvez devesse ter desenterrado o creme bronzeador Jergens do fundo do armário do banheiro. E seus braços... por que tinham de ser tão grossos e sem forma? Ela se virou de costas. Havia quase se esquecido do estranho grupo de sinais com o formato da Ursa Menor. E o que Todd pensaria se aparecesse assim? Foram amigos de infância, pelo amor de Deus. Nunca tinha vestido nada mais elegante que jeans desfiados e uma camiseta na frente dele.

— Não acho que seja eu — decidiu ela.

— O quê? — Hudson piscou seus olhos verde gato. — Ficou perfeita em você.

— Está meio...

— Sexy? — perguntou Carina. — Isso é *bom*.

— Não acho isso — disse ela, voltando rapidamente para o provador. Podia sentir as amigas olhando uma para a outra do outro lado da cortina. Mas o corpo era dela, não era? Cabia a ela decidir se queria ir para a casa de Todd parecendo a Ilona Peterson.

Experimentou as outras blusinhas, mas nenhuma delas coube ou ficou bem. Depois de esperarem que Carina comprasse o vestido, juntaram-se ao fluxo de turistas da Broadway.

— Tudo bem, isso foi péssimo — Carina finalmente disse.

— Foi você que acabou de comprar alguma coisa sem nem experimentar — salientou Lizzie.

— Mas você estava tão linda naquela cor — disse Hudson. — Por que não gostou?

— Simplesmente porque não era eu — respondeu Lizzie, esperando encerrar o assunto.

— Era sim! — argumentou Carina, quase colidindo com um homem que saía com um café gelado da Dean & Deluca.

— Você não se vê como nós a vemos — disse Hudson diplomaticamente.

Elas viraram para leste na rua Spring e caminharam em direção a NoLIta. Lizzie amava o SoHo — as ruas de paralelepípedo, os armazéns antigos, a mistura de turistas, artistas e modelos. Um homem saiu da padaria Balthazar com uma bisnaga de pão francês e subiu na bicicleta, como se ali fosse Paris.

— Bem, talvez eu não me veja do mesmo jeito, mas meus olhos são meus olhos — disse Lizzie. — Não sei como mudar isso.

— Eu sei — falou Carina, abrindo uma barrinha de cereal que tinha tirado da mochila. — Ligue para a tal fotógrafa.

— Que fotógrafa?

— Aquela de ontem, do seu encontro com Natasha — disse Hudson intrometendo-se na conversa.

— Não, espere — disse Carina, parando bruscamente em suas sandálias Jack Rogers. Apontou bem à sua frente.

— Estamos perto dela. Era na rua Crosby, certo? Rua Crosby, 150.

Carina tinha ótima memória fotográfica. Às vezes era um pouco assustador.

Ela caminhou um pouco mais até a esquina.

— Aquele prédio é o 105...

— Nós vamos lá? — perguntou Lizzie com preocupação. — *Agora?*

Carina deu de ombros, que roçaram as pontas dos cabelos loiros.

— E por que não?

— Porque eu nem sei se realmente quero fazer isso — disse Lizzie. — Não tomei uma decisão.

Carina continuou a descer a rua.

— Não pense tanto sobre as coisas — aconselhou ela.

Lizzie podia sentir que estava sendo sugada pelo Ciclone C, como ela e Hudson chamavam isso, mas havia muito pouco o que fazer.

— Aqui estamos — disse Carina, parando na frente de uma porta de vidro bem comum. — Andrea Sidwell — ela leu em meio à lista de moradores pregada ao lado da porta da frente. — Quinto andar. — Ela calmamente tocou o interfone.

— Carina! — chamou Hudson. — Pare!

Carina ignorou-as com um aceno de mão.

— Vamos dizer que é você. Ela vai ficar louca.

— Mas eu não sei o que falar! — alegou Lizzie.

Hudson pegou Lizzie pela mão.

— Vou tentar ajudar — disse ela calmamente.

Pelo interfone veio um ruído de estática e depois o som de uma longa e constante campainha. Carina segurou a maçaneta da porta e abriu-a.

— Entramos — disse ela, os olhos cintilantes com a aventura. Carina vivia para esse tipo de coisa.

— Oh, Deus me ajude — sussurrou Lizzie.

No quinto andar, saíram do elevador e pegaram um corredor longo e sinuoso. Uma porta no final dele dizia ESTÚDIO A. SIDWELL.

— Esta é uma ideia tão horrível que não chega nem a ser engraçada — disse Lizzie.

— Vai ficar tudo bem — sussurrou Carina. Ela apertou a campainha.

Alguns segundos depois a porta se abriu, e uma mulher, com simpáticos olhos azuis, braços musculosos e um rabo de cavalo loiro e bagunçado, apareceu à porta. Vestindo calças de ginástica largas, de pés descalços e uma camiseta preta que dizia SILVERSUN PICKUPS, parecia uma universitária, embora Lizzie imaginasse que ela devia ter uns 30 e poucos anos.

— Bem, oi — disse ela alegremente, olhando para elas sem um pingo de surpresa. — Então suponho que você *não* seja o entregador da Dean & Deluca.

— Você é a Andrea Sidwell? — perguntou Carina em sua voz mais direta e adulta.

— *Sou* — disse ela em um tom falsamente sério.

Carina cutucou Lizzie para que ela se aproximasse.

— *Esta* é Lizzie Summers — anunciou ela.

Andrea encarou Lizzie por um breve e engraçado momento, como se tivesse certeza absoluta de que isso era uma brincadeira, e então ela piscou.

— Oi, Lizzie. — Ela esticou a mão e pegou a da Lizzie. — Sou Andrea Sidwell — disse ela com um sorriso radiante. — Que surpresa maravilhosa. Entrem, meninas.

Andrea virou-se para entrar num hall de entrada estreito, e as três a seguiram.

— Desculpem a bagunça — disse Andrea olhando para trás. — Não estava esperando visitas. Mas sei que vocês não se incomodam.

O corredor terminava em um estúdio espaçoso e com pé-direito alto, inundado pela luz do sol que entrava pelas enormes janelas francesas de frente para a rua. Estava tocando uma música da M.I.A. no aparelho de som, alto o suficiente para as batidas animarem o ambiente, enquanto algumas velas votivas grossas acesas num canto exalavam um aroma de eucalipto. Um set de fotografia improvisado tinha sido montado no centro do lugar, onde também havia suportes de luz, tripés, um ventilador e um rolo gigante de papel branco que servia de pano de fundo. Havia retratos em preto e branco emoldurados pendurados nas paredes de tijolos.

— Vocês gostariam de beber alguma coisa? — Andrea entrou na pequena quitinete. — Água vitaminada? Chá verde? Chá gelado de garrafa ou qualquer coisa?

— Água vitaminada seria ótimo — respondeu Hudson pelo grupo, enquanto Lizzie afastava-se para dar uma olhada nos retratos.

A maioria era de rostos de pessoas em vários níveis de close-up, exatamente como os que tinha visto uma vez na exposição de Richard Avedon no Whitney. Exceto por não serem de antigas estrelas de cinema como Marilyn Monroe e Gary Grant. Eram de pessoas comuns. Alguns eram adolescentes. Outros de meia-idade. Alguns idosos, com rugas e manchas de idade. E todos tinham defeitos óbvios: dentes grandes, narizes grandes, sobrancelhas naturais, queixos proeminentes, rugas profundas que faziam seus rostos parecerem mapas de estrada amassados. Mas você não conseguia tirar os olhos deles. À sombra criada pela câmera, eles eram hipnotizantes. Eram, estranhamente, lindos.

— Bem, fiquei surpresa por eles terem te dado o recado — disse Andrea para Lizzie, entregando para cada uma uma garrafa de água vitaminada de laranja. — A garota com quem eu falei não me deixou exatamente confiante. Então, você achou totalmente estranho?

Lizzie abriu a tampa da garrafa e olhou para as amigas.

— Um pouco — admitiu ela. — O que exatamente você faz?

— Fotografo principalmente para revistas e campanhas publicitárias, e uso modelos "padrão" também — disse ela, fazendo sinal de aspas com os dedos. — Mas esse tipo de trabalho é muito mais a *minha* — revelou ela, andando em direção à parede de fotos — Pessoas de verdade. Como ela. — Apontou para uma foto de uma idosa com os cabelos longos grisalhos caídos nos ombros. — Vi esta mulher no trem 6. Tem 78 anos, já é avó, e quando lhe disse que achava que ela podia ser modelo, ela pensou que eu estivesse drogada. Mas acabou que tinha o dom para isso. Fotografei-a para a campanha de um xampu. Trabalha comigo desde então.

Andrea foi até a foto de um homem careca e gordinho com olhos assustados, como os de uma criança.

— Encontrei ele na fila da lanchonete Gray's Papaya, na esquina da 72 com a Broadway. Olhe esses olhos. Incríveis, não? Eu o fotografei para uma campanha da Toyota. Eles o *amaram* — disse Andrea, balançando a cabeça. — Todas essas pessoas tinham alguma coisa que valia a pena ser olhada. Algo bonito. E na maioria das vezes, eu não era a única a achar isso.

— Eles são lindos — concordou Lizzie.

— É claro que o outro tipo de beleza ainda está muito em voga. O tipo de beleza que vemos na *Vogue* ou na *InStyle* — continuou Andrea. — Mas tem algo a mais acontecendo agora. — Ela cruzou os braços torneados e sorriu. — Algo que eu chamo de Nova Beleza. Como Selina. — Ela apontou para o retrato de uma adolescente. Era alta e o que alguns podem chamar de robusta, com olhos pequenos em forma de concha e cabelos loiros, longos e oleosos, e bochechas grandes. Não estava nem perto de ser o que os garotos da sua escola consideram gata, mas tinha uma aparência tão pouco comum que chamava atenção.

— Encontrei ela em Albuquerque — continuou Andrea. — Fez três layouts para mim, e as revistas europeias ficaram loucas. Acabou de assinar com uma agência de modelos.

— Então é por isso que chamam de agência de modelos feias? — perguntou Lizzie.

Andrea revirou os olhos.

— Feias, certo — disse ela com um riso sem graça. — Se usamos uma garota que não tenha 1,80m de altura e 40 quilos e que não seja linda de morrer, as pessoas nos chamam de agência de modelos feias! Uma palavra melhor para isso seria único. E você é única, Lizzie. — Andrea afastou-se do retrato e virou-se para encará-la. — Nenhuma dessas pessoas achava que podia ser modelo. Nenhum pensou que alguém pudesse querer vê-los. Mas as pessoas querem. E acho que iriam querer vê-la também. Você tem *isso*, Lizzie, o tipo de rosto que chama atenção. Você tem a Nova Beleza.

Lizzie a encarava. Esta mulher, que parecia incrivelmente legal, bem-sucedida, com um gosto musical maravilhoso, a achava bonita? E queria fotografá-la?

Carina, como sempre, quebrou o silêncio incômodo.

— E qual seria o primeiro passo? — perguntou ela, soando veemente e profissional como uma agente.

— Testes de fotografia. Podemos fazê-los na rua, no parque. Ou aqui no estúdio. Onde você se sentir mais à vontade. — Andrea pegou um cartão de uma pilha de uma mesa ao lado delas e entregou-o a Lizzie. — Tome. Fale sobre isso com sua mãe. Veja o que ela acha. Será um prazer falar com ela.

Sua mãe. De repente Lizzie escutou a voz maligna de Natasha. *Quer que sua mãe pense que você transformou isso numa oportunidade profissional?*

— Posso pegar um também? — perguntou Hudson.

— Hum, eu também — disse Carina, aproximando-se dela.

Lizzie tinha de dizer não antes que isso fugisse de seu controle.

— Obrigada, mas não acho que possa — disse Lizzie gentilmente. — Não é uma coisa que eu queira fazer. Só queria dar uma passada para agradecer seu interesse.

Andrea deu seu sorriso mais terno e gentil, como se tivesse fazendo um teste para substituir o Dalai Lama.

— Tudo bem, respeito sua decisão — disse ela. — Sei que tem muita coisa para absorver. Mas... guarde o cartão. — Ela deu de ombros. — Nunca se sabe, né?

Lizzie não disse nada, mas Carina e Hudson lançaram-lhe olhares de *você-é-louca?* enquanto Andrea as guiava até a porta.

— Fiquei tão contente por vocês terem passado aqui — disse Andrea, abrindo a porta da frente. — E se por acaso virem um entregador da Dean & Deluca com meu almoço, digam para ele entrar. — Ela colocou a mão sobre o ombro de Lizzie. Estava com um sorriso torto no rosto, mas completamente confiável. — Foi um prazer conhecer você, Lizzie. E boa sorte.

Andrea fechou a porta. Por apenas um milésimo de segundo, Lizzie teve uma forte sensação de arrependimento.

— Você ficou completamente louca? — explodiu Carina conforme as três caminhavam pelo hall. — Acabou de ser *descoberta*!

— E ela era tão legal! — exclamou Hudson, quase pulando para cima e para baixo. — E tão talentosa! Você viu o trabalho dela? Como era real?

— Vocês sabem que eu odeio câmeras — disse Lizzie sem soar convincente enquanto apertava o botão do elevador.

— É esse o *ponto* — enfatizou Carina. — Isso seria como sua *Hipertensão* pessoal.

— Exatamente — disse Hudson com satisfação. — Isso está acontecendo por uma razão. Para fazer você crescer, superar seus medos.

— Eu já falei o que a Natasha disse a vocês — respondeu ela, desistindo do elevador e abrindo a porta que dava para as escadas. — Fique longe das câmeras. Seja discreta. Fique longe de confusão.

— Sua mãe não precisaria saber — sugeriu Carina.

— Como? — perguntou Lizzie enquanto desciam as escadas. — Como isso *não acabaria* chegando nela?

— Existem maneiras — esquivou-se Carina. — Vamos pensar em alguma coisa.

— E se ela descobrisse? — perguntou Lizzie. — Como eu poderia fazer o que ela faz?

Ela sabia que Hudson se identificava com essa questão, mas ficou em silêncio quando chegaram ao lobby e voltaram para a rua. Hudson nunca falava sobre sua possível carreira musical.

— Não é como se você estivesse seguindo os passos dela — disse Hudson finalmente, quando dobraram a esquina. — Isso é completamente diferente do que ela faz. Você estaria traçando uma carreira de modelo com um estilo próprio.

Carina colocou seus óculos Oakleys.

— Apenas faça. O que você tem a perder? Pode ser a próxima Coco Rochas. Ou qualquer que seja o nome dela. E quando isso acontecer eu vou dizer que te conheço.

Lizzie disse tchau para as amigas na esquina da Crosby com Prince e observou-as pegar a direção oeste, sentindo nos dedos as letras em alto-relevo no cartão de visita de Andrea. Ainda sentia nas suas roupas o perfume de eucalipto do estúdio de Andrea. Algo dentro dela estava mais leve, sentia-se até um pouco orgulhosa. Andrea tinha dito que ela era bonita. Ela se virou e olhou para a rua onde se localizava o prédio de Andrea e depois para cima, para as janelas do quinto andar, e sorriu. No fim das contas, talvez algum dia fosse voltar àquele lugar.

De repente, Lizzie teve uma ideia. Começou a caminhar pela rua Spring. Uma brisa fresca soprava em seu rosto conforme apertava o passo. Dobrou a esquina na Broadway. Felizmente, a multidão de pessoas fazendo compras e de turistas tinha diminuído. Só demorou alguns segundos para chegar às portas da Big Drop.

Dentro da loja, abriu caminho em meio a adolescentes e foi direto para a seção de blusinhas com decote de renda. A cor lavanda estava bem em cima, já a tinham tirado do provador. Sim, estava um pouco decotada demais, e, sim, deixaria seus braços brancos à mostra, mas neste momento não estava preocupava com isso.

— Só isto, por favor — disse ela para a mulher atrás do caixa, entregando-lhe um cartão de crédito.

Conforme a mulher passava o cartão, o olhar de Lizzie vagueava pela parede atrás dela. Ali, encarando-a, havia uma foto da mãe emoldurada. Ela estava na rua, saindo desta mesma loja, usando óculos tipo aviador, jeans escuros cigarrete e uma blusa branca impecável. Tinha aparecido na coluna "Nas Próprias Roupas!" de um desses tabloides, e a loja a enquadrara para mostrar às pessoas que Katia Summers era uma cliente. NÓS VENDEMOS ESTES JEANS! Alguém havia escrito em letras maiúsculas gigantes com uma enorme seta apontando para as pernas de Katia. Lizzie estava totalmente acostumada a ver a foto da mãe nos lugares mais aleatórios, mas agora, por alguma razão, ficou desconcertada. Talvez porque ainda não falara com a mãe desde a briga que tiveram dois dias antes — e depois que o vídeo foi ao ar. Felizmente, Natasha tinha conseguido tirá-lo da internet.

A vendedora devolveu o cartão de Lizzie e colocou a blusa numa sacola plástica.

— Bom proveito — disse ela alegremente, trazendo Lizzie de volta para o aqui e agora.

Na saída, Lizzie olhou seu relógio. Só faltavam seis horas para que ela e Todd ficassem sozinhos na casa dele. Saiu da loja em direção à multidão, balançando a sacola, e já sabia que se lembraria desta noite por muito tempo.

capítulo 8

Quando as portas do elevador se fecharam no lobby do prédio de Todd, o frio que Lizzie sentia na barriga foi para abaixo de zero. E não havia ajudado em nada o fato de ter ficado nervosa por horas durante uma preparação digna de Ava Gardner. Tinha tomado banho, se esfregado com luvas de bucha vegetal e passado uma quantidade generosa de creme hidratante. Alisara os cabelos, e depois os enrolara com babyliss a fim de fazer aquelas ondas românticas, estilo Nicole Kidman. Tinha passado sombra dourada nas pálpebras e aplicado pelo menos duas camadas de rímel. Quando ficou pronta, precisou admitir que estava bem bonita, tanto que o seu velho porteiro mal a reconheceu. Mas e se Todd achasse que ela havia exagerado? Talvez só quisesse que ela o ajudasse como amiga. E ela realmente estava arrumada demais só para colocar na mesa biscoitos e pastinhas.

Conforme o elevador subia, Lizzie procurou o telefone na bolsa de miçanga. Carina e Hudson tinham prometido estar de prontidão para qualquer emergência até que chegassem à festa. Mas não haveria emergência, ela disse a si mesma. Tudo daria certo. Tudo seria maravilhoso.

Quando chegou à cobertura, as portas se abriram. Todd estava bem de frente para ela — aparentemente, o elevador abria bem no meio da sala da casa dele. Vestindo calças jeans desfiadas e uma camisa azul clara estilo caubói, com um topete molhado caindo sobre as sobrancelhas, o charme de Todd estava bem apresentado.

— Então você se lembrou do endereço? — disse ele.

— Oi — falou ela, tentando respirar conforme colocava os pés num foyer de piso de mármore. O apartamento novo de Todd parecia um castelo. Havia telas a óleo enormes e modernas penduradas nas paredes, enquanto uma escada de mármore majestosa levava ao segundo andar. Sobre suas cabeças, um candelabro que parecia uma explosão de cristais pendurada por uma corrente comprida e bem fininha. E bifurcando-se do foyer havia pelo menos cinco cômodos diferentes, todos escuros e vazios. Era três vezes o tamanho do antigo apartamento de Todd, mas também estava estranhamente vazio, como se os moradores ainda não tivessem se mudado.

— Aqui definitivamente não é o seu antigo apartamento — disse ela, erguendo a cabeça para conseguir olhar tudo.

— É, é bem bonito — comentou ele casualmente, olhando ao redor. Depois seu olhar voltou-se para ela. — Você também está bonita — elogiou ele.

— Obrigada. — Seu estômago fez um pequeno movimento, e ela rezou para não ficar com o rosto corado. — Então, no que eu posso ajudar? *Estou* aqui para ajudar, certo?

— Na verdade, vamos lá para cima.

— Lá para cima? — perguntou ela, desconfiada.

— É. Quero te mostrar uma coisa. — Ele sorriu do jeito que costumava sorrir quando sugeria algo que pudesse metê-los em confusão. — Vamos lá. Acho que você vai gostar.
— Ele subiu as escadas de pés descalços. — Prometo.

Ela o seguiu pelos degraus acarpetados para o segundo andar e por um corredor com um carpete grosso.

— Me sinto no Met — brincou ela, olhando ao seu redor. — Seu pai mudou de emprego ou algo assim?

— Não, mas a empresa dele vai muito bem — disse ele de forma vaga.

No topo de outra escada, ele a guiou para um corredor que dava numa porta fechada.

— Chegamos. Você está pronta? — perguntou ele, quase eufórico, colocando umas sandálias de dedo que havia ao lado da porta. O que quer que ele fosse lhe mostrar, estava deixando-o bastante animado.

— Sim — disse ela.

— Bem, feche os olhos. E é para fechar *mesmo*.

Ela os fechou.

— Pronto.

Ela sentiu a mão dele no seu braço, o que a fez se arrepiar até a altura do ombro. Então escutou o barulho de uma porta se abrindo. Delicadamente, ele a empurrou para a frente, exatamente quando sentiu uma brisa em seu rosto.

— Ok, pode abrir — disse ele.

Ela abriu os olhos. Estava no mais lindo jardim de terraço que já tinha visto na vida. Arbustos de rosas cor-de-rosa claro e hortênsias azul-leitoso balançavam com a brisa. Não-me-toques violeta, vermelho e branco sacudiam as cabeças em barris de madeira. Heras escalavam as paredes de uma pequena torre de água e buganvílias cor púrpura deixavam-se cair de uma treliça. Porém, ainda mais bonita era a vista: o Central Park estendia-se na frente deles como um macio carpete de esmeraldas, e acima dele, o sol se pondo esculpia o céu com um talho rosa escuro.

— Oh, meu Deus — sussurrou ela. — Este lugar é maravilhoso.

— Sim — disse Todd, avaliando a vista. — Aquele ali é o seu prédio, não é? — Ele apontou para o outro lado do parque. — Aquele à nossa esquerda? — Daqui, o horizonte do Central Park parecia quase falso, como um pano de fundo pintado com prédios torreados e irregulares, de antes da guerra, comprimidos ao lado de condomínios modernos de vidro e tijolo.

— Sim — concordou ela. — É ele mesmo.

— Exatamente como a luz verde de Daisy, hein? — perguntou ele, virando a cabeça para olhar para ela e sorrindo.

A luz verde de Daisy, pensou ela. Gatsby tinha olhado apaixonadamente através da água para a luz verde da doca da casa de Daisy Buchanan em East Egg. Ele estava dizendo o que ela estava pensando? *Controle-se*, pensou Lizzie.

Ela se virou e viu uma mesa comprida, com bebidas e aperitivos.

— Espere. Achei que eu fosse ajudar você a fazer isso.

— Você está me ajudando — disse Todd. Ele apontou para um par de espreguiçadeiras acolchoadas aparentemente bastante confortáveis. — Você precisava aprovar tudo.

— Bem, aprovado — implicou ela.

— Que bom. Então, sente-se. Vou pegar alguma coisa para bebermos.

Ela se sentou na cadeira e deitou-a para que seus olhos fitassem o céu rosado. Abaixo deles na rua vinha o barulho de fundo reconfortante do tráfego. Este Encontro/Visita Combinada já estava sendo mais do que ela havia planejado.

— É tão tranquilo aqui — disse ela quando ele voltou. — Me sinto num filme. — Todd entregou-lhe um copo de plástico com Coca-Cola. Então se sentou e encostou a cabeça no tecido macio da cadeira. — Um ótimo lugar para pensar. E definitivamente muito legal para festas. Só espero que as pessoas venham.

— Ah, elas vêm — disse ela. — Especialmente Ava.

Todd lançou-lhe um olhar rápido e cauteloso.

— O que você quer dizer com isso? — perguntou ele.

— Somente que ela gosta de você — disse Lizzie. — É óbvio. Você não percebeu?

Todd desviou o olhar e esfregou as mãos nos jeans.

— Não mesmo — murmurou ele.

Lizzie deu um gole na sua Coca. *Acho que esse foi o assunto errado para levantar*, pensou ela.

— Ei — disse ele de repente. — Li seu conto.

Em sua agitação para hoje à noite, tinha se esquecido completamente do conto.

— Leu?

— Achei ótimo. A briga entre mãe e filha estava muito bem-escrita. E o final funcionou. Foi meigo, sem ser bobo. — Ele apoiou a cabeça nas mãos e virou o rosto para ela. — Era sobre você e sua mãe, né?

Ela ficou com o peito apertado de vergonha.

— Mais ou menos — admitiu ela, voltando os olhos para o céu e observando um avião atravessar uma nuvem. — Meus contos tendem a ser assim, sabe, próximos do real. Embora eu nunca tenha tido vontade de cortar meu cabelo. — *Por razões óbvias*, ela quis acrescentar.

— Os meus são assim também, mesmo quando tento escrever sobre outras coisas — disse Todd, novamente esfregando as mãos nos jeans. Ele parecia nervoso. — Não sei, é simplesmente o jeito que escrevo. Ah, estava querendo te dizer isso. Vi o vídeo no YouTube.

— Viu? — perguntou ela, horrorizada.

— Não achei tão ruim assim, sabe. Era até fofo.

— *Fofo?* — perguntou ela, virando-se para ele.

— Dá pra dizer que você deixou escapar — falou ele. — Não é culpa sua. Deve ser difícil estar no meio disso o tempo todo. Eu não conseguiria. De jeito nenhum. — Ele esticou as pernas e contemplou os pés. — Mas é engraçado — continuou ele. — Sempre achei você mais bonita que sua mãe.

— O quê? — perguntou ela, quase lhe lançando um olhar mortal.

Todd franziu a testa.

— Desculpe. Isso ofende você ou algo do tipo?

— Não, não me ofende. É que... — Ela balançou a cabeça. — Você *acha* isso?

— Ei, não me entenda mal. Sua mãe é linda — disse ele. — Mas você também é.

— Você é louco, sabia? — indagou ela.

— Por que achar isto é ser louco? — perguntou ele.

— Porque é. E você não precisa dizer isto só por causa do vídeo no YouTube...

— Estou dizendo isto porque é o que eu acho — afirmou Todd. — Acho você mais bonita que ela.

— Pare! — Ela deu risada, dando um tapinha no braço dele.

Imediatamente, ele pegou a mão dela e cobriu-a com a sua. Lizzie ficou imóvel. Todd estava segurando sua mão, e então, cuidadosamente, virou-a de um lado para o outro, examinando-a, esticando os dedos dela, como se fosse uma peça de um tesouro que tinha acabado de encontrar. Ela o observava, com medo de se mexer, sentindo o calor da pele dele sobre a sua. Quando ele finalmente entrelaçou os dedos nos dela, Lizzie parou de respirar. A mão dele estava tão quente que fez o corpo dela inteiro se arrepiar. Sua pele formigou. Algo estava prestes a acontecer.

Ele olhou para ela. Com o mais suave dos movimentos, ele começou a se aproximar, mais e mais, os lábios dele estavam indo direto em direção aos dela, até que...

Ela ergueu o corpo e levantou-se da cadeira.

— Onde fica o banheiro? — perguntou ela, quase sem ar.

Uma cor vermelha começou a se espalhar pelo rosto perplexo de Todd.

— Hã, o quê?

— Onde fica o banheiro? Desculpe — acrescentou ela.

— Lá em baixo — disse ele calmamente. Então se levantou e limpou a garganta. — Eu levo você lá.

Ela sabia que havia acabado de cometer um dos maiores erros da vida, porém já era tarde demais. Ele estava de pé. Não tinha outra escolha a não ser segui-lo. Passaram pela porta e desceram as escadas em silêncio. *Você é idiota*, pensou ela. *Uma completa e absoluta idiota.*

No fim da escada, ele apontou para uma porta.

— É aqui — disse ele.

— Ótimo. Obrigada. — Ela entrou o mais rápido possível e trancou a porta. Ficou de pé em frente à pia cromada e abriu a torneira ao máximo.

Todd Piedmont gostava dela. Quase a *beijara*. E ela havia recuado. Sem motivo. Bem, sabia o motivo. Estava com medo. Morrendo de medo. Mas por quê? E, acima de tudo, como sairia dali, fingiria que isso nunca tinha acontecido e, assim ela esperava, faria com que ele tentasse beijá-la novamente.

Carina saberia o que fazer, pensou ela, procurando o iPhone. Carina lhe daria a dica de uma desculpa genial, uma maneira de se ver livre dessa confusão.

Quando pegou o telefone, viu que já havia uma mensagem dela.

SOCORRO!
BRIGA ENORME COM O JURG!!
VENHA AGORA!!!

Sem pensar duas vezes, colocou o iPhone de volta na bolsa e abriu a porta. No hall, Todd deu um sobressalto.

— Sinto muito, mas vou ter que ir — disse ela. — É uma emergência.

Se Todd tinha ficado surpreso quando ela entrou no banheiro, agora parecia completamente confuso.

— Tudo bem — disse ele cuidadosamente.

— É a Carina. Ela precisa de mim.

— O que houve?

— Ainda não sei — disse ela. — Mas vou tentar voltar depois.

Queria dizer, *Não estou te dando um furo*, mas isso só deixaria mais óbvio que era exatamente isso que estava fazendo. Por que ela era assim tão esquisita?

Em vez disso, caminhou até o elevador e apertou o botão.

— Tenho certeza de que a festa vai ser ótima — disse ela sem entusiasmo.

— Vai — concordou ele, soando como se não desse a mínima.

As portas do elevador se abriram. Ela entrou. Tinha de haver alguma coisa que podia dizer para se explicar.

— Nos vemos mais tarde — despediu-se ela logo antes de as portas se fecharem. *Brilhante*, pensou enquanto o elevador descia para o lobby.

Ela se encostou à parede e suspirou. Tinha sido um desastre nota dez. Havia apenas alguns minutos, ele fizera algo tão incrível que provavelmente nunca mais na vida teria que assistir a *Diário de uma paixão*. E agora tudo havia acabado, tão fugaz quanto o pôr do sol que tinha visto lá em cima. E a culpa fora toda dela.

Lizzie respirou fundo quando o elevador começou a parar.

Precisava voltar para a festa mais tarde. Simplesmente precisava. Caso contrário, não estava certa se algum dia voltaria a ter um momento como aquele.

capítulo 9

Quando Lizzie entrou no lobby do arranha-céu futurístico de vidro de Carina na Quinta Avenida, Hudson já a esperava no banco ao lado da cascata. Havia uma pequena mala a seus pés. Já sabiam por experiência que quando Carina e o Jurg brigavam, normalmente demorava um pouco para Carina se animar.

Lizzie queria desabafar cada detalhe do que tinha acabado de acontecer na casa de Todd, contudo parecia mais importante perguntar sobre Carina.

— Sabe o que aconteceu? — perguntou ela.

— Só sei o que você sabe — disse Hudson se levantando do banco. — Eles tiveram uma briga e ela está fora de si. Mas a briga foi feia desta vez. Feia mesmo. — Hudson estava linda, vestida com uma blusinha fumê sem manga e com alças cobertas de lantejoulas e calças Genetic extra skinny de cor roxa. Lizzie nunca poderia usar calças skinny. Faziam com que ela parecesse uma girafa.

Subiram até o sexto andar e caminharam pelo corredor em direção à única porta. Por hábito, Lizzie olhou para a câmera de segurança acima da porta. O apartamento dos Jurg era protegido 24 horas por um segurança chamado Otto, que só abria a porta para visitas autorizadas. Elas ouviram o barulho do interfone, e então a porta pesada destrancou. Lizzie abriu-a.

Otto estava atrás de sua mesa, usando terno e gravata.

— Ela está na sala de estar — disse ele, apontando para o corredor.

— Carina — chamou Lizzie.

Tudo o que conseguiam ouvir era uma música do Coldplay vindo da sala. Lizzie e Hudson se entreolharam. Sempre que Carina escutava Coldplay, estava com problemas.

Entraram na sala. A coleção do Jurg de esboços raros de Picasso estava pendurada nas paredes douradas, e sobre o consolo da lareira, logo abaixo da tela de plasma, havia ovos Fabergé de enfeite. Sentada em um dos sofás de couro estava Carina, a cabeça, envolta por cabelos louros, curvada, o pequeno corpo tremendo sob uma camiseta de um azul pálido. O cabelo caía em mechas sobre o rosto, despenteado e úmido. Na mão, ela apertava de modo feroz uma das bolas de estresse do pai.

Lizzie foi direto ao som e diminuiu o volume.

— Por que você está escutando isto? Não é de admirar que esteja chorando.

— O que está acontecendo, C? — perguntou Hudson calmamente, largando a bolsa no chão e sentando-se ao lado dela no sofá. — Diga pra gente. Está tudo bem.

Carina continuou com a cabeça abaixada, não conseguiam ver seu rosto, mas uma lágrima caiu silenciosamente na perna de suas calças cargo. Carina raramente chorava, e quando o fazia, era com uma dignidade graciosa e serena que Lizzie quase invejava.

— Ele quer que eu trabalhe para ele — disse ela finalmente, levantando o rosto molhado de lágrimas. Grandes manchas vermelhas espalhavam-se sob seus olhos, franzidos pelo choro. — Ele disse que algum dia vou herdar a empresa, então queria que eu começasse *agora*.

— Onde? — perguntou Hudson. — Em uma das revistas?

— Não. — Carina fungou, esfregando o nariz sardento com as costas da mão. — No escritório. Quartas e sextas depois da escola e o dia todo aos sábados. — Ela fungou novamente. — Nada de futebol. Nada de surfe nos fins de semana. Nada de Modelo de Nações Unidas. Nada de passeio com vocês. Nada mais de nada. Quartas e sextas. Até as *oito*. E sábados. Tudo para que eu possa ver seus criados e ele esboçarem mais um plano de dominação mundial.

— Credo. Você está falando de Ed Bracken? — perguntou Hudson, visivelmente chocada.

Carina concordou com a cabeça e prendeu o cabelo úmido num coque desmazelado. Ed Bracken era o braço direito do Jurg e puxa-saco em todos os aspectos. Ele era tão bom em puxar o saco que Carina também o chamava de Tamanduá. Tinha ombros curvados, um jeito esquisito de caminhar arrastando os pés e um cabelo grisalho tão fino e oleoso que parecia ser pintado na cabeça. As pessoas diziam que ele morava com a mãe, embora devesse ter uns 55 anos. Lizzie acreditava.

— E o que você disse? — perguntou Lizzie.

— O que eu poderia dizer? Você sabe como ele é. — Carina mexeu na sua pulseira de corda. — Ele sempre quis que eu aprendesse sobre os negócios dele, embora saiba que não estou interessada e que isso não tem absolutamente nada a ver comigo. Ele não se importa. Gerenciava muito bem seu próprio jornal aos 16. Então... é a minha vez agora.

— Você disse não? — questionou Hudson.

— Tentei. Mas não há como argumentar com ele.

— Mas você é a melhor argumentadora que eu conheço — observou Lizzie.

— Não dessa vez. Fui totalmente vencida. — Carina balançou a cabeça, e seus cabelos caíram ao redor das orelhas novamente. — E a pior parte é que esta é a minha vida. Ele disse que sou sua única herdeira — continuou ela, fazendo o sinal de aspas com os dedos. — O que significa que eu vou fazer isso pelo resto da vida, goste eu ou não.

— Então simplesmente diga a ele que você não quer herdar os negócios. Diga que quer fazer outra coisa — aconselhou Hudson, tirando um elástico de cabelo do pulso e fazendo um rabo de cavalo em Carina.

— Como o quê? Ser guia nas expedições da Outward Bound? — O queixo de Carina tremia graças a um soluço que se formava. — Esse tipo de coisa só faz com que eu me lembre de que ele nem mesmo me conhece. Sou apenas essa garota que mora na casa dele. Jurg não faz ideia de quem eu seja. Não me vê. Olha mais para essas pinturas do que para mim. — Ela continuava a apertar a bola de estresse. — E agora eu tenho que fazer o que ele diz. Como todo mundo.

Hudson atirou os braços em volta de Carina.

— Vamos dar um jeito — sussurrou ela, abraçando-a. — Não se preocupe.

Lizzie também se agachou ao lado de Carina.

— Você vai ficar bem, Carina. Com certeza vai.

Carina fungou e levantou-se.

— Bem, se ele vai me obrigar a fazer isso, eu vou dar o troco. Com certeza absoluta. — Ela colocou os pés em um par de Havaianas. — Tudo bem, meninas, vamos. Hora de sair daqui.

— Para onde vamos? — perguntou Lizzie, alarmada.

— Montauk — disse Carina. — Vamos ter o lugar só para nós. Meu pai viajou para Los Angeles. E é minha última oportunidade antes de eu começar a servidão.

— Mas... — começou Lizzie.

— O quê? — perguntou Carina, esfregando os olhos inchados. — Você não pode ir?

Lizzie sentiu Hudson olhá-la de forma tensa. É claro que tinha de ir. Não podia abandonar a amiga agora. Nem mesmo para voltar à casa de Todd e tentar salvar sua noite.

— Não, tudo bem, quero dizer...

— Oh, meu Deus, a festa do Todd! — Carina se deu conta, segurando o braço dela. — Eu me esqueci completamente! Se você quiser voltar, Lizbutt, é claro que pode.

— Não, vamos. Não tem problema.

— Tem certeza? — Carina continuava segurando o braço de Lizzie.

— Absoluta. Vamos.

Quando chegaram à portaria, o enorme Range Rover do Jurg esperava por elas na frente do prédio. Carina podia chamá-lo sempre que quisesse, junto com o motorista de Karl, Max. Conforme seguia suas amigas entrando no banco de trás, Lizzie pegava o telefone na bolsa. Tinha que enviar uma mensagem para Todd. Não havia escolha. Não podia abandonar a amiga.

Não vou poder voltar à festa, mas se divirta! Explico depois...

Evidentemente, não explicaria o drama de Carina em uma mensagem.

Naquela noite e na maior parte do domingo, as três caminharam na praia, assistiram a uma temporada inteira de *Project Runaway* e nadaram na piscina em forma de lago do Jurg. Pouco a pouco, Carina começou a mostrar sinais de melhora. No domingo, estava quase de volta ao seu velho e dominador eu, criticando os comentários de Nina Garcia e observando como sua versão de um vestido feito de peças de carro seria muito melhor. Mas Lizzie não conseguia parar de pensar em Todd. Repassava a cena no terraço na sua mente várias e várias vezes. Checava o iPhone a cada cinco minutos.

Domingo à tarde, não conseguiu mais aguentar. Durante um intervalo da maratona de *Runway*, entrou furtivamente no escritório do Jurg e escreveu uma mensagem para Todd no Facebook.

Como foi a festa?

Checou freneticamente a caixa de entrada de seu e-mail pelo resto do dia. Mas ele não a respondeu.

capítulo 10

Lizzie sentou na beira da carteira na sala de chamada, os olhos presos à porta como um atirador de elite treinado na Marinha. Já era segunda-feira de manhã, e Todd ainda não tinha lhe respondido. Milhares de possibilidades começaram a lhe passar pela cabeça, mas apenas três pareciam prováveis. Ele a) estava ofendido por sua bizarra saída de última hora; b) achava que ela era louca por conta da saída bizarra de última hora; ou c) tinha voltado para Londres de repente.

Madame Depuis estava na frente da sala em um de seus autênticos e abomináveis terninhos dos anos 1970. Suas roupas eram tão feias que às vezes você mal conseguia olhar para ela. Por que os professores eram tão sem noção?

— *Allez, allez* — disse ela em seu francês com sotaque canadense, franzindo a monocelha em frente à lista de chamada. — Lisa Angelides.

— Presente.

— Bryan Buka.

— Presente.

— Lizzie, relaxe, ele vai chegar — sussurrou Carina à sua esquerda. Tinha se recuperado completamente desde sexta à noite, e agora estava fazendo de última hora o dever de casa de geometria. Hudson lia um exemplar de *Teen Vogue*.

— Ava Elting — falou Madame de forma monótona.

— Presente! — gritou Ava do canto da sala, erguendo a cabeça ruiva. Depois voltou a cochichar com as Icks. O grupo estava reunido desde que a chamada tinha começado. Com certeza alguma coisa muito importante havia acontecido durante o fim de semana.

O barulho de passos apressados no corredor fez Lizzie olhar para trás, em direção à porta, e de repente Todd entrou apressado na sala, as bochechas coradas e o cabelo molhado e espetado. Parecia completamente envergonhado e um pouco grogue, como se tivesse perdido a hora.

— Sinto muito — gaguejou ele educadamente. — Sinto muito mesmo.

— Bonjour, Monsieur Piedmont — disse Madame com uma ponta de aspereza na voz, fazendo um gesto para que ele se sentasse. — *Asseyez-vous*.

Aqui, pensou Lizzie, observando-o entrar na sala e procurar um assento. *Pelo menos olhe para cá...*

Mas ele passou por ela sem nem olhar. Foi até o fundo da sala, exatamente na direção do grupo de carteiras que acomodavam a tríade de machos alfa de Ken Clayman, Eli Blackman e Chris Eaton.

Lizzie virou-se para a frente na carteira.

— Desde quando ele é amigo dessa galera? — sussurrou ela para Carina.

Carina olhou para trás, na direção de Todd, e deu de ombros.

— Ele é homem — disse ela.

Durante o resto da chamada, Lizzie tentou elaborar uma desculpa legal, inteligente e, assim esperava, engraçada. *Desculpe por não ter voltado*, pensou ela. *Sim, saí correndo da sua casa, mas eu realmente gostaria de beijar você. Quando podemos voltar para aquela parte?*

Quando Madame tinha finalmente chegado ao fim da lista e o sinal tocado, Lizzie virou-se para Carina e Hudson.

— Encontro vocês na aula de história — disse ela, guardando suas coisas.

— Só seja simpática — aconselhou Hudson.

— É, e não fique toda nervosinha por ele não ter respondido você — sugeriu Carina. — Não dê importância.

Hum, como se fosse possível, pensou ela, esforçando-se para alcançar Todd no corredor.

— Oi — disse ela, quando conseguiu ficar logo atrás dele. — Como foi a festa?

Todd virou-se. Ele parecia surpreso, como se fossem o tipo de amigos que diziam oi um para o outro, mas que nunca conversavam de verdade.

— Oi — falou ele, colocando a mochila sobre os ombros. — E aí?

— Desculpe por não ter voltado — disse ela, ficando bem ao lado dele. — Eu queria mesmo, mas acabamos indo para Montauk e foi meio que uma emergência...

— Ei, sem problemas — relevou ele, erguendo a mão para interrompê-la, como se fosse um surfista paz e amor. — As coisas ficaram um pouco doidas esse fim de semana.

— Os olhos dele percorreram o corredor, procurando por

alguma coisa, ou alguém. Ela esperou por mais explicação, mas ele não lhe deu.

— Foi divertida? — perguntou ela.

— O quê?

— A festa.

— Ah, sim — disse Todd distraidamente, ainda olhando ao redor. De repente, ele empinou a cabeça, como se tivesse acabado de ter uma ideia brilhante. — Ei, acho que temos que ir para a aula de inglês, certo?

Antes que pudesse responder, ele se virou e começou a andar pelo corredor. Lizzie observou-o, chocada. Esse não era o Todd. Nunca parecia desinteressado ao falar. Estava com raiva dela?

— Ei, você ainda está me devendo um conto — provocou ela, seguindo-o pelo corredor. — Não pense que vou esquecer.

— Ei, Piedmont!

Ela olhou para a frente. Ken Clayman estava acenando para ele, perto dos armários, onde estava com Eli e Chris.

— Venha aqui! — gritou ele. — Estamos jogando fantasy football!

Todd virou-se para ela.

— Falamos depois, ok?

Ela só concordou com a cabeça e observou-o caminhar até seus novos amigos. Um minuto depois, o grupo todo desceu pelo corredor, se empurrando, se cutucando e dando risada. Não conseguia acreditar. Fantasy football? Morou na Inglaterra durante três anos. Que importância tinha para ele a NFL?

Confusa, virou-se e viu Sophie Duncan e Jill Rau saindo do banheiro feminino, lado a lado, as saias escolares das duas caindo até os joelhos num estilo fora de moda. Sophie e Jill não eram as garotas mais legais da aula — usavam gloss rosa choque e eram publicamente apaixonadas por Zac Efron — mas eram bem legais, mesmo fofocando constantemente sobre a vida dos outros.

— Você tem certeza *absoluta*? — perguntou Sophie, ajeitando os óculos no nariz.

— Tenho, Kate e Ilona estavam falando sobre isso na lanchonete — confirmou Jill, passando gloss nos lábios. — Aconteceu depois que todo mundo foi embora. Então eu ganhei. Eu disse que iam ficar na primeira semana.

— Eles ficaram no primeiro *fim de semana*, não na primeira semana — contra-atacou Sophie.

— É a mesma coisa — disse Jill.

Estavam todas caminhando na mesma direção, então Lizzie acompanhou o passo delas.

— O que vocês duas apostaram? — perguntou ela.

— Oh, o quão rápido Todd e Ava ficariam — disse Jill casualmente, estalando os lábios. Ela fez um gesto para Sophie. — E agora esta safada aqui me deve um gloss da Mac.

Lizzie teve de se esforçar para continuar andando. Suas pernas pareciam ter sido recheadas de concreto.

— Eles ficaram? — perguntou ela, o mais indiferente possível.

— Ficaram. Na festa de Todd — disse Sophie. — O que, a propósito, tecnicamente *não* é a primeira semana de aula — fez Jill se lembrar.

— Sim, é — disse Jill em resposta.

— Na festa de Todd? — perguntou Lizzie, sem conseguir acreditar.

— Eu sabia que isso ia acontecer — interpôs Jill. — Quero dizer, ela estava dando super em cima dele na semana passada. E com quem mais Todd iria sair?

As duas viraram e entraram na sala de aula, deixando Lizzie para trás. O sinal tocou. Portas fechadas. Tudo ficou em silêncio. Ela não conseguia se mexer.

Todd e Ava.

Ficando.

Na festa.

Horas depois de ela tê-lo deixado.

Ficou por alguns minutos no corredor deserto, tentando absorver a notícia. A princípio, não parecia possível. Mas então se lembrou do olhar distraído de Todd, do jeito como ele praticamente tinha fugido dela agora há pouco, e fazia alguma droga de sentido.

Lizzie finalmente ajeitou a mochila nas costas e seguiu pelo corredor. Todd achava Ava uma garota legal. Legal o suficiente para ficar com ela apenas algumas horas depois de Lizzie sair da casa dele.

Mas ele gosta de mim, dizia uma pequena voz dentro dela. *Ele gosta de MIM.*

E então uma outra voz falou mais alto e abafou aquela primeira voz.

Não tanto quanto você achava que ele gostava.

Lizzie não contou isso para ninguém até a hora do almoço, quando ela, Carina e Hudson sentaram-se à mesa de uma lanchonete na esquina da Madison.

— Então ele está quase te beijando, você vai embora e ele fica com a Ava na mesma noite? — perguntou Hudson, com o garfo equilibrado sobre o melão com queijo cottage. — Simplesmente não faz sentido.

Lizzie mexia desanimadamente o canudo para cima e para baixo em seu ice tea.

— Talvez *não estivesse* quase me beijando — disse ela.

— A culpa é minha — falou Carina serenamente sobre um prato gigantesco de batatas fritas. — Nunca devia ter te enviado aquele torpedo.

A lanchonete estava tão lotada que era difícil até ouvir o próprio pensamento. Na mesa seguinte, Lizzie podia ver as Icks dividindo uma porção de batatas fritas e lançando-lhes olhares gélidos e de aço.

— Não é culpa sua, C — disse Lizzie, tentando soar positiva. — Eu já tinha surtado. Ele provavelmente achou que eu estivesse com nojo dele ou algo assim.

— Você podia dizer a ele que não estava — sugeriu Carina, passando uma batata frita no catchup.

— Agora? — perguntou Lizzie. — Você sabe como é quando um garoto começa a sair com Ava: fica perdido para sempre. Ela é como o Triângulo das Bermudas. — Ela afundou um limão flutuante com o canudo. — E talvez ele não estivesse tão a fim de mim, afinal de contas.

— Bem, quem perde é ele — concluiu Carina, apoiando de forma autoritária os dois cotovelos na mesa. — *Ele* é o idiota aqui, não você. *Você* é bonita e inteligente e completamente *i*nesquecível. Ava provavelmente ficou se atirando para cima dele. Só porque ele foi estúpido e sem originalidade o suficiente para cair na dela não quer dizer nada em relação a *você*.

— Eu sei, mas mesmo assim é horrível — lamentou Lizzie em voz baixa, engolindo as lágrimas.

— Ei. — Um sorriso misterioso, marca registrada de Carina, apareceu quando ela se curvou sobre a mesa de vinil. — Ligue para a fotógrafa. É o motivo perfeito para fazer isso.

— *Agora?* — Lizzie lançou para Carina um olhar você-ficou-completamente-louca.

— Sim. Vai fazer você se sentir melhor.

— Acho que não tenho mais o cartão... — disse Hudson, mexendo na bolsa.

— Espere! Não posso simplesmente decidir que vou ser modelo porque um garoto qualquer demonstrou ser um babaca.

— Você *não* vai virar *modelo* — resmungou Carina, revirando os olhos dramaticamente. — Estamos falando de você tirar algumas fotos. Aumentar sua autoestima. E colocar na página do seu Facebook e deixá-lo louco de ciúme.

— Ah, e outra coisa — acrescentou Hudson, ainda procurando o cartão na bolsa. — Júpiter está na casa dez neste momento, o que é *maravilhoso* para sua carreira.

— Mas eu não tenho uma carreira.

— Aqui está. — Hudson tirou o cartão da bolsa. Entregou-o a Lizzie. — Viu? Não está nem amassado.

Lizzie passou novamente os dedos nas letras em alto-relevo nas quais estava o nome de Andrea.

— Ainda não consigo entender — disse Carina, balançando a cabeça. — Quais são as suas razões para dizer não de novo?

Lizzie colocou o cartão na mesa.

— Natasha disse para eu não fazer isso.

— Você realmente acha que deixaria sua mãe chateada tirando algumas fotos? — perguntou Hudson docemente. — Você nem sequer falou com ela desde a briga.

Lizzie cogitou a possibilidade. Carina estava certa. Não havia mais razão para ficar preocupada em deixar a mãe desconcertada. Mas havia a razão que Carina e Hudson não sabiam, e a que não queria falar: o que a mãe realmente pensava dela. Que era esquisita. Que era alguém para se ter pena. E ela confiava mais na opinião da mãe do que na de Andrea.

Talvez isso lhe desse ainda mais razão para tirar as fotos, pensou ela. Talvez precisasse provar o contrário para a mãe. Provar o contrário *para si mesma*. Provar que havia alguém que a achava bonita, pelo menos de um jeito fora do padrão. E isso com certeza faria Todd Piedmont se lembrar do seu fiasco até o fim dos tempos.

Lizzie deu de ombros.

— Tudo bem.

Carina entregou seu telefone a Lizzie. As amigas não tiraram os olhos de seu rosto enquanto ela discava. Tocou três vezes, e então alguém atendeu.

— Alô?

Lizzie reconheceu a voz simpática de Andrea. Pensou na melhor maneira de dizer isso.

— Oi, aqui é Lizzie Summers — falou ela.

— Lizzie! — disse Andrea calorosamente. — Tudo bem?

As amigas a encaravam, esperando, desafiando-a a perder a coragem. Ela soube, finalmente, que não perderia.

— Acho que quero fazer as fotos.

capítulo 11

— Espero que ela não ache que tenho experiência nisso só por causa da minha mãe. Ou que eu sequer saiba o que estou fazendo.

Com Carina e Hudson ao seu lado, Lizzie dobrou na Quinta Avenida e entrou no Central Park. Estava um lindo domingo de veranico, com nuvens que pareciam pedaços de algodão-doce e uma leve e suave brisa, que fazia os galhos das árvores balançarem em câmera lenta. Um dia perfeito para tirar fotos, Lizzie sabia, embora, cinco dias depois de ligar para Andrea, de repente não tivesse mais certeza se queria fazer isso.

— Você vai tirar de letra — Carina assegurou-a quando passavam por um harpista sentado em um dos bancos perto da entrada da rua 72. — Você tem os genes. Se desfilasse, daria um banho na Naomi Campbell, pelo amor de Deus.

— Hum, eu nunca nem *tentei* desfilar — respondeu Lizzie.

— Está fazendo isso por você — lembrou-a Hudson, amarrando novamente um lenço vintage Hermès na cabeça. — Pense nisso como um exercício de autoafirmação.

— Ah, meu Deus — suspirou Carina enquanto esperavam por ciclistas em velocidade passarem. — Você vai ter que parar de ler os livros New Age da sua mãe, ok?

— Obrigada por virem comigo, meninas — disse Lizzie. Hudson pegou-a pelo pulso.

— E perder a história sendo escrita? — perguntou ela, piscando. — De jeito nenhum.

Elas andaram pelo caminho sombreado e tortuoso que margeava o Boat Pond até chegarem na praça ladrilhada de tijolos vermelhos na frente da fonte Bethesda.

— Lá está ela — disse Carina quando entravam na praça aberta.

Andrea estava sentada na beira da fonte, com um sanduíche de sorvete em uma das mãos e um BlackBerry na outra. Havia uma mochila de fotografia quadrada a seus pés. Quando as viu, levantou-se e acenou com o sanduíche no ar.

— Bem, como eu não sabia qual vocês iam querer, comprei um Drumstick, um Fudgsicle e um Corneto — disse Andrea quando elas se aproximaram, apontando para os sorvetes que tinha colocado sobre a mochila. — Quem quer o quê?

Carina foi direto ao Drumstick — amava qualquer coisa com amendoim — e Hudson pegou o Fudgsicle. Lizzie, o Corneto. Era a primeira vez que via uma fotógrafa realmente estimular uma modelo a comer.

— O dia não está lindo? — entusiasmou-se Andrea, olhando para o céu. — Um dia perfeito para fotos. — Ela jogou o papel do sorvete na lata de lixo, abriu a mochila e ergueu com as mãos uma pesada câmera Mamiya do tamanho de uma bola de vôlei. Olhando para a máquina, Lizzie conseguia entender por que o braço de Andrea era tão musculoso.

— Certo, por onde você quer começar? — perguntou Andrea, tirando a tampa das lentes. Ela apertou os olhos para a luz. — Quem sabe começamos na frente da fonte e depois vamos para outro lugar?

— Você é quem sabe — disse Lizzie, engolindo o sorvete. — Não tenho experiência nisso ou coisa do tipo.

— Ótimo! — exclamou Andrea, sorrindo. — É isso que gosto de ouvir!

Lizzie terminou de comer a casquinha, entregou a mochila para Hudson e sentou-se na beira da fonte. Podia sentir o frescor da água às suas costas. O fundo da fonte reluzia com o que pareciam ser milhares de moedas afundadas.

— Ah, Lizzie? Posso pedir para você soltar o cabelo? — Andrea gesticulou com a câmera. — Quero poder vê-lo.

Lizzie levantou os braços e tirou o elástico, libertando os cachos brilhosos. No calor, era só uma questão de tempo para que ganhassem volume e virassem um capacete.

— Ótimo — encorajou Andrea, segurando a câmera próxima ao rosto. — Seu cabelo é tão lindo!

Você é louca?, pensou Lizzie, enquanto colocava-se em posição: costas eretas, queixo para dentro, ombros para trás. Era a primeira regra de uma modelo, e que Katia havia lhe ensinado anos atrás, embora nunca tenha realmente a usado.

— Espere, espere — disse Andrea, abaixando a câmera. Caminhou até Lizzie com seu All Star. — Não se preocupe em se sentar ereta assim. Sente-se como você normalmente se sentaria. Como se uma amiga estivesse tirando uma foto sua.

— Então você quer dizer como... — Lizzie deixou o ombro cair um pouco e relaxou o queixo. — Assim?

— *Perfeito*. — Ela se aproximou. — Quero que você se esqueça de qualquer coisa que possa ter aprendido sobre como tirar fotos. Você e eu vamos criar as nossas próprias regras, certo? — Ela se virou para Hudson e Carina e gritou: — Ok, quem quer começar para mim?

— Eu! — Carina aproximou-se alegremente.

Lizzie observou incrédula Andrea entregar a câmera para Carina. Essa mulher ia deixar uma de suas amigas tirar fotos? Com sua câmera sofisticada que provavelmente custava milhares de dólares? Andrea não era louca, Lizzie concluiu. Era superlegal.

— É só apertar este botão aqui — instruiu ela, entregando a câmera para Carina. — Ela vai fazer todo o resto.

Carina posicionou-se na frente de Lizzie como se tivesse tirado fotos com uma câmera de 5 mil dólares a vida inteira.

— Você está pronta, gatinha? — perguntou ela, levando a câmera ao rosto. — Faça amoooor com a *câ-me-ra*.

Lizzie deu risada. Antes que ela parasse de rir, Carina apertou o botão. *Clique*.

— Maravilha! — encorajou Andrea. — Continuem!

— Work it, own it, *work it* — cantou Carina. Lizzie deu risada novamente. *Clique*. Carina apertou o botão no momento exato.

— Perfeito! — animou-se Andrea.

— Você está *fabulosa, querida* — sussurrou Carina, aproximando-se dela. — Você tem o *dom*.

— Carina, pare! — disse Lizzie, ainda dando risada.

E então foi a vez de Hudson.

— Para a esquerda! Para a direita! Você é tão linda que chega a *doer*! — gritou ela.

Clique-clique-clique fazia a câmera, conforme Lizzie sorria e dava gargalhadas com tanta intensidade que chegava a sentir dor no abdome.

Finalmente Andrea interveio e assumiu o controle.

— Foi ótimo, Lizzie — disse ela, de repente a profissional calma e bacana. — Agora, olhe bem para mim e sorria.

Ainda eufórica de tanto rir, Lizzie não teve tempo de ficar nervosa. Deu um sorriso largo para a câmera.

Andrea apertou o botão. *Clique.*

— Ótimo! — gritou Andrea.

Lizzie inclinou levemente a cabeça para a direita, com um sorriso ainda mais largo dessa vez, e Andrea clicou.

— Isso!

Ela inclinou a cabeça para a esquerda.

— Perfeito!

Antes que se desse conta, Lizzie entrou naturalmente em um ritmo. Tinha uma vaga ideia de que seu cabelo estava começando a escalar em direção ao céu, mas não se preocupou. Uma vozinha lhe dizia para ajeitar a postura, mas não deu importância. Tudo o que importava era que estavam tirando fotos dela, e não estava apenas tudo bem — estava sendo natural. Engraçado. Não era nada parecido com o ataque dos paparazzi na Fashion Week. Não era invasivo. Era tranquilo. Até mesmo revigorante.

Enquanto isso, Andrea ia de um lado para o outro com seu All Star, aproximando-se, recuando, cambaleando para o lado, capturando Lizzie de todos os ângulos.

— Ótimo, Lizzie! Perfeito!

A cada clique, na verdade sentia algo dentro dela alçar voo. *Esta mulher está tirando fotos de mim. E isso é realmente divertido.*

— Ok, vamos tentar algumas mais sérias — disse Andrea, suspendendo a câmera. — Vamos fazer a Lizzie feroz.

— Lizzie feroz? — perguntou ela.

— A Lizzie valente — gritou Andrea. — A Lizzie que diz o que pensa. A Lizzie do vídeo.

Do vídeo. Do vídeo que deu início a isso tudo. Talvez, pensou ela, não tenha sido a pior coisa do mundo. Pela primeira vez lembrava-se de como havia se sentido logo antes de abrir a boca para falar com o repórter. Aquela deliciosa sensação de deixar rolar, de tirar a mão do volante, de ser você mesma — sem crivos, sem uma voz na sua cabeça lhe dizendo não. Levou as mãos à cintura e mirou na câmera. Deixou seu sorriso dissipar-se.

— *Isto!* — Andrea aproximou-se enquanto pressionava o obturador. — Maravilhoso! Continue!

Era quase como interpretar um papel, e estava funcionando. Atrás de Andrea, uma multidão de turistas começou a se aglomerar. Uma garotinha no meio do grupo chamou sua atenção. Era um pouco gordinha, pálida como um fantasma, e sua camiseta dizia I LOVE NY. Ela encarava Lizzie com olhos arregalados e fascinados, como se ela fosse um unicórnio ou algum tipo de criatura imaginária.

Finalmente, depois de Lizzie ter tirado mais algumas fotos solo, Andrea abaixou a câmera. Seu rosto estava corado e havia uma camada reluzente de suor acima da testa.

— Foi maravilhoso! Você se divertiu?

— Nunca me diverti tanto na vida — disse Lizzie. — Obrigada.

— Não, Lizzie, obrigada *você* — disse Andrea, dando-lhe um abraço. — Você tem o dom para isso. Eu sabia.

— Ah, meu Deus — berrou Hudson, correndo na direção delas. Agarrou Lizzie e sacudiu o braço dela. — Você estava maravilhosa! Você sabe fazer isso, viu? É mesmo *boa* nisso!

— Você arrasou, Lizbutt — anunciou Carina.

— Me senti tão à vontade — sussurrou Lizzie.

— Você tem isso em você — assegurou-lhe Hudson. — Pude perceber quando estava posando. Esse seu outro lado acabou de desabrochar. Você realmente podia fazer isso.

— De verdade — acrescentou Carina.

— Tem, sim — apoiou Andrea. — Realmente tem. Gostaria de saber sua opinião sobre as fotos. Vou mandar algumas para você, certo? Aposto que vai amar.

Elas se despediram de Andrea, e Carina e Hudson continuaram com sua animação enquanto as três andavam em direção ao Sheep Meadow e ao lado oeste.

— Bem, meninas, não vamos nos entusiasmar além da conta — preveniu ela.

— Não, acho que quero me entusiasmar além da conta — disse Hudson. Ela se virou em direção ao Meadow, à esquerda delas, coberto de pessoas tomando sol, soltando pipa e sentadas sobre cangas ainda com suas roupas de trabalho, absorvendo os últimos raios de sol. — Ei, todo mundo! Esta garota vai ser uma estrela!

É óbvio que ninguém se virou, mas Lizzie sorriu de alegria de qualquer maneira. Olhou além do Meadow, para a linha do horizonte lotada do centro da cidade logo depois do parque e para os hotéis ao longo da parte sul do Central Park pairando acima das árvores. Não se podia ouvir o barulho do tráfego ali nessa parte do parque e, por um momento, a cidade não parecia real. Nova York estava sempre mudando. Em um momento você fica atônito com o tumulto na sua cara — o trânsito, o lixo, o barulho e as pessoas andando apressadas pelas ruas —, no outro, você entra no parque ou olha pela janela da cobertura de Carina ou fica de pé no terraço do prédio de Todd, e a cidade pode parecer tão insubstancial como em um sonho. Dentro de Lizzie, alguma coisa estremeceu. Talvez suas amigas estivessem certas. Talvez pudesse fazer isso. Talvez as palavras de Hudson se provassem verdadeiras.

— Você tem que fazer isso de novo, ok? — perguntou Carina enquanto passavam por carruagens de aluguel enfileiradas na frente do restaurante Tavern on the Green. — Se não fizer, talvez eu não consiga mais ser sua amiga.

— Bem, só digo uma coisa, estou exausta — disse Lizzie.
— Não sei como minha mãe consegue.

— Se acostume — aconselhou Carina, os olhos cor de chocolate cintilando.

Ela disse tchau para as amigas no lado oeste do Central Park e virou a esquina, sentindo o vento acariciar o rosto. Na esquina da Columbus, olhou para o outro lado da rua e viu os paparazzi reunidos na frente de seu prédio. Tinham ficado sumidos por um tempo, desde que os pais foram para Paris, mas agora estavam de volta, e alguma coisa os fez se animar, apertando a câmera contra os rostos. Uma limusine preta com o porta-malas ainda aberto estava parada no meio-fio.

Os pais tinham acabado de voltar para casa.

Passou apressada pelos fotógrafos ligando para seus editores, e pegou o elevador para subir. Abriu a porta da frente e quase tropeçou na mala colossal Louis Vuitton na entrada. Estavam definitivamente em casa. Lizzie ficou nervosa. Não tinha certeza se já estava preparada para ver a mãe. Ou para lhe contar sobre o que havia acabado de fazer. Mas sabia que provavelmente precisaria se desculpar pela crise dramática que teve na noite antes de eles saírem.

— Mãe? — chamou ela.

Lá estava o conciso *clique-clique* dos sapatos de salto agulha aproximando-se do hall, e então a mãe apareceu no corredor.

— Oi, querida — disse ela. Mesmo depois de um voo de nove horas, estava deslumbrante, em pantalonas de tweed e uma blusa de chifon de seda sem manga. Nenhum fio de cabelo loiro tinha escapado do penteado updo que sempre usava no avião.

— Como você está, querida? — perguntou Katia, vindo na direção dela. Curvou-se e hesitantemente envolveu os braços delicados em volta dos ombros de Lizzie. Ela sentiu o aroma que era marca registrada da mãe — um perfume de lírio e angélica feito especialmente para ela por uma perfumaria de Paris — e se deu conta de como tinha sentido saudades.

— Estou bem — disse Lizzie. — Como foi a viagem?

— Produtiva. — Katia endireitou os ombros e tirou alguns fios de cabelo da testa de Lizzie. A mãe ainda era no mínimo 7 centímetros mais alta que ela. — Entrei com Katia Coquette na Bon Marché e na Galeries Lafayette. E as fotos para L'Ete também foram bem. Mas senti saudades de você. — Lizzie olhou para ela, esperando. Embora não quisesse nada além de se desculpar e esquecer a discussão para sempre, não tinha ideia do que dizer.

— Olhe, querida — disse Katia, colocando uma das mãos no ombro dela. — Falei com Natasha. Sei que você passou lá. E eu pensei na discussão que tivemos, e, bem, talvez você esteja certa. — Seus olhos azul-esverdeados pareciam fixos e sinceros. — Talvez eu não tenha pensado em como deve ser difícil para você. A atenção, as câmeras. Às vezes eu me esqueço de que fui eu quem escolhi esta vida para mim, não você. — Katia acariciava o cabelo de Lizzie com ternura. — E sinto muito pelo que eu disse. Espero não ter magoado você.

— Sinto muito também — falou ela baixinho. — De verdade.

— Então, de agora em diante, você não precisa participar desses eventos se não quiser. Essa é a minha vida. Não a sua.

Lizzie piscou. Por um momento, desejou saber se a mãe não tinha tomado muito remédio para dormir no avião.

— Tudo bem — ela finalmente conseguiu dizer. — Obrigada.

Katia abraçou-a novamente.

— Então, nada mais de brigas. Ah, trouxe algumas coisas de Paris para você. Algumas maquiagens da L'Ete.

Lizzie nunca usava os baldes de maquiagem que a mãe trazia. Normalmente dava tudo para Hudson.

— Legal — disse ela.

— E vou pedir pizza para você e para o seu pai — disse Lizzie, voltando para a cozinha. — Ele está desesperado por uma *junk food*. Podemos pôr o papo mais em dia no jantar. Estou contente por estar de volta, querida — murmurou ela, e então passou pela porta e sua pose estrutural desapareceu.

Lizzie andou apressada pelo corredor até o quarto, ainda em choque. Em primeiro lugar porque não esperava que a mãe fosse se desculpar. Agora se sentia um pouco envergonhada pelas fotos que tinha tirado com Andrea. Se a mãe sabia que o que dissera a havia magoado, e se desculpou por isso, então Lizzie realmente precisava ter tirado aquelas fotos com Andrea, só para provar à mãe o contrário? E se Natasha estivesse certa — e se as fotos vazassem e de alguma maneira fosse ruim para a imagem da mãe? Depois do vídeo no YouTube, a última coisa que queria fazer era envergonhar a mãe novamente. Por ora, não diria nada, decidiu ela. E, de qualquer maneira, foi só uma vez.

Lizzie entrou no quarto, largou a bolsa no tapete felpudo branco e tirou os sapatos com um chute. No computador havia uma mensagem de Hudson.

VC ESTAVA INCRÍVEL!

Lizzie sorriu.

Não conseguiria sem vc, escreveu ela de volta.

Depois se deitou na cama ao lado de Sid Vicious e acariciou-lhe a cabeça. Ele abriu olhos azuis mal-humorados.

— Hoje foi um bom dia — ela lhe disse baixinho, um pouco antes de se deixar levar pelo sono.

capítulo 12

O único problema de fazer o jogo Eu Me Esqueci de Você Completamente é que chega uma hora em que a pessoa que está tentando ignorar senta-se ao seu lado na aula de inglês e obriga você a falar com ela.

Uma semana depois da sessão de fotos com Andrea no parque, Lizzie estava ocupada revisando o segundo rascunho de seu conto e ouvindo a chuva tamborilar nas janelas da sala de aula quando ouviu alguém sentar ao seu lado.

— Oi, Lizzie. O que você está fazendo?

Ela levantou os olhos. Todd a olhava de forma cautelosa enquanto tirava os livros da mochila. Era o mais próximo que ficaram desde aquela noite na casa dele duas semanas atrás, e seu coração acelerou um pouco. Desde aquela terrível manhã em que tinha ouvido falar sobre ele e Ava, havia feito uma completa Todd-ectomia, removendo-o de sua vida. Passava rapidamente por ele no corredor, sem contato visual; chegava atrasada a todas as aulas para que assim pudesse escolher o lugar mais longe dele possível; sorria para ele somente quando era preciso, e do jeito só-estou-sendo-educada. Tinha até parado de entrar no Facebook, já que quem sabe houvesse alguma maneira de ele saber quantas vezes ela acessava a página e também porque era demais ter de aguentar os presentes, abraços e posts fofos de Ava. Sua rotina de tratá-lo com frieza tinha funcionado. Podia perceber o quanto ele estava nervoso agora.

— Nada demais — respondeu ela.

— É o seu conto? — perguntou ele, ansioso.

— O sr. Barlow leu o primeiro rascunho e fez algumas observações, então acabei de fazer o segundo rascunho — contou ela friamente, lançando-lhe um leve sorriso. — Vou entregar hoje.

— Legal — disse ele, balançando a cabeça. — Já entreguei o meu. Mas talvez devesse ter pedido para ele dar uma olhada antes...

— Ah, meu Deus! — uma voz deu um grito agudo. Lizzie levantou os olhos e viu Ava caminhando na direção deles.

— Kate me disse que tem um bicho esquisito no meu cabelo! Tem? Olha! — Ava sentou-se na carteira ao lado da dele, e quando Todd voltou sua atenção para os cachos possivelmente contaminados dela, Lizzie voltou para seu conto. Ava tinha se tornado a segurança de Todd. Sentava-se ao lado dele em todas as aulas; todo intervalo o seguia para o laboratório de informática ou para o saguão. Depois da escola, ficavam horas pelo Goodburger com Ken e seus amigos. Mesmo se Lizzie ainda quisesse continuar sendo amiga de Todd, não teria tido chance.

A porta da sala de aula se fechou com um estrondo, e o sr. Barlow atravessou a sala em pernas que pareciam ser de pau. Seus cabelos pareciam ainda mais brancos que o normal.

— Certo — disse ele, apoiando a parte posterior do corpo na beira da mesa. — Quem quer me dizer a diferença entre mito e estória? Alguém? — Seus olhos aquosos percorriam a sala como se procurasse o fogo inimigo.

Lizzie e Todd levantaram as mãos.

— Sr. Piedmont — respondeu o professor, cruzando os braços e levantando uma sobrancelha branca. — Diga.

— Um mito conta uma história sobre a natureza humana — arriscou-se Todd. — Os gregos antigos contavam uns aos outros para explicar o que significava ser humano. Então é mais que uma estória, porque é verdadeira.

Como sempre, quando Todd falava, o resto da turma virava o rosto para ele, prestando total atenção e de olhos bem abertos. Seu leve sotaque inglês também não incomodava.

— Muito bem, sr. Piedmont — disse o sr. Barlow. — Está correto. Os mitos ilustram a natureza humana, e é por isso que são contados até hoje, mas com detalhes atualizados, claro. Quase todas as histórias que lemos ou vemos na televisão têm alguma raiz na mitologia clássica. E é por isso que planejei este pequeno e divertido trabalho. Cada um de vocês vai atualizar um mito para os dias de hoje, e trazê-lo à vida usando detalhes modernos. E vocês vão trabalhar em *dupla*.

A sala ficou de repente em silêncio.

— E eu já as separei, só para agilizar — acrescentou ele com uma piscadela levemente irônica. A sala ficou ainda mais silenciosa.

Ele abriu seu *pad*.

— Ilona Peterson.

Lizzie olhou para o lado da fileira. À sua carteira, Ilona tinha ficado imóvel, com o cabelo virando no ar, e lançou para o sr. Barlow seu olhar fatal no estágio mais avançado.

— Você vai trabalhar com Harrison Chervil — disse ele animadamente. — Com o mito de Ícaro.

Cabeças viraram para o outro lado da sala, onde Harrison Chervil debruçava-se sobre o que provavelmente era um de seus desenhos de *O Senhor dos Anéis*, corando por trás de sua acne.

— Sophie Duncan — anunciou o sr. Barlow. — Você vai ficar com Ken Clayman. Com o mito de Sísifo.

Sophie ajeitou os óculos no nariz, enquanto ao lado dela Jill dava um tapinha nas suas costas com se ela tivesse acabado de ganhar na loteria. Do outro lado da sala, Ken parecia constrangido.

— Lizzie Summers — vociferou o sr. Barlow. — Você vai ficar com Todd Piedmont. Vão fazer Cupido e Psiquê. O mito do amor.

Alguém em algum lugar deu uma risadinha. Lizzie olhou imediatamente para baixo, sentindo as bochechas corarem. O mito do amor. Iria matar o sr. Barlow.

Quando terminou de ler a lista, o sr. Barlow observou a turma perplexa e em pânico.

— Este trabalho vai valer um terço da nota deste semestre — disse ele. — Se decidirem por escrever uma peça ou um roteiro, tem que ter no mínimo dez páginas. O mesmo para um conto. E eu sugiro que vocês se reúnam com a pessoa da sua dupla para pesquisar sobre o tema o mais breve possível.

Ela se recusou a olhar para Todd. Durante o restante da aula, Lizzie podia senti-lo à sua esquerda, a apenas alguns centímetros de distância, deixando todo um lado do corpo quente de vergonha. Assim que o sinal tocou, levantou-se e começou a arrumar a mochila de forma tempestuosa.

— Se você quiser ir lá em casa amanhã à noite para falarmos sobre isso, por mim tudo bem — ofereceu Todd. Sua maturidade frente a tudo aquilo era impressionante, ela precisava admitir.

— Certo, ótimo — disse ela, conseguindo olhar para ele por um segundo ou dois. Depois saiu correndo da sala, entrou na sala do sr. Barlow e fechou a porta.

— Algum problema, Summers? — perguntou ele de um jeito irônico, lendo algumas mensagens sobre ligações recebidas na sua mesa.

— Você não pode me colocar com Todd Piedmont! — exclamou ela.

Ele conteve um sorriso.

— Mas outro dia mesmo você estava me implorando para ser a guia dele — disse o sr. Barlow.

— Isso foi *três semanas atrás*. Tudo está diferente agora. *Tudo*.

— Entendo — disse ele, balançando a cabeça.

— Não entende — continuou ela, avançando em direção à mesa dele. — Todd vai achar que eu pedi isso para o senhor ou coisa parecida.

— Por que ele pensaria isso? — perguntou o sr. Barlow, levantando a cabeça.

Ela se deu conta de que não queria explicar. Sua perna direita começou a tremer.

— Summers, isso é um trabalho de inglês, não uma tramoia — disse ele. — Duvido muito que o sr. Piedmont ache que você foi a mentora por trás de toda a tarefa.

— Você não pode simplesmente colocá-lo com Ava Elting? — perguntou ela. — É com ela que ele realmente quer estar. É com quem *eu* quero que ele esteja.

— Não, não posso — disse o sr. Barlow, encostando-se na cadeira. — Não vou trocar ninguém. É apenas um trabalho de inglês. Você vai sobreviver. E como vamos indo no conto?

Vamos? pensou ela. Lizzie pegou o conto da mochila e entregou-lhe as folhas. — *Estamos* prontos — respondeu ela, bufando. Depois abriu a porta e saiu penosamente da sala.

— Boa sorte! — gritou Barlow quando ela já tinha saído.

Odiava o sr. Barlow. Era esse o problema de ficar amiga de um professor. Sempre havia um preço a pagar.

Estava tão irritada que mal sentiu seu iPhone vibrar enquanto caminhava pelo corredor. Com apenas alguns segundos para chegar à aula de francês, abriu o bolsinho da mochila e pegou o telefone. Era um e-mail de Andrea Sidwell.

Ela clicou em cima dele.

Você é muito talentosa!! Quer fazer outra?

Lizzie clicou na foto anexa no fim do e-mail. Nela, Lizzie estava com um ombro apoiado no tronco nodoso de uma árvore, o lago azul-escuro atrás dela. Olhava bem para a frente, entediada e desafiadora, e sua expressão dizia *Me desafie*. Essa garota não era nada parecida com a Lizzie bichinho assustado que estava acostumada a ver nos tabloides. Essa era a Lizzie Valente. A Lizzie Corajosa. A Lizzie Legal.

Sem nem mesmo pensar, respondeu.

Com certeza! Quando?

Ao entrar na aula de francês, já tinha mais uma sessão de fotos marcada para o dia seguinte. Enquanto isso, a foto da Lizzie Valente estava a caminho da caixa de entrada de Carina e Hudson. Tinha a impressão de que elas iam amar.

capítulo 13

— Vamos tentar algo um pouquinho diferente desta vez — disse Andrea no dia seguinte, enquanto subia os degraus da estação de metrô da rua Canal com seus tênis Puma de camurça roxa. — Vamos fazer algo um pouco mais estiloso. Não que eu não goste de saia kilt escolar, mas precisamos incrementar um pouco. Fazer você se parecer um pouco mais *você*.

Chegaram à rua, e Lizzie abriu caminho para um entregador que passava no meio da multidão sobre uma bicicleta que rangia. Chinatown tinha sido a ideia de Andrea para a segunda sessão de fotos — "a energia lá é maravilhosa", ela dissera ao telefone —, mas agora, às quatro da tarde, Lizzie estava achando que talvez tivesse energia demais. Carros buzinavam nos cruzamentos e ondas de pedestres espremiam-se através dos vendedores que ofereciam bolsas de marca falsificadas, joias e DVDs piratas. Lizzie sentiu uma brisa fresca envolver suas pernas nuas sob a saia. Queria perguntar a Andrea o que ela quis dizer com fazê-la parecer mais ela mesma, no entanto, apenas perguntou:

— Estilosa? Você está falando de acessórios?

— Sim — disse Andrea, e Lizzie apressou-se para conseguir segui-la pela rua, passando por uma barraca de frutos do mar aberta com tanques de enguias nadando. Mesmo com a mochila de fotografia quadrada sacudindo sobre seu quadril, Andrea transparecia um ar de tranquilidade, ou talvez fosse o fato de seu casaco de capuz preto ter o enorme símbolo de uma flor de lótus verde nas costas. — Agora, só precisamos achar a loja certa — disse ela em meio aos gritos de uma cantonesa à porta de uma loja.

— Aqui? — perguntou Lizzie com ceticismo. Pelo que podia perceber, essa parte da rua Canal era uma mistura de loja de oferta de eletrônicos, barracas de peixe, restaurantes de fast food e lojas que vendiam de tudo, de chaveiros com I LOVE NEW YORK a vestidos de verão. Talvez Hudson pudesse conseguir compor um visual bacana ali, mas Lizzie duvidava que ela pudesse. Já tinha dificuldade suficiente para escolher peças na Urban Outfitters.

Andrea parou na frente de uma loja com um toldo vermelho que dizia HSU-FAT EMPORIUM.

— Vamos tentar esta aqui — disse ela, entrando.

Lizzie olhou ao redor. Pilhas de lanternas, chaveiros personalizados, meias de cano alto e pacotes econômicos de pilhas lutavam por um espaço entre as prateleiras de chapéus, lenços, vestidos e blusas de tecidos metalizados.

— Não sou muito de acessórios — admitiu ela.

— E não precisa ser — disse Andrea, colocando uma nota de vinte dólares na mão de Lizzie. — Pegue o que achar que fica bem em você. Confie no seu instinto. Espero aqui.

Lizzie sentiu vontade de dizer que não tinha instintos para isso, mas passou calmamente pelas lanternas em direção à prateleira de chapéus. Nunca foi de chapéu. Hudson usava aquelas boinas de entregador de jornal e Carina combinava a qualquer momento um boné de beisebol com um rabo de cavalo, mas em Lizzie sempre a faziam parecer um pouco perturbada e vestida como em uma outra época, como aquelas senhorinhas que às vezes via no parque, usando vestido de gala e empurrando um carrinho de compras. E esses chapéus não eram bonitos, femininos. Pareciam os chapéus que os homens usavam em filmes de detetive.

Seus olhos moveram-se para um chapéu fedora com uma fita de cetim preta. Pegou-o da prateleira e colocou-o na cabeça. No espelho, parecia um pouco esquisito, mas tão esquisito que chegava a ser legal. A etiqueta dizia que custava oito dólares. *Hum*, pensou ela. *Por que não?* Vestiu-o e continuou andando.

Abaixo de uma prateleira de meias de cano longo brancas, viu, por acaso, uma pilha de lenços indianos com fios metálicos delicados. Desdobrou um e colocou-o em volta do pescoço. Dessa vez nem se olhou no espelho. Continuou.

Em seguida, avistou um par de argolas que imitavam ouro do tamanho de pequenas tangerinas. Lizzie pegou-as. Finalmente, enxergou um colete roxo cujo bordado imitava veludo. Já parecia ser o suficiente.

Pagou por suas coisas no caixa, pegou os 25 centavos de troco e vestiu tudo, o colete bordado, desabotoado, sobre sua camisa branca; o pequeno lenço indiano dando uma volta no pescoço, ao estilo boêmio, depois o chapéu e as enormes argolas douradas.

Quando saiu da loja, os olhos de Andrea se iluminaram.

— Olha, é *isso* que eu chamo de dar uma incrementada — disse ela, levantando a mão para um high-five. — Você está maravilhosa.

— Não acha que está exagerado? — perguntou Lizzie, tocando os brincos.

— Está perfeito. É você. — E então Andrea checou o relógio. — Vamos indo, se não vamos perder a luz.

Atravessaram a rua Canal e caminharam na direção norte da rua Broadway para uma esquina mais calma.

— Vamos tentar aqui — disse Andrea, gesticulando para que Lizzie ficasse encostada numa parede entre um desses prédios imundos sem elevador e uma lavanderia. Lizzie colocou os cabelos dentro do chapéu, o máximo que pôde, depois cruzou os braços e encostou-se à parede, como se estivesse esperando por alguém que enfrentaria um sério problema quando aparecesse.

Andrea deu alguns passos para trás.

— Ok, Lizzie. Olhe bem para mim. E mostre que você está alegre. Que está confiante.

De repente, até que não foi tão difícil. Encostou um pé na parede e inclinou a cabeça. Com o chapéu, o lenço e os brincos, sentia-se uma pessoa diferente. Uma pessoa confiante. Uma pessoa fascinante.

Antes que pudesse refletir mais sobre isso, Andrea apertou o botão. *Clique.*

— Isso! — gritou Andrea.

Apertou o botão novamente. *Clique, clique.*

Antes de Lizzie perceber, ela e Andrea começaram a dança novamente. Andrea balançando a cabeça e contorcendo-se, Lizzie parada, mas oferecendo-lhe o máximo possível com os olhos. As pessoas olhavam quando passavam, porém Lizzie mantinha os olhos na câmera. Concentrar-se era mais fácil do que imaginava.

— Maravilha! — Andrea ficava repetindo. — Perfeito!

Toda vez que Andrea apertava o botão, Lizzie dava-lhe alguma coisa um pouco diferente.

— Perfeito, assim está perfeito! — berrava Andrea.

Estou fazendo o que minha mãe faz — pensou Lizzie de repente. *Estou fazendo o que minha mãe faz e sou* boa *nisso.*

Quando a luz do dia começou a baixar atrás dos prédios da Broadway, Andrea largou a câmera sobre o peito. Estava com os mesmos olhos radiantes de depois da sessão de fotos anterior, como se tivesse acabado de correr alguns quilômetros.

— Nossa, Lizzie, a câmera *adora* você. Deve ter herdado isso da sua mãe. — Uma mecha do cabelo de Andrea chicoteou com o vento, e ela a colocou atrás da orelha com o dedo mindinho. — E *falando* da sua mãe, ela *sabe* sobre isto, não sabe? — perguntou Andrea, guardando a câmera na mochila.

Lizzie tirou o chapéu por um momento e deixou o cabelo novamente cair sobre os ombros. Era a hora da verdade. Se mentisse, só ganharia tempo. E a ideia de mentir para Andrea parecia rude e profundamente imoral, como roubar das lojas ou colar numa prova.

— Ainda não — confessou ela.

Andrea mal piscou os olhos.

— Por que não?

Lizzie olhou para o calçamento.

— Sei que não é legal, mas, a princípio, ela estava fora da cidade — disse ela, escolhendo cuidadosamente as palavras. — E tivemos uma discussão enorme antes de ela viajar.

— Por causa do vídeo?

— É — disse Lizzie. — E quando o vídeo foi ao ar, a relações públicas dela me disse que não seria bom para mim fazer isso. E que minha mãe não aprovaria. Que iria parecer que eu estava usando o vídeo, sabe...

— Para o quê? — perguntou Andrea, parecendo genuinamente confusa.

— Transformar isso numa oportunidade profissional — gaguejou Lizzie. — E que minha mãe podia se sentir ofendida.

Andrea fechou o zíper da mochila e pendurou-a nos ombros.

— Não é isso que você está fazendo aqui — disse ela, os olhos azuis irradiando calor. — Eu fui até *você*. Você só teve a gentileza de responder ao meu recado maluco. E sua mãe não acharia isso de você, juro. Ficaria orgulhosa de você. Sei que ficaria. — Ela tocou o ombro de Lizzie. — Então, adoraria enviar algumas das suas fotos para a *New York Style*. Teria algum problema?

— *New York Style?* — Lizzie não tinha certeza se havia escutado bem Andrea, em meio ao som agudo do alarme de um carro a algumas quadras dali.

— Sei que o editor de fotos e eu achamos você perfeita para eles. Estão sempre interessados em pessoas de verdade e visuais diferentes. Não posso garantir nada, mas é só uma maneira de eles conhecerem você.

— Com certeza — entusiasmou-se ela. *New York Style* era a bíblia semanal da moda. "Novos designers, novos estilos, novos rostos" era seu mote. Lizzie a lia havia anos.

— Mas você vai precisar ter isso assinado — acrescentou Andrea, tirando um papel dobrado do bolso externo da mochila. — Pela sua mãe. Antes de mandar qualquer fotografia para eles.

Andrea desdobrou o papel. No topo estava escrito NOTA DE CONCORDÂNCIA DOS PAIS PARA MENORES. Era uma autorização.

— O que significa que vai ter que contar para ela — advertiu Andrea enquanto subiam a Broadway. — E se você quiser que eu fale com seus pais, seria um prazer...

— Não, tudo bem — interrompeu Lizzie, pegando o papel de autorização das mãos dela. — Vou contar hoje à noite.

— Tem certeza?

— Tenho, já está mais do que na hora — disse ela dobrando o papel e jogando-o na mochila.

— Vou ficar fora semana que vem. Tenho uma sessão de fotos em Austin. Mas é só me passar um fax com a autorização e conversamos quando eu voltar. — Na esquina da rua Prince, Andrea curvou-se e deu em Lizzie um rápido abraço com cheiro de eucalipto. — Ótimas fotos hoje. E diga a Carina e Hudson que elas realmente perderam.

— Pode deixar.

— E não se preocupe com a sua mãe. — E então fez um gesto para o Dean & Deluca da esquina. — Tudo bem, vou paquerar o barman gatinho. Ele sempre me dá um desconto, graças a Deus. Aquele lugar é uma fortuna. — Ela abriu um sorriso caloroso antes de virar a rua.

Lizzie desceu correndo os degraus do metrô N e R, com a cabeça a mil. *New York Style?* Andrea estava falando sério? Tinha de falar com a mãe imediatamente. Se Andrea iria realmente lhes enviar suas fotos, então esperava que a mãe fosse apoiá-la.

— Mãe? — gritou ela quando passou pela porta. — Você está em casa? — Empurrou a porta vaivém e entrou na cozinha.

Em meio à animação para a sessão de fotos, Lizzie tinha se esquecido do que a *Celebrity Living* estava fazendo na sua casa hoje. Através da arcada da sala de estar, Lizzie viu a mãe posando no sofá de veludo bege, os braços esticados aos lados do corpo e o queixo inclinado para o ar, sorrindo com habilidade. Seu vestido branco estilo grego tremulava ao vento produzido por um ventilador. Um assistente segurava um pano de seda nas mãos para refletir a luz de um refletor. E um maquiador pairava por ali com uma bandeja de brilhos labiais e pó compacto. Havia um fotógrafo barbudo de solidéu atrás de um tripé tirando outra foto.

— Lizzie? Onde você estava? — perguntou Katia. Anos de experiência tinham dado a ela uma habilidade quase sobrenatural de falar através de sorrisos.

— Hum, só dando uma volta com C — disse ela. Obviamente este não era o momento para desabafar.

O fotógrafo tirou outra foto, e Katia saiu de sua pose de estátua.

— São seis horas — disse ela. — E o que é isso? — perguntou ela, reparando no chapéu.

Lizzie tirou o chapéu da cabeça.

— Comprei depois da aula.

— Aquela é sua filha? — perguntou uma voz, e Lizzie virou-se e viu uma mulher ruiva com o olhar vívido e ansioso entrar na sala de estar. Lizzie pôde perceber que ela era a jornalista.

— Fiona, esta é a Lizzie — disse Katia, levantando-se. — Lizzie, esta é Fiona Carter. A jornalista que está fazendo o artigo para a *Celebrity Living*.

A mulher apertou a mão de Lizzie com entusiasmo. Talvez até com um pouco de entusiasmo demais. Lizzie se perguntou se ela havia assistido ao vídeo.

— O que você acha de uma foto com sua filha? — perguntou Fiona. — As duas no sofá. Ficaria adorável, e o uniforme dela é uma graça...

— Não, acho que não — respondeu Katia rapidamente.

— Tudo bem, mãe — falou Lizzie. — Posso tirar a foto.

— Não, de verdade, não nos interessa — disse Katia firmemente, lançando um olhar confuso para Lizzie. — Querida — disse ela —, você não tem dever de casa para fazer?

— Tenho — concordou Lizzie, virando-se e saindo da sala. Às vezes parecia que ela e a mãe nunca, nunca mesmo, falariam a mesma língua. Logo agora que estava começando a aceitar as câmeras, a mãe achava que ela queria evitá-las. Seria ainda mais confuso para Katia entender o que Lizzie andava fazendo.

— Seu pai e eu vamos sair hoje à noite — gritou Katia. — Quer que eu peça alguma coisa para você comer?

— Não, obrigada — gritou ela de volta.

A caminho do quarto, parou na frente do enorme espelho de moldura dourada que ficava no corredor. Estava exatamente como sempre estava na maioria das tardes em que chegava em casa — saia escolar bagunçada, o cabelo uma massa volumosa em volta do rosto, o nariz brilhando —, mas alguma coisa parecia diferente.

Era sua cabeça. Estava calma. O coro de vozes que normalmente surgia na sua mente sempre que se olhava no espelho — as vozes que diziam *Sou tão esquisita, tenho que dar um jeito nisso, queria que fosse diferente* — tinha desaparecido. Agora era apenas ela e seu reflexo olhando de volta. Nada de papo.

Mas as coisas com a mãe estavam claramente mais titubeantes do que pensava. Lizzie virou para o quarto e desabou na cama, afundando o rosto nos pelos de Sid Vicious. Talvez lhe contar sobre o bico que estava fazendo como modelo — e pedindo permissão para levar a história mais adiante — fosse criar problema. De repente, se lembrou de que tinha de ir à casa de Todd à noite para discutir sobre o trabalho. Duas semanas atrás teria rezado por isso. Agora queria que houvesse algum jeito de se livrar dessa.

— Sid... Podemos trocar de lugar por um dia — perguntou ela a seu gato.

Sid levantou-se, arqueou as costas, bocejou e saltou da cama.

— Vou entender isso como um não — disse ela.

capítulo 14

Algumas horas depois, quando saiu do elevador já dentro do apartamento de Todd, Lizzie ficou surpresa ao ver que o foyer estava na escuridão.

— Oi? — gritou ela.

— Aqui em cima — chamou uma voz.

Ela olhou para cima e viu Todd no segundo andar, apoiado no corrimão e extremamente fofo com uma camiseta vermelha do Vampire Weekend e jeans Levi's desbotado.

— Tem pizza — disse ele. — Calabresa e muçarela. Você está com fome?

— Não, obrigada. — Ela subiu os degraus, sentindo os joelhos tremerem um pouco de nervoso. — Acho melhor começarmos logo. Tenho um monte de dever de casa para fazer hoje à noite.

No topo das escadas, ele a olhou de cima a baixo, e sorriu. Diferentemente da última vez que tinha vindo à sua casa, hoje ela estava usando jeans desfiado decididamente sem glamour e camiseta Mr. Bubbles tamanho GG.

— Ei, deixe que eu pego pra você — disse ele, esticando-se para segurar a mochila dela. — Parece pesada.

— Não, tudo bem, eu carrego — recusou ela, afastando-se. Não iria deixá-lo ser todo sedutor. — Então... para onde vamos?

— Hum, para cá — disse ele, conduzindo-a para seu quarto.

Lizzie olhou ao redor, admirada. No antigo quarto de Todd cabia apenas uma beliche, uma escrivaninha embutida e uma estante de livros. Mas este quarto parecia uma suíte presidencial do Hotel Mercer — e era tão legal quanto. Metade era decorado como um quarto, com um sofá de couro marrom numa parede, uma elegante mesinha de centro de vidro e uma imponente escrivaninha de aço adornada por um Mac Pro. A outra metade tinha uma cama king-size, uma televisão de tela plana e um quadro frio e enorme com uma mancha laranja em um fundo cinza.

— Uau — observou Lizzie, largando a mochila no chão. — Este é o seu *quarto*?

— E olhe isso — disse ele, acenando para a porta. Ele a conduziu a um cômodo contíguo, e acendeu a luz. — O que acha? — perguntou ele, sorrindo.

Era uma sala cheia de livros, *abarrotada* de livros, de capa dura e capa mole, novos e velhos, em prateleiras que iam até o teto. Lizzie nunca tinha visto tanto livro na vida, nem mesmo na livraria Strand do centro da cidade.

— Você nunca mais vai precisar ir a Barnes & Noble — disse ela, movendo-se em círculo. — É inacreditável. É como a livraria de Gatsby.

— É meu pequeno hobby — disse ele.

— Ei, o que é isso? — perguntou ela, indo na direção de duas estantes de livros que ficavam separadas das demais.

— *Isto* é o que eu realmente queria te mostrar. — Todd inclinou-se ao seu lado, tão perto que os pelos de um de seus braços se arrepiaram. Ele abriu uma das estantes e ela viu uma série de caixas com um título familiar após o outro impresso em dourado na lombada. *O velho e o mar. Nove estórias. O apanhador no campo de centeio.* — São todas primeiras edições — disse ele. — Eu coleciono. Alguns estão até autografados.

— Você tem a primeira edição de *O apanhador no campo de centeio*? — perguntou ela, boquiaberta.

— Tenho. — Todd tirou uma caixa da prateleira. — Olhe.

Ele abriu a caixa e, aninhada dentro dela, havia um livro marrom meio dourado. Ela o tirou da caixa. A sobrecapa era tão macia e aveludada, como se anos sendo segurada a tivesse transformado em algo mais precioso.

— Como você conseguiu? — gaguejou ela.

— Meu pai costumava me levar a um vendedor em Camden Town. Ele tinha de tudo.

Lizzie virou as páginas, sentindo o cheiro de tinta velha. Perguntava-se se Ava tinha ficado tão impressionada quanto ela. Duvidava muito.

— Isto é a coisa mais legal que eu já vi — disse ela, devolvendo o livro para ele. — Mas por que você não tem o *Gatsby*? Esse seria o primeiro da minha lista.

— Eu tentei — contou ele, guardando o livro na caixa. — Era sempre o livro que o cara não tinha. E eu queria um exemplar autografado. E são muito mais difíceis de encontrar. — Ele colocou o livro de volta na estante com um cuidado especial, como se fosse se desintegrar.

— Esta coleção é maravilhosa — disse ela.

Todd deu um sorriso envergonhado enquanto voltava para o quarto.

— Acho que tem algumas vantagens na crise de meia-idade do meu pai.

— O que você quer dizer com isso?

— Você sabe que não vivíamos assim antes — confidenciou Todd. Ela o seguiu até o quarto. Ele mexeu no iPod que havia sobre a mesa. Um rock lento e suave começou a tocar nas caixas de som dos dois lados da cama. — Ele acha que gastar dinheiro vai mantê-lo jovem — continuou ele. — Ou namorar uma modelo de 22 anos.

Lizzie sentou-se na beira da cama. Na cama dele. Quase sem pensar, sua pulsação começou a acelerar. *Acalme-se*, pensou ela.

Ele se sentou pesadamente ao lado dela, e encostou as costas na cama.

— O nome dela é Chloe — disse ele, fazendo uma careta. — Peitos falsos, dentes falsos e realmente interessada na Índia. — Todd fez um som de *eca*. — Meu pai costumava rir de caras assim. Agora é um deles.

— Talvez seja só uma fase. — Sem pensar, ela se deitou também, para que ficassem de frente um para o outro.

— Mas eu tenho que vê-lo dia e noite. — Ele olhou além dela, para a pintura na parede. — É muito deprimente. Vê-lo tão mudado. Às vezes acho que não deveria ter voltado para cá.

— *Eu* acho que você deveria ter voltado — disse ela.

Os enormes olhos azuis de Todd olharam para ela tão de perto que ela quase parou de respirar.

— Acha? — perguntou ele.

— Nossa, essa música é bonita — disse ela abruptamente. — O que é?

— Band of Horses. Assisti em Londres na Hammersmith Wait. — Ele tocou o braço dela. — Ouça esta parte. Agora.

Neste momento começou a tocar o refrão da música:

When eyes... can't look...
At you any other way...
Any other way
Any other way

— Esta parte é tão bonita, né? — perguntou ele. O rosto dele estava tão próximo que ela podia ver os dentes brancos da frente entre os lábios entreabertos.

— É linda — murmurou ela.

O refrão tocou novamente:

When eyes can't look...
At you any other way

Ela estava deitada de lado, a cabeça apoiada na mão, olhando para ele enquanto escutavam a música juntos. A música comprimia-os, envelopava-os, carregando-a suavemente para longe...

Até o ruído lancinante de um telefone celular fazê-la se sobressaltar. Era a versão acelerada da música tema de James Bond. O telefone de Todd estava tocando na mesa.

— Um minuto — disse Todd, sentando-se. Passou o braço por ela para pegar o telefone. Por um rápido segundo, viu o nome na tela. AVA.

Ela se sentou. O quarto girou quando sentiu uma forte queda de pressão.

— Oi — disse ele baixinho ao telefone. — Posso ligar de volta em 20 minutos?

Ela se levantou, foi para o sofá e se sentou ao lado da mochila. Claro que era Ava. Ele tinha uma namorada. Como pôde ter quase se esquecido disso?

— Tudo bem, já te ligo de volta — escutou-o dizer, e ele desligou.

— Então, você quer fazer um conto, uma peça ou um roteiro? — perguntou ela, em um tom profissional, abrindo o fecho da mochila. — Ou uma série de televisão? Talvez seja mais divertido.

Todd parecia ter sido pego de surpresa.

— Hum, acho que um roteiro seria legal — disse ele, soando um pouco desapontado.

— Ótimo — concordou ela, tirando o caderno da mochila. — Exatamente o que eu estava pensando. Ok, qual é a premissa?

A música tinha mudado para algo mais alto e estridente. Todd levantou-se e diminuiu o volume com o controle remoto. O momento tinha definitivamente acabado. Lizzie não era uma garota que roubava o namorado de colegas. Ela e Todd seriam apenas amigos, mesmo que isso acabasse com ela.

Mas enquanto esboçavam uma história para o trabalho, ela escreveu uma nota urgente no topo da página.

COMPRAR AQUELA MÚSICA DA BAND OF HORSES!!!

capítulo 15

— Então, tem *uma* coisa boa de trabalhar para o meu pai — declarou Carina no sábado seguinte quando as três esperavam na fila da Korean Deli. — Lembra quando eu disse que daria o troco? Bem, acho que descobri como. — Ela colocou sua bagel de gergelim torrada e sua garrafa de Snapple no balcão e entregou à senhora atrás do caixa uma nota de cem dólares. — Você troca? — perguntou ela.

Hudson e Lizzie trocaram olhares atrás dela na fila.

— Você vai "dar o troco"? — perguntou Lizzie, segurando seu wrap de peito de peru e queijo. — Está falando sério?

— O que vai fazer? Rabiscar os Basquiats dele com marca-texto? — perguntou Hudson, pegando uma maçã verde de uma cesta no balcão.

— Isso não é uma piada, meninas — disse Carina, desembrulhando a bagel com manteiga. — O treinador Reynolds ficou tão irritado por eu não poder jogar esta temporada que chegou a ligar para o meu pai em casa e *implorou* para que ele me deixasse ficar no time. Mas ele nem sequer escutou. E então hoje eu tive que praticamente dar o sangue para o Criado Horripilante me deixar sair do escritório e encontrar vocês. E hoje é sábado! — Carina tirou os cabelos dos ombros e deu mais uma mordida em sua bagel. — É insano. Não tenho *margem de manobra* nenhuma nessa família!

Hudson e Lizzie se entreolharam novamente. Ultimamente, Carina tinha começado a usar o jargão corporativo, como a expressão *margem de manobra*.

— É mais que isso — argumentou Carina. — Ele está me forçando a virar as costas para o que eu amo. E me forçando a viver a vida *dele*. E não há nada que eu possa fazer em relação a isso. Nada. Isso me deixa muito furiosa.

Elas saíram da lanchonete e seguiram em direção à Sexta Avenida. Era o primeiro dia fresco de outono, e a cidade estava com aquele cheiro de fumaça das lareiras e hortelã, comuns nessa estação do ano.

Lizzie ajeitou o chapéu fedora preto na cabeça e fechou o zíper da jaqueta curta de veludo.

— Então, qual é o seu grande plano? — perguntou ela.

— Tudo bem — disse Carina, abaixando o volume da voz como se estivesse planejando um assalto a banco. — Encontrei este arquivo sobre a Jurgensenland. Sabe, aquela coisa de caridade que meu pai faz em Montauk? Bem, eles supostamente arrecadaram dois milhões de dólares com ela para a Oxfam. Mas parece que eles na verdade arrecadaram *três* milhões.

— E o que isso significa? — perguntou Hudson. — O que aconteceu com o resto do dinheiro?

— Acho que ele pegou — disse Carina. — Quero dizer, ainda não tenho certeza absoluta, mas parece que foi isso

— Mas o seu pai não precisa de um milhão de dólares — comentou Lizzie. — Isso é troco pra ele.

— *Dã* — disse Carina. — Eu sei. É esse o ponto. Mas para onde mais teria ido esse dinheiro?

— Você realmente acha que ele faria isso? — perguntou Lizzie. — Quero dizer, eu sei que o Jurg é obcecado por ganhar dinheiro, mas ele faria algo tão antiético?

— Meu pai gosta mais de dinheiro que das pessoas — assegurou Carina, jogando a sacola do bagel no lixo. — Com certeza faria.

— Então o que você vai fazer? — insistiu Hudson.

— Deixar isso vazar — disse Carina com malícia. — Mandar o arquivo para o Smoking Gun. Só vou colocar lá. Ninguém vai saber que fui eu. E as pessoas finalmente vão ver quem ele de fato é.

— Mas se ele descobrir, mata você — falou Lizzie, abrindo o pacote do seu salgadinho. — Sem falar no fato de que realmente seria horrível para ele.

— Eu sei — disse Carina, caminhando com seus novos Adidas de camurça. — Mas valeria a pena. Só para ver a cara dele.

— Ah, C. — lamentou Hudson, desembrulhando seu queijo em forma tubinho. — Podemos falar sobre isso quando eu terminar meu álbum? Minha mãe está me estressando com isso.

— Achei que ela não fosse se "meter" — disse Carina, fazendo o sinal de aspas com os dedos.

— Ah, tá — Hudson se lamentou, dando uma risadinha entre mordidas na maçã. — Ela nunca deixou de se "meter" em alguma coisa a vida toda. Especialmente em relação a mim. E *especialmente* em relação à música.

— Mas este é o *seu* álbum — ressaltou Lizzie, envolvendo seu novo lenço indiano no pescoço. — Você não está nem mesmo no selo dela.

— Não preciso estar no selo dela. Sou *filha* dela. Mas não se preocupe — disse Hudson. — Falei com ela. E tenho o produtor mais bacana de todos. Ele é um gênio. *E é* de Peixes.

— Quantos anos ele tem? — perguntou Carina, indo direto ao ponto.

Desde sua paixonite pelo professor de artes da sexta série, o sr. Thurber, Hudson começou a sempre ficar a fim de garotos mais velhos, e até homens maduros. Lizzie e Carina achavam que tinha alguma coisa a ver com o fato de nunca ter conhecido o pai.

— Vinte e oito, e não, eu *não* estou a fim dele — disse Hudson, cutucando Carina. — E falando de *caras* — começou ela, segurando o braço de Lizzie —, você não falou *uma* palavra sobre o encontro de estudos com Todd Piedmont.

Fazia dias que Lizzie não parava de pensar naquele momento no quarto dele. Mas não sabia como falar sobre isso.

— Foi bom — disse ela casualmente. — Ele foi bem legal. Acho que agora somos amigos.

— Amigos? — Carina olhou para ela de forma cética. — Sério?

— Sim. Conversamos. E escutamos música no quarto dele.

— O que vocês escutaram? — perguntou Carina, jogando o embrulho do sanduíche na lixeira.

— Aquela música "Detlef Schrempf" da Band of Horses.

— *O quê?* — perguntou Carina com a voz aguda, ficando imóvel. — *A-lôooo*. Essa música é totalmente romântica!

— O quê?

— Ele está tentando ser romântico! — gritou Carina. — Você não percebe?

— Eu acho que ele ainda gosta de você — disse Hudson de forma mais diplomática.

— Não gosta. E, de qualquer maneira, Ava ligou para ele bem no meio da música — contou Lizzie.

— E *daí*? — falou Carina impulsivamente. — Você devia ter *saltado* em cima dele!

— Meninas, *não*. Vou ser só amiga de Todd Piedmont. Ele tem namorada. Fim de papo. — Ela comeu o último pedaço do sanduíche de peru e jogou o papel fora. — O que é bem mais importante agora é essa autorização que tenho que pedir para minha mãe. Só assim Andrea pode mandar minhas fotos para *New York Style*.

— Você ainda não contou, né? — disse Hudson, passando a ponta de um lipstain Chanel nos lábios.

— Não consigo. *Olha, mãe, sei que você é uma supermodelo, mas adivinha? Alguém quer que eu seja uma modelo feia!* Não posso fazer isso.

— Onde está a autorização? — perguntou Carina quando viravam a esquina da rua 23.

Lizzie tirou-a da bolsa.

— Por quê? Você entende o jargão de advogados? — perguntou ela.

— Não preciso — respondeu ela, desdobrando o papel. — Você tem uma caneta?

— C., o que você está fazendo? — perguntou Hudson, preocupada.

Lizzie deu uma caneta a Carina. Ela foi até uma caixa de correio, apoiou a folha de papel e assinou-a com um floreio.

— Pronto — disse ela simplesmente, devolvendo-a para Lizzie.

— Carina! — exclamou Lizzie. A assinatura dizia KATIA SUMMERS com um monte de curvas e floreios.

— O quê? — perguntou Carina na defensiva. — As fotos são só para a editora olhar, certo? Ela não vai fazer nada com elas.

— Isto é falsificação, C — disse Hudson, surpresa. — As pessoas são presas por causa disso.

— Isto é tornar alguma coisa *mais fácil* — queixou-se Carina. — Quero dizer, em algum momento Lizzie vai contar para a mãe, não vai?

— Certo — disse Lizzie dobrando o papel. — Eu acho — acrescentou ela, menos convencida.

— Ainda assim é errado — argumentou Hudson. — Lizzie, por que você simplesmente não conta para sua mãe? Tenho certeza de que ela acharia tudo bem.

Lizzie deu de ombros, olhando para o rio Hudson cinza escuro a distância.

— Se vocês se lembram, eu gerei uma crise por ter que tirar uma foto no Fashion Week. Agora é como se eu estivesse mudado completamente de ideia.

Hudson parou na frente de uma galeria com a fachada envidraçada.

— Pronto, meninas. Aqui estamos. — Tanto Carina quando Lizzie tinham estado em estúdios de gravação com Hudson antes, mas esta era a primeira vez que veriam Hudson, e não a mãe dela, gravando as músicas. O estúdio de gravação Supersonic ficava no quinto andar, atrás de um par de portas de vidro fumê que se abriram quando Hudson digitou o código de segurança. No lado de dentro, na espaçosa recepção, havia várias coisas para fazer o tempo passar quando se está gravando um álbum: uma TV de tela plana com um Xbox, máquinas de pinball com luz de neon, pilhas de revistas na mesa de centro, tigelas cheias de Chupa Chups e chocolates Kisses da Hershey's. Carina encheu uma das mãos de chocolate antes de virarem no corredor para o estúdio.

— Este lugar é o máximo — sussurrou ela.

Hudson tirou a jaqueta. Estava uma graça de jeans skinny, sapatilhas e uma blusinha trapézio com listras pretas e vermelhas.

— Olha, vocês duas prometem não ficar fazendo caretas do outro lado do vidro? — perguntou Hudson. — C?

— Juro por Deus — prometeu Carina, comendo um chocolate.

— Estou tão orgulhosa de você — disse Lizzie, apertando o ombro minúsculo de Hudson. — Seu primeiro álbum. Que legal.

— Me diga isso depois que você escutar a primeira música — falou Hudson nervosa, mas com os olhos verdes brilhando de orgulho.

Conforme andavam em direção ao estúdio de gravação, um cara de cabelos loiros e olhos azuis amáveis tirou os olhos da mesa de mixagem.

— Oi, superstar — disse ele para Hudson com um sorriso.

— Meninas, este aqui é meu produtor, Chris Brompton — apresentou Hudson. — Chris, estas são as minhas melhores amigas do mundo tudo, Carina e Lizzie.

Hudson não estava exagerando, pensou Lizzie. Chris era um gato.

— Oi, bem-vindas — disse Chris, levantando-se e cumprimentando-as com um aperto de mão. — Hudson me falou muito de vocês.

Quando Chris sorriu para Hudson, Carina e Lizzie trocaram olhares.

— *Oh, meu Deus* — gesticulou ela.

— *Eu sei* — gesticulou Lizzie em resposta.

— Vocês querem ficar à vontade? — Ele apontou para o sofá no fundo da sala, mas os olhos e o sorriso de Chris eram tão hipnotizantes que Lizzie quase se esqueceu de se sentar. Carina teve de cutucá-la delicadamente.

— Então hoje só vamos gravar os vocais — disse Chris para Hudson. — Como está a garganta?

— Arranhando um pouco. — Hudson sacudiu a mão sobre o pescoço. Lizzie já conseguia perceber que Hudson tinha uma queda por Chris, e não podia culpá-la por isso.

Chris entregou uma garrafa de água a ela.

— Ou você quer que eu pegue um pouco de água quente com limão?

— Só água está bom, vou ficar bem. — Ela pegou a água, ficando com o rosto corado.

Lizzie e Carina trocaram olhares. *Uh-oh.*

— Ok, meninas, vejo vocês daqui a pouco — disse Hudson, virando-se para elas.

Carina e Lizzie gesticularam animadamente em direção a Chris, que agora estava de costas. Hudson revirou os olhos como se dissesse *acalmem-se*, e saiu da sala.

Chris virou-se para Carina e Lizzie.

— Vocês já a escutaram?

Elas balançaram a cabeça.

— Ela vai ser uma grande estrela — acrescentou ele antes de voltar para a mesa de mixagem.

Carina sorriu orgulhosa.

— Com certeza — sussurrou ela.

Através da janela acima da mesa de mixagem, assistiram a Hudson e sua banda entrando na cabine de gravação. Os caras pegaram suas guitarras, tomaram seus lugares atrás de um contrabaixo e de uma bateria e Hudson sentou-se atrás de um reluzente piano Yamaha. Ela colocou os fones de ouvido, como se fizesse isso há anos, e fez com o dedo polegar um sinal de ok para Chris atrás do vidro.

Um minuto depois, começaram a tocar. O suave rat-tat-tat da caixa da bateria emanou pelos alto-falantes do estúdio. Depois o estampido de um contrabaixo e o som melodioso e suave do piano de Hudson. Lizzie reconheceu a música imediatamente. Era uma música que Hudson tinha composto no ano passado e tocado para Carina e Lizzie no Steinway de seu apartamento, atrapalhando-se um pouco com as teclas. Mesmo assim Lizzie já a tinha achado linda. Agora, com o acréscimo da bateria, do baixo e da guitarra, estava maravilhosa.

Hudson fechou os olhos, gingou um pouco sobre o banco, e quando os dedos apertaram as teclas do piano, ela começou a cantar.

There is just one place in my heart
Just one place in my heart
For you, my love, for you...

Os pelos do braço de Hudson se arrepiaram. Sua voz era perfeita para o jazz e soul: grave, gutural e evocativa. Era o completo oposto da mãe, que era como uma Pop-Tart sônica: saborosa e docinha, feita para estar no topo das paradas de sucesso. A voz de Holla faz você querer se levantar e dançar, mas a de Hudson faz você querer dançar uma música lenta com o cara que você gosta.

Quando a música foi diminuindo lentamente, Lizzie e Carina levantaram-se, batendo palmas vigorosamente.

— Isso aí, Hudson!

— Uuu-huu!

Hudson não conseguia escutar as amigas enlouquecidas, mas fez um aceno envergonhado através do vidro.

Chris curvou-se para falar no microfone da mesa e apertou o interfone.

— Foi ótimo, pessoal. Vamos fazer de novo.

E então a porta do estúdio se abriu.

— *Foi tão bom!*

Antes que pudessem se preparar completamente, Holla Jones — *a* Holla Jones — entrou na sala.

— Ótimo trabalho, querida — gritou ela para o vidro, acenando com as longas unhas pintadas. — Ótimo *trabalho*!

Ao piano, Hudson ficou boquiaberta. Certamente a visita da mãe era uma surpresa.

Holla virou-se para Carina e Lizzie e abriu os braços.

— Me-*ninas* — disse ela em tom de cantiga, como sempre fazia, e as duas levantaram-se para abraçá-la.

Holla não devia ter mais de 1,50m nem mais de 43 quilos, mas sua presença era enorme e dominadora como a de Godzilla. Tinha a pele mais morena que a da filha, olhos castanhos amendoados, lábios carnudos e uma testa alta e imponente notadamente lisa. Seus longos cabelos cor de caramelo estavam presos num coque e ficavam afastados do rosto com uns enormes óculos escuros D&G sobre a cabeça. Holla era tão conhecida por seu corpo extremamente em forma quanto por sua voz, e hoje ela usava uma blusinha rosa sem manga e uma calça de ioga cintura alta que realçava seus espantosos bíceps e os músculos do abdome respectivamente. Um pingente reluzente de macacos de três diamantes, um cobrindo os olhos, o outro, os ouvidos e outro, a boca, estava pendurado em seu pescoço. Era fácil saber de quem Hudson tinha puxado o amor por joias.

Conforme Lizzie e Carina se revezavam para abraçá-la, duas mulheres magras como um graveto, com o rosto fundo e sobrancelhas falsas e um homem musculoso vestido de preto entraram na sala. Lizzie não as reconheceu, mas sabia exatamente quem eram: a assistente de Holla, a estilista e o segurança. Holla nunca ia a lugar algum sem seu séquito, mas o trio era sempre diferente — nenhum dos três ficava por muito tempo no emprego. Eles se encostaram à parede, pegaram seus BlackBerrys e habilmente fundiram-se com a paisagem.

— Certo, Chris, eu andei pensando — disse Holla abruptamente depois de cumprimentar Lizzie e Carina. Puxou uma cadeira vazia e sentou-se ao lado dele. — Sei que você está optando por um trabalho low-fi. Entendi. Mas já disse para Hudson um milhão de vezes que essa coisa tradicional, o som distorcido, estilo Norah Jones, está totalmente fora de moda.

Chris esfregou o queixo.

— Devíamos gravar esses caras separadamente — disse Holla, indicando a banda atrás do vidro. — Talvez samplear algumas batidas. Gravar a voz dela através de um sequenciador, usar alguma compressão, tirar o ruído. Fazer mais agudo e com mais notas.

Chris olhava hesitantemente através do vidro. Hudson estava sentada na beira do banco do piano, as sobrancelhas unidas de preocupação.

— Acho que sua filha realmente quer *este* tipo de som — disse ele, soando um pouco apavorado.

Holla ajeitou-se na cadeira.

— Eu sei o que ela quer — respondeu ela rispidamente. — Mas estou dizendo o jeito como *deve* ser.

Neste momento, a porta se abriu e Hudson entrou na sala.

— Oi, mãe, o que está havendo? — perguntou ela casualmente, parando ao lado da cadeira. Lizzie podia sentir o pânico disfarçado na doçura.

— Oh, nada, querida, só estou levando um papo com seu produtor — disse Holla suavemente, segurando o pulso de Hudson. — Acho que precisamos começar de novo. Faça como eu disse. Algo mais agudo. Mais encorpado. Mais rádio. Menos... suave.

Hudson lançou um olhar de aqui-vamos-nós para as amigas.

— Mãe, já falamos sobre isso — disse ela. — Não sou Britney.

— Graças a Deus. — Holla deu risada, balançando o braço de Hudson. — Não estou dizendo isso. Só quero que você tenha a carreira que merece. E se ficar presa atrás de um piano durante uma turnê, ninguém vai ver você dançar. E você dança tão bem...

— Mãe — interrompeu Hudson, a voz mais sombria. Ela lançou um olhar para Chris. — Eu te disse que não iria fazer isso a não ser que eu pudesse fazer o álbum que *eu* quero fazer — disse ela em voz baixa.

— Querida, o que você quer ser? — disse Holla, encostando-se à cadeira e largando o pulso da filha. — Uma garota que vende 100 mil álbuns? Ou uma estrela que vende milhões e ganha Grammys? Que vai ter garotinhas se vestindo como ela e cantando as músicas dela? Você tem isso em você, querida. Sei que tem.

Hudson mordeu o lábio inferior e olhou ansiosa para as amigas. *Não me importo*, Lizzie queria que Hudson dissesse. *Não quero ser como você.* Mas ela sabia que Hudson não iria conseguir dizer isso na frente da mãe.

— Quando você acha que a gente consegue ir para um novo estúdio? — perguntou Holla a Chris, como se o assunto já estivesse sido enterrado. — Um com a capacidade digital de que talvez a gente precise?

— Não sei. Vamos ter que falar com o selo sobre isso.

As mãos de Holla já estavam se movimentando na mesa de mixagem.

— Podemos tocar novamente? Só quero que Hudson entenda sobre o que estou falando.

Hudson encarou Chris com um ar de súplica. Mas ele não era páreo para Holla Jones. Com um suspiro, Chris apertou um botão e a música começou.

Lizzie sabia que as coisas só piorariam. Ela olhou para Carina. *O que podemos fazer?* Ela perguntou com o olhar. Carina deu de ombros, triste.

— Vocês provavelmente estão entediadas — disse Hudson, sentindo o desconforto das amigas. — Podem ir se quiserem.

Carina e Lizzie trocaram olhares. Não queriam abandonar a amiga, mas era óbvio que Hudson preferia que elas fossem embora. Sabiam que não havia nada pior para Hudson do que um combate de forças com a mãe em público, porque ela sempre perdia.

— Obrigada por nos chamar — disse Lizzie para ela enquanto inclinava-se para dar um abraço na amiga. — Você estava ótima.

Carina também a abraçou.

— Você foi demais — sussurrou ela.

— Obrigada, meninas — disse Hudson com um olhar cabisbaixo.

— Enfrente a sua mãe — murmurou Lizzie.

Hudson só balançou a cabeça, os olhos verdes distantes.

— Aham — brincou ela.

Elas sussurraram um tchau para Holla, mas ela estava ocupada demais manipulando os canais da mesa de mixagem para perceber a partida delas.

No hall, Carina e Lizzie foram até o elevador em silêncio.

— Odeio assistir a Holla fazendo isso com ela — disse finalmente Carina, pegando um chiclete e colocando-o na boca. — É tão injusto.

— Talvez devesse ter esperado para fazer isso — comentou Lizzie.

— Esperado para quê? A mãe dela vai ser sempre assim — disse Carina.

— Mas talvez pudesse lidar melhor com isso daqui a alguns anos.

— Bem, o quanto antes ela aprender a fazer isso, melhor — disse Carina, apertando o botão. — Mas o que sei eu? Sou a escrava do meu pai.

A porta do elevador se abriu, e elas entraram.

— Sabe de uma coisa? Este é o ano de enfrentarmos nossos pais — anunciou Lizzie. — Você precisa fazer com que seu pai saiba que está sendo injusto, Hudson precisa fazer o álbum que quer fazer...

— E você precisa não ter tanto medo, Lizzie — disse Carina enfaticamente. Apertou o botão do térreo. — A vida é *sua*. Quer passar a vida toda à sombra da sua mãe ou não?

As portas se fecharam. Lizzie não respondeu, mas pensou sobre as palavras de Carina durante o caminho até o lobby e a rua. Era exatamente isso. Pelo que podia se lembrar, isso tinha sido a barganha implícita na sua vida: viver à parte, nas sombras, fora de foco e do tapete vermelho. Ser conhecida por todos — e até por ela mesma — como a filha de Katia Summers. A filha esquisita. Ficar quieta, ser invisível e torcer para que ninguém a notasse.

Mas isso não podia durar para sempre. Ela não merecia ter a própria vida?

Alguns minutos depois, já na rua, ela parou na frente de um cybercafé na rua 23.

— Espere — disse ela para Carina, e entrou correndo.

No balcão, pegou da bolsa a folha com a autorização. O número do fax de Andrea estava no topo. Entregou-a ao atendente.

— Por favor, passe este fax — disse ela.

Enquanto o observava colocar a folha na máquina, sentiu uma leve dúvida. Mas sabia que Carina estava certa. Já era hora de começar a ser Lizzie. Mesmo que isso a matasse de medo.

capítulo 16

Quatro dias depois, numa quarta-feira chuvosa, alguns minutos antes da aula de francês, Lizzie tirou os olhos da leitura de *Suave é a noite* e viu Todd em pé ao seu lado parecendo ter algo importante a dizer ou ter se esquecido completamente de seu nome.

— Oi — ele finalmente disse, e limpou a garganta. — E aí, tudo bem?

Agora era Todd quem estava dando um gelo *nela*. Não olhava para ela na aula. Passava por ela nos corredores — com Ava e sua saia encurtada grudada nos quadris. Lizzie sabia que não tinha razão para ficar chateada — afinal de contas, eles eram apenas amigos —, mas sua decisão de ignorá-la desde o dia que se encontraram para estudar não fazia sentido.

Mas parecia que ele tinha mudado de ideia. Novamente.

— Hum, só lendo — disse ela, abaixando o livro.

Todd balançou a cabeça e olhou para baixo, enquanto às suas costas as pessoas se apressavam para as salas. *Meu Deus, ele conseguia ser estranho*, pensou Lizzie.

— Então, precisamos nos encontrar de novo para o trabalho de inglês — disse ele de forma hesitante.

Ela fechou o livro.

— Claro.

— E tudo bem se eu te pedir um favor? — perguntou ele.

— Claro — disse ela.

— Na verdade, não é para mim — disse ele, deixando a mochila inglesa esquisita escorregar no ombro. — É para Ava.

Lizzie sentiu algo se desprender de dentro dela, como se seu coração tivesse acabado de ser torpedeado.

— Ela quer te pedir uma coisa, mas está meio envergonhada — disse ele, encarando o chão, conforme varria o chão com o sapato.

Ava envergonhada? pensou ela, exatamente quando Ava apareceu na sala.

— Oi, Lizzie! — gritou Ava, aproximando-se. O rosto estava vermelho do frio da rua, e continuava com o gorro de lã com chifres de diabinho, que imediatamente deram nos nervos de Lizzie. — Eu *realmente* não queria te incomodar, mas você sabe que sou a presidente do baile Silver Snowflake e estamos fazendo uma rifa e, bem, queria saber se sua mãe podia doar alguma coisa.

Seu coração bombardeado acabara de aterrissar em seu estômago.

— Hum, como o quê? — perguntou ela.

— Podia ser qualquer coisa. — Ava deu de ombros de modo descontrolado. — Um jantar com ela, um vestido, ir com ela para uma sessão de fotos, sair com ela e Martin Meloy, *qualquer coisa.* Ah, é claro que você vai ganhar um convite, só para você saber. — Ela deu um sorriso radiante e olhou para Todd, que ainda parecia fascinado pelo chão.

— Hum, bem, vou perguntar a ela — disse Lizzie, deliberadamente se esquivando do convite de Ava.

— Ótimo! — exclamou Ava. Ela tirou os cachos do ombro e apertou a mão de Todd. — Todd disse que você não se importaria. E sabe, ele disse que sua mãe é muito legal e coisa e tal.

— Que bom que ele te ajudou com isso — disse ela de forma pouco articulada.

Neste momento Madame Dupuis passou pela porta usando um abominável terninho amarelo-esverdeado.

— Certo, bem, nos vemos mais tarde! — disse Ava.

Ela e Todd afastaram-se para o fundo da sala assim que Madame Dupuis pediu silêncio com seu usual "*Shhhhhh!*".

Lizzie abriu o livro, sentindo-se desanimada e confusa. Estava acostumada com as pessoas lhe pedindo coisas, mas isso a deixou deprimida. Todd não sabia como era irritante ser usada como uma "conexão" com sua mãe? Além disso, não tinha olhado para ela durante toda a conversa. Era bom que estivesse se sentindo um idiota.

Depois da aula, encontrou Carina e Hudson esperando por ela no banco da entrada.

— Então Ava Elting veio mendigar para o seu baile de caridade ridículo — disse ela, abrindo a porta principal e saindo para a calçada. A chuva tinha se transformado em uma garoa suave. — Todd inclusive introduziu o assunto para ela. Eca.

— Ugh. — Hudson torceu o nariz, abrindo o guarda-chuva de plástico transparente. — Também veio mendigar para mim. Por ingressos de show. Ou um jantar com mamãe. Como se minha mãe fosse algum dia se sentar com um estranho para jantar. Mal senta para jantar *comigo*.

— Que banana — confirmou Carina, colocando uma faixa azul larga nos cabelos loiros. — Ela o amarrou completamente com vocês-sabem-o-quê.

— Ele *tem* que saber que ela é uma marionete — argumentou Lizzie. — Então como ele consegue aguentar?

— Tenho quase certeza de que sei a resposta para isso — disse Carina com indiferença.

Elas viraram a esquina na avenida Madison e entraram na delicatéssen. Carina e Lizzie ficaram na fila para pedir torradas com manteiga, enquanto Hudson foi à seção das revistas. Farinha branca havia sido banida da casa dos Jones havia muito tempo, e tinha perdido o gosto por ela.

— Oh, meu Deus — elas escutaram Hudson murmurar. — Lizzie, venha aqui.

— O quê? — Lizzie saiu da fila e foi até as prateleiras de revista. — O que é isso?

Hudson estava no meio do corredor, com a última edição da *New York Style* aberta nas mãos.

— Você está aqui — disse ela para Lizzie, como se ela mesma não conseguisse acreditar.

— O quê? — Lizzie chegou mais perto.

De boca aberta, chocada, Hudson virou a revista para lhe mostrar. A primeira coisa que Lizzie viu foi o título: A NOVA FACE DA BELEZA.

Abaixo dele, havia uma foto sua. Dela. Lizzie. Usando o chapéu fedora preto e as argolas douradas e o lenço rosa, encostada na parede de tijolo em Chinatown. A foto ocupava quase a página inteira.

Seu olhar desceu para o texto.

Parece que a beleza deslumbrante está no sangue da família. Lizzie Summers, a filha de 14 anos da supermodelo Katia Summers, é a última descoberta da fotógrafa Andrea Sidwell. Ela a chama de "a nova face da beleza". Não poderíamos estar mais de acordo.

— Ah, meu Deus — disse Lizzie.
— Você está maravilhosa! — gritou Hudson. — Carina? Venha aqui!

Carina foi até elas.

— Estou quase fazendo meu pedido.
— Você viu isto? — falou Hudson num tom agudo, mostrando a revista.

Quando Carina viu a foto, o queixo caiu.

— Deus do céu! É *você*! Está incrível! Olhe para você!
— Você é a Nova Face da Beleza! — gritou Hudson, dando saltinhos. — Sabia que eles iam fazer isso? — perguntou ela.

Lizzie só conseguiu balançar a cabeça.

— Uh. Não.
— Você é a nova face da beleza! Ah, meu Deus! — Os olhos verdes animados de Hudson buscaram o rosto de Lizzie. — Espere. O que há de errado?
— Você está gritando. É isso que está errado — disse Carina.
— Eu mandei a autorização com a assinatura falsa — respondeu Lizzie, ainda chocada. — Não contei para minha mãe. Nada. Ela vai ficar furiosa.

Neste momento sentiu a fatídica vibração de seu iPhone na bolsa. Alguém tinha lhe enviado uma mensagem. Pegou o telefone da bolsa. Era de casa.

VENHA PARA CASA AGORA.

— Lizzie? — perguntou Hudson cautelosamente. — Você parece assustada.

— Acho que eu deveria estar. — Lizzie mostrou a mensagem para as duas.

— Caramba! — disse Carina.

— Quer que a gente vá com você? — perguntou Hudson, as sobrancelhas unidas de preocupação.

Lizzie negou com a cabeça. Sentia como se estivesse à beira de um trampolim de salto ornamental, e tentando reunir coragem para mergulhar.

— Não, tudo bem. Melhor eu fazer isso sozinha. — Ela começou a andar em direção à porta.

— Mas é o intervalo do almoço — lembrou Carina.

— Vou voltar — disse ela.

— Não se preocupe, vai ficar tudo bem — falou Hudson indo atrás de Lizzie na rua. — Eles vão amar. Você vai ver.

— Acho que não — disse ela levantando a mão para chamar um táxi.

— Apenas lembre-se — avisou Hudson, virando Lizzie pela cintura — de que isso é muito, muito importante. — Ela ficou na ponta dos pés e atirou os braços ao redor do pescoço de Lizzie. — E você merece isso.

Lizzie retribuiu o abraço, e pela primeira vez sentiu-se dando saltinhos também. Era a nova face da beleza? Não podia ser verdade.

Depois de acenar para o táxi, entrou e disse seu endereço ao motorista. Depois se encostou ao banco de trás e observou as folhas marrons e douradas passando pela janela enquanto atravessavam o parque. Tentou pensar rapidamente em uma desculpa. Porém não conseguiu. Tinha mentido para Andrea, falsificado a assinatura da mãe e agora suas fotos estavam numa revista nacional sem a autorização dos pais. Provavelmente ficaria de castigo pelo resto da eternidade.

Mas também era a nova face da beleza. *Ela — a nova face da beleza!* — pensou, agarrando a barra de metal na porta do táxi enquanto sorria para si mesma. Como isso *tinha* acontecido?

Quando desceu do táxi, passou rapidamente pelos paparazzi e correu até a portaria do prédio em meio à chuva que começava a cair. Na entrada do apartamento da família, tirou a bolsa.

— Oi? — chamou ela, e passou pela porta vaivém da cozinha.

Bernard, Katia e Natasha estavam sentados à mesa da cozinha num silêncio implacável, como se alguém tivesse acabado de morrer. Katia apertava os lábios com tanta força que as bochechas pareciam ocas, e os cabelos tinham sido rapidamente presos num coque apertado de professora de colégio. Natasha tirou dos olhos as pontas da franja e lançou um olhar ameaçador para Lizzie. O pai a fuzilava com os olhos sob suas sobrancelhas grossas enquanto tocava a revista que estava sobre o centro da mesa.

— Explique *isto* — disse ele, empurrando um exemplar da *New York Style* na direção dela. — Suponho que você possa explicar, não?

— Não era para sair — começou ela. — Era apenas um teste...

— Você é menor de idade! — enfureceu-se Bernard, o olhar ficando perigosamente enlouquecido. — Natasha não te explicou por que não era uma boa ideia? Não explicou?

— Certamente ela não quis seguir meu conselho — disse Natasha de forma arrogante, tamborilando na mesa com as unhas cor de beringela. — Sua filha é uma menina um tanto obstinada.

— Era só para a editora olhar as fotos — contou Lizzie. — Não era para publicarem. Juro.

O interfone da casa tocou na parede da cozinha. Bernard levantou-se da cadeira e atendeu-o.

— Sim, pode mandar subir — ordenou ele, depois bateu com o interfone no gancho. — Sua fotógrafa está aqui. E você deve imaginar que tenho umas palavrinhas para dizer a *ela* — disse ele.

É claro que tinha localizado Andrea. Agora teria de explicar que havia mentido — não apenas para sua família, mas para a mulher mais legal do universo.

Katia finalmente relaxou os lábios. Os olhos mudaram para um púrpura profundo, o que significava que a situação estava calamitosa.

— Não pensei que você gostasse de câmeras — disse ela.

— Mãe. — Lizzie buscava a melhor maneira de dizer isso. — Começou quando você estava em Paris. Só queria experimentar. E então quando você voltou para casa, achei que fosse ficar braba e achar estranho, e pensar que eu estava tentando tirar vantagem do vídeo no YouTube, então não disse nada...

Katia olhava para a xícara de café espresso que tinha na mão, imóvel.

— Não sei onde eu estava com a cabeça — continuou Lizzie. — Nunca achei que fosse ser publicada, nunca achei que eu tivesse alguma chance, e eu *ia* te contar...

Ela escutou alguém entrar pela porta da frente, e então Andrea apareceu na cozinha, pisando cuidadosamente nos azulejos com os tênis molhados. O rabo de cavalo loiro estava escuro e desgrenhado por causa da chuva. A jaqueta de zíper de ioga estava ensopada. Ela mal olhou para Lizzie, mas no milésimo de segundo em que seus olhos se encontraram, Lizzie pôde sentir como se sentia traída e decepcionada.

— Sinto muito por tudo isso. — Ela logo começou a dizer, falando com Katia e Bernard. — Estava fora da cidade, meu BlackBerry estava fora de área, a editora e eu não nos falamos...

— Você sabia que ela só tem 14 anos? — perguntou Bernard.

— Shhh, Bernard. — Katia colocou uma das mãos sobre o braço de Bernard.

Andrea colocou a bolsa mensageiro sobre a mesa.

— Só queria que a editora *visse* as fotos de Lizzie. Nunca pensei que fosse publicá-las. Ela realmente me enviou um e-mail pedindo autorização, mas, como eu disse, meu BlackBerry estava fora de área...

— O que você fez é ilegal — interrompeu Bernard.

Natasha abafou um riso.

— Entreguei uma autorização para Lizzie antes de enviar as fotos — disse Andrea calmamente. — Quando recebi um fax com ela assinada, achei que Lizzie tivesse falado com você. — Ela lançou um olhar de reprovação para Lizzie, os olhos azuis vívidos, agora desanimados. — Eu estava errada.

— Então você falsificou a assinatura da sua mãe? — perguntou Bernard, virando-se para Lizzie. — Maravilha.

— Não, a culpa é minha — disse Andrea calmamente. — Lizzie falou que ia contar para vocês. Nunca imaginei que fosse fazer isso. Nunca imaginei que ela fosse mentir para mim.

Lizzie estava arrasada de ver Andrea assumindo a responsabilidade.

— Mãe, pai — interrompeu ela —, eu não devia ter enviado a autorização. Só queria ver se conseguia sem vocês. — Ela abaixou a cabeça para não ter de olhar para os olhos da mãe. — Queria que fosse uma coisa minha. Se é que isso faz sentido.

Quando levantou os olhos, o rosto de Katia ainda estava pálido, mas os olhos estavam azuis o suficiente para indicar que talvez isso fosse terminar bem.

— Você tem que entender por que fiquei um pouco surpresa com isso — disse Katia para Andrea. — Especialmente porque esse é meu mundo. Esperaria que fosse incluída em qualquer decisão de Lizzie relacionada à moda. Não fazia ideia de que ela queria ao menos tentar.

— Ela não queria — confessou Andrea com um suspiro. — Na verdade, ela a princípio recusou meu convite. Mas ela é boa nisso. E acho que ela tem alguma coisa. Acho o rosto dela uma obra de arte.

Katia e Bernard se entreolharam, como se não tivessem certeza se concordavam com isso.

— Entenderia se você não quisesse mais que ela ficasse na frente de uma câmera — continuou Andrea. — Mas vou fotografar para a *Rayon* daqui a alguns dias. É aquela revista de música e entretenimento para universitários e garotada de 20 e poucos anos. — Andrea virou-se para Lizzie, e finalmente ganhou vida com um sorriso orgulhoso. — Eles olharam a foto da *New York Style*. E adorariam que ela fosse a modelo da matéria.

— De jeito nenhum — anunciou Bernard.

— Bernard — disse Katia, tocando seu braço novamente. Ela se levantou da mesa e ajeitou o lenço de cashmere sobre os ombros. — Lizzie, você provavelmente tem que voltar para a escola agora. E a partir de hoje está de castigo. Pelas próximas duas semanas.

— Espere — pediu Lizzie. — *Rayon?* Mãe... Posso fazer?

Katia olhou para Bernard. O pai levantou as mãos, como se dissesse que ficaria fora dessa.

— Olha, eu sei que menti, e me desculpe por isso, mãe, de verdade. Mas pelo menos podemos pensar sobre isso?

Katia ajeitou o lenço novamente, mas o olhar pétreo do rosto tinha desaparecido.

— Vamos *pensar* sobre isso — disse ela. — Agora, volte para a escola.

Isso já é bom o suficiente, pensou Lizzie. Todos precisariam de algum tempo para se recuperar dessa. A caminho da porta da frente, Lizzie passou por Andrea.

— Desculpe — sussurrou ela.

Andrea deu um tapinha no ombro dela como se dissesse "Tudo bem".

À porta, escutou a mãe vindo atrás dela.

— Lizzie?

A mãe entrou no hall, e as duas finalmente ficaram sozinhas. Mesmo descalça, ela ainda era muito mais alta que Lizzie.

— Prometa que você nunca mais vai fazer isso — pediu ela com a voz trêmula. Parecia muito magoada.

— Prometo — disse Lizzie. — Desculpe, mãe. De verdade.

Katia levantou os braços delgados e Lizzie foi em direção ao seu abraço. Inalou o perfume de angélica e lírios e sentiu um alívio impressionante.

— Mas estou orgulhosa de você — disse Katia ao seu ouvido. — Quer mesmo fazer essas fotos?

Lizzie balançou a cabeça no ombro da mãe.

— Sim. Quero mesmo.

Katia soltou-a.

— Seria só dessa vez. *Se* deixarmos.

Lizzie balançou a cabeça novamente.

Katia alisou os cabelos de Lizzie.

— Agora, volte para a escola.

Lizzie caminhou até os elevadores, sentindo-se confusa e surpresa, como se tivesse acabado de sobreviver a um desastre de avião. O pior havia acontecido e, de alguma maneira, tudo estava bem. Tudo estava mais do que bem, na verdade.

Checou seu iPhone e havia uma mensagem de Hudson.

Como é ser a nova face da BELEZA???

Lizzie sorriu.

MARAVILHOSO, ela respondeu.

capítulo 17

Pssst! Ela sentiu o frescor da água termal Evian na pele. Quando abriu os olhos, a maquiadora com cabelos cor de tangerina e piercing no nariz estava curvada à sua frente, dando tapinhas no rosto de Lizzie com a esponja de maquiagem. Sua camiseta verde dizia TODO MUNDO AMA UMA GAROTA IRLANDESA, e ela cheirava a patchuli.

— Isto vai dar uma hidratada — disse ela, ainda passando a esponja. — Deus, você quase não precisa de base. Quem faz sua limpeza de pele?

Lizzie deu um gole no chá verde. Pensou no dia em que ela e Hudson tinham tentado usar o kit de microdermoabrasão e desistiram.

— Ninguém — disse ela.

— Sério? — A maquiadora ergueu o corpo nos saltos e examinou-a. — Então qual é o seu segredo?

Lizzie deu de ombros.

— Ela só tem 14 anos, Marisa — disse de forma espirituosa o cabeleireiro careca de rosto com a barba por fazer atrás dela. — É *esse* o segredo dela. — Ele torceu uma mecha do cabelo em volta da chapa do babyliss. — Esta é sua cor verdadeira? — perguntou ele.

— É. — Lizzie concordou com a cabeça.

Ele assobiou para si mesmo.

— Lin-do — murmurou ele.

Apenas dois dias tinham se passado desde o ataque de fúria dos pais e Andrea por causa da *New York Style*, mas agora tudo parecia diferente. As pessoas estavam lhe dizendo que partes dela eram lindas. Permitiram-lhe matar aula — só desta vez — para realmente ser paga como modelo. E enquanto seus amigos sofriam com a geometria, estava sentada numa cadeira de maquiagem em um estúdio banhado pelo sol no píer Chelsea, balançando a perna ao som de Kanye West enquanto alguém curvava seus cílios. Era demais para ser verdade, pensou Lizzie, mas sabia que não podia realmente se acostumar a isso. Bernard tinha permitido que fizesse essas fotos para a *Rayon* com duas condições: que fosse só dessa vez e que Katia estivesse lá para supervisionar. Embora a mãe ainda não tivesse aparecido.

— Como vamos, Lizzie? Tudo bem? — Andrea apareceu no estúdio, mais agitada que o normal, os olhos azuis cintilantes e os cabelos ondulados em volta do rosto. Vestia calça pantalona jeans desbotada, um moletom de capuz e botas em vez de tênis. — Não faça nada muito pesado, tá bem? – disse ela para Marisa. — Só um pouco de pó e delineador. E só. E Serge, não faça enrolado *demais*, certo? — pediu ela para o cabeleireiro, olhando para Lizzie no espelho. — Ela fica melhor quando parece ela mesma.

E isso é algo que nunca ouvi antes, pensou Lizzie, saindo da cadeira.

A editora de moda da *Rayon* ajudou-a a vestir o primeiro "visual": um vestido simples florido sobre uma camiseta de algodão C&C, com meias-calças vermelhas estampadas e sapatos Oxford. Um pouco demais, pensou Lizzie, mas *Rayon* era um tipo de revista de moda provocativa.

— Perfeito. Simplesmente perfeito — declarou a editora, balançando a cabeça enquanto passava a mão na longa corrente de prata no pescoço. — Vamos colocar alguns acessórios. — Ela pegou uma caixa com várias joias, cada uma embrulhada em um plástico, e pegou um colar feito de grandes pedaços de vidro que pareciam balas. Quando o fechou em volta do pescoço de Lizzie, sorriu. — Pronto. *Agora sim* você está perfeita.

Lizzie olhou para o espelho portátil de corpo inteiro. Nunca usaria essa combinação na vida real, mas, como sua mistura de acessórios de Chinatown, tudo meio que funcionava.

Caminhou até Andrea, que estava ao lado de um gigante monitor de computador, cercada por duas de suas assistentes.

— O que você acha? — perguntou ela.

Andrea olhou para ela de cima a baixo.

— Amei. Acho que estamos prontas para começar. Mas você acha que devemos esperar a sua mãe?

— Não sei. Ela marcou um encontro com os designers no Garment District. Pode demorar um pouco.

— Estou aqui! — soou um som vibrante de uma voz familiar.

A porta pesada do estúdio fechou com força, e Katia entrou silenciosamente no espaço agitando o BlackBerry em uma das mãos e seu chá verde diário tamanho grande da Starbucks na outra.

— Sinto muito pelo atraso, o trânsito estava *terrível* — disse ela. Seus cabelos balançavam sobre um ombro numa trança longa e grossa, e estava vestida com uma túnica preta metálica chamativa, cinto espartilho cravado de joias, e uma calça legging de couro preta reluzente e justa no corpo que fazia suas pernas parecerem duas vezes mais altas. Com um frio no estômago, Lizzie percebeu que Katia não iria apenas se misturar com o pano de fundo.

— É isso que você vai vestir? — perguntou ela para Lizzie, parando abruptamente quando a viu e examinou-a com seus olhos turquesa.

— A história se chama "Loucas por camadas" — explicou Lizzie, levemente irritada. — Eles gostam de fazer coisas mais provocativas.

— Aham. — Ela examinou o rosto de Lizzie bem de perto. — Você não vai usar *nenhuma* maquiagem?

Antes que Lizzie pudesse dizer alguma coisa, Andrea apressou-se na sua direção.

— Pensei em colocar o mínimo possível — disse ela, aproximando-se. — Afinal de contas, quero que ela se pareça com ela mesma.

Katia enrugou os olhos minimamente. Lizzie pôde perceber que ela não tinha aprovado.

— Tudo bem, querida, quando você estiver lá, se lembre da Pose — instruiu Katia. — Ombros para trás, queixo para a frente, pescoço longo.

— Tudo bem, mãe — interrompeu Lizzie. — Eu e Andrea meio que temos o nosso próprio estilo. Mas obrigada.

Katia encarou-a como se não tivesse realmente entendido o que ela dissera.

— Ah, e você pode ficar lá atrás? Se for tudo bem para você? — perguntou ela.

A mãe concordou com a cabeça.

— Tudo bem. Divirta-se. Porque só vamos fazer isso esta vez, não se esqueça. É só um teste...

— Eu sei, mãe. — Lizzie engoliu em seco. Não queria ser lembrada disso neste momento. — Eu sei.

— Pronto, Lizzie! Vamos lá! — gritou Andrea, e ela foi ocupar seu lugar na frente da câmera. Atrás dela, a parede caiada curvava-se exatamente no chão, para parecer um pano de fundo completamente branco. Havia dois tripés de luz de cada lado, e a seus pés tinha um pequeno mas potente ventilador que soprava os cabelos de seus ombros. Alguém ligara a música para que assim as batidas do hip-hop estalassem atrás de seus olhos e a fizessem ter vontade de se mexer. A editora de moda, a maquiadora, o cabeleireiro e as assistentes de Andrea aos poucos começaram a ocupar o espaço atrás da fotógrafa para observar. *Eles estão todos me observando*, pensou ela. *E se eu não conseguir fazer isso?*

— Certo, Lizzie. Desta vez eu quero movimento! — gritou Andrea, segurando sua Mamiya. — Corra! Pule! Chute! Dance! A coisa toda! Não tenha medo de ser louca. — Andrea levou à câmera ao rosto. — Vamos lá!

Assim que Lizzie viu o olho negro das lentes da câmera, algo fez um clique dentro dela. *Eu posso fazer isto*, pensou. A câmera agora era sua amiga. Não iria mais julgá-la.

Ela lhe deu toda a sua atenção, olhando diretamente para ela, nivelando os olhos.

— Isso! Perfeito! — Andrea clicou.

Lentamente, ela começou a se mexer. A música a cercava, bloqueando os pensamentos que lhe passavam à mente.

A brisa do ventilador fazia cócegas no seu pescoço, e Lizzie tinha a vaga sensação de que seu cabelo estava em pé, mas nem se importou. Era como se tivesse tido o campo de visão reduzido — tudo o que conseguia ver era a câmera, e era só com o que se importava. As pessoas que estavam atrás de Andrea desapareceram. Até mesmo Andrea desapareceu. Era apenas ela e a câmera.

— Isso! — Andrea gritava conforme ela se soltava. — Maravilha! Isso mesmo!

Ela pulava. Chutava. Rodopiava. Começou a suar de verdade. Ocasionalmente, Andrea fazia um intervalo, e a maquiadora e o cabeleireiro entravam rapidamente em cena e apertavam pó em seu nariz ou alisavam seu cabelo com alguma loção fixadora. Quando teve que vestir o segundo look, e depois o terceiro, saiu do set ofegante, e em seguida os editores de moda entregavam-lhe as roupas sem dar uma palavra. Então, como num flash, estava de frente para a câmera novamente. Estava indo excepcionalmente bem. Era intocável. Poderosa. Estava no comando.

Poderia ter ficado assim durante horas, quando Andrea finalmente entregou a câmera para uma das assistentes e começou a bater palmas.

— Foi maravilhoso, Lizzie! — berrou ela, irrompendo em uma pequena dança própria. — A melhor de todas!

Lizzie sorriu e saiu do set, animadamente exausta. Suas pernas doíam como se tivesse acabado de correr oito quilômetros. Quem poderia imaginar que tirar fotos era como fazer exercício?

Quando saiu do clarão das luzes e os olhos se acostumaram à luz do sol, Lizzie deu uma rápida olhada no ambiente. Tinha quase se esquecido de que sua mãe estava ali. Percebendo que havia acabado de dançar hip-hop na frente dela por uma hora e meia, ficou um pouco envergonhada.

Mas Katia permanecia sentada, imóvel, em uma cadeira de armar de lona, as pernas longas cruzadas e cobertas por uma calça de couro, e o BlackBerry intocado sobre o colo. Estava tão imóvel que, por um momento, Lizzie se perguntou se ela estava bem. E então a mãe sorriu, levantou-se e começou a bater palmas enquanto caminhava.

— Muito bem! — gritou ela. Quando chegou perto de Lizzie, lançou os braços à sua volta. — Muito bem! — disse ela novamente, apertando Lizzie.

— Obrigada, mãe — disse Lizzie, um pouco sem saber o que fazer nessa hora.

— Não fazia *ideia* — falou Katia tirando os braços de Lizzie. — Não fazia *ideia* de que você era tão boa nisso! — Katia olhou para Andrea. — Ela realmente sabe fazer isso, não sabe?

Andrea aproximou-se e tocou o cabelo de Lizzie como se fosse o da própria filha.

— Ela tem muito talento — concordou ela.

— Você se divertiu? — perguntou Katia.

— Mais do que nunca — disse Lizzie.

— Bem, tenho uma novidade que estava guardando — informou-lhes Andrea. — A *New York Style* amou tanto o look da Lizzie que querem usá-la novamente. Mas desta vez a querem na capa.

Na capa. O coração de Lizzie deu uma cambalhota.

— Ah, mãe, posso fazer? — implorou ela. — Por favor? Posso?

Katia respirou fundo.

— Não sei, querida...

— Mas eu sei fazer — argumentou ela. — Sinto que sou *realmente* boa nisso. Por favor?

Katia mordeu o lábio. Ela continuava linda, mas havia minúsculas marcas de expressão em volta da boca, e os pés de galinha abaixo dos olhos pareciam mais profundos do que Lizzie já tinha notado. Pela primeira vez, percebeu que a mãe estava ficando velha.

— Estou *muito* impressionada — admitiu Katia, franzindo os olhos enquanto pensava. — Vamos falar com seu pai.

Sem Katia ter dito nada, Lizzie já sabia a resposta. Pela primeira vez em anos — talvez única vez — ela e a mãe estavam do mesmo lado em alguma coisa. Durante todo esse tempo, ela também havia sido filha da sua mãe, e nenhuma das duas tinha se dado conta disso.

capítulo 18

A primeira festa do ano sempre fazia Lizzie se lembrar do Natal: vários eventos prévios animados, e então o evento principal de alguma forma anticlimático. Antes da grande noite, ela e suas amigas sempre tinham a louca esperança de que, com o clima gerado pela iluminação, pelo DJ e pela habilidade que tinham com as roupas, o romance poderia de repente surgir entre ela e um dos garotos da turma. E então, durante a festa, lembravam-se de que o romance realmente não era uma possibilidade quando havia apenas sessenta pessoas na sua série e você conhecia a maioria delas desde o jardim de infância.

Mas para Lizzie ainda havia um pretendente interessante. Mesmo que esse pretendente tivesse uma namorada a quem estava cirurgicamente ligado, e que na verdade ainda não estivesse ali.

— Lizzie, ele vai aparecer, prometo — disse Carina aproximando-se da mesa de salgadinhos e pegando um punhado de Fritos. — E você está com os olhos *grudados* naquelas portas.

Sentindo-se culpada, Lizzie tirou os olhos das portas duplas do salão e deu um gole no seu 7 Up.

— Não estava com os olhos *grudados* nelas.

— Argh, C... — disse Hudson, franzindo o nariz. — Você consegue colocar as mãos naquela tigela? E Fritos? Sério? — Como de hábito, essa noite Hudson tinha decidido ousar. Estava vestindo uma túnica Matthew Williamson de seda roxa e amarela com a barra desfiada e um enfeite de cabeça de pena. Na verdade, funcionou.

— Estou passando por muito estresse no escritório — disse Carina na defensiva, mastigando os Fritos. — Meu pai chegou a fazer teste sobre suas diferentes empresas. Um teste surpresa. Como se achasse que eu não presto atenção alguma quando estou lá. É tão condescendente. — Ela ajeitou a alça do vestido preto que tinha comprado na Big Drop. — Eu chequei, meninas. Quase um milhão de dólares definitivamente *não* foi para a caridade. E encontrei uns arquivos bem esquisitos mostrando que houve uma entrada repentina de dinheiro em uma das empresas. — Ela estalou os dedos. — Eu o *peguei com a boca na botija*.

— Então você vai botar a boca no mundo? — perguntou Lizzie. — Desse jeito?

— Ele é um trapaceiro — disse Carina. — As pessoas precisam saber disso.

— Não, não precisam — falou Hudson, balançando a cabeça. — Por favor, prometa que vai me ligar antes de fazer isso. Assim eu tento impedir a loucura antes que seja tarde demais?

Carina só deu uma piscadinha.

— Prometo.

Embora fosse a mais extrovertida das três, era mais fácil Carina vender a alma que contar um segredo — dela ou de alguém. Era uma de suas maiores qualidades — exceto quando decidia reter informações de suas melhores amigas. E Lizzie sabia que havia mais coisa por trás da decisão de Carina do que ela admitiria.

— E então, o que seu pai disse sobre as fotos para a capa da *New York Style*? — perguntou Hudson a Lizzie. — Ele mudou de opinião?

— Surpreendentemente sim — disse Lizzie. — Vou fazer as fotos semana que vem. Graças à minha mãe. Agora ela está totalmente a favor dessa história de eu ser modelo.

— A não ser pelo fato de ainda terem te deixado de castigo por duas semanas, né? — comentou Carina.

Lizzie deu de ombros.

— Mas consegui fazer com que me tirassem dele uns dias antes para a festa da escola — disse ela. Olhou para a pista de dança vazia e viu uma pessoa pequena atravessando o salão através da estranha iluminação rosa e azul. Era Hillary Crumple. Pelo olhar cortante de mulher-em-missão, Lizzie sabia que estava vindo em direção a elas.

— Ah, não — falou Carina, avistando-a. — Lá vem ela.

— Sim — suspirou Hudson.

Antes que as três tivessem tempo de se virar para a mesa de salgadinhos, Hillary já estava bem na frente delas, encarando Hudson com expectativa.

— Nossa, Hudson. Que enfeite de cabeça lindo.

— Obrigada — disse Hudson delicadamente. — Gostei do seu suéter.

— Sério? — Hillary olhou para seu suéter rosa de tricô enfeitado com flores cintilantes. — Acabei de comprar.

— É fofo — disse Hudson, como sempre tentando ser gentil.

— Então, vi você na *Life & Style* outro dia — disse Hillary, lançando-se no modo ataque verbal. — Era uma foto de você saindo da Starbucks com a sua mãe. Você estava com um tipo de casacão roxo e calças pretas arrastão. Onde comprou? E a quantas anda com seu álbum?

Hudson lançou um olhar nervoso para Lizzie.

— Está na fase inicial agora.

— A sua mãe está te ajudando? — insistiu Hillary. Se Lizzie não conhecesse Hillary, acharia que estava sendo entrevistada.

— Minha mãe e eu temos estilos diferentes — disse Hudson cautelosamente. — Mas está me ajudando, sim. Meio que a distância, se é que você me entende.

Hillary concordou com a cabeça.

— Esta festa é muito chata — anunciou ela, esticando a pequena cabeça para olhar para a pista de dança vazia. — Por que vocês não estão na casa de Ava? Ouvi dizer que ela está dando uma festa.

— Ava está dando uma festa? — perguntou Lizzie. Não era de se admirar que Todd não estivesse ali.

— Você vai? — Carina perguntou a Hillary.

Hillary balançou a cabeça.

— Minha mãe não deixa — disse ela revirando os olhos. — Fazer *o quê*.

— Bem, acho que agora precisamos ir ao banheiro — interrompeu Carina, pegando Hudson pelo braço. — Desculpe, Hillary.

— Só mais uma coisa — disse Hillary para Hudson, pegando o celular. — Me passa seu número de celular? De repente podemos sair para fazer compras um dia desses?

— Hum — Hudson fez um pausa, mordendo o lábio inferior.

Não faça isso, Lizzie tentou dizer por telepatia, mas Hudson pegou o celular de Hillary e gravou seu número.

— Legal! — disse Hillary animada, pegando o telefone de volta. — Obrigada!

Carina finalmente conseguiu puxar Hudson em direção às portas.

— Você deu seu número para ela? — perguntou ela sem acreditar.

— Você é boa demais com ela, H — disse Lizzie. — Especialmente com ela sendo obcecada por você.

— Ela não é obcecada por mim — argumentou Hudson. — É obcecada pela minha mãe. Isso não é nenhuma novidade.

— Eu sei, mas mesmo assim eu tomaria cuidado — sussurrou Carina. — Ela é louca, desmiolada.

— Meninas, vamos para casa de Ava — declarou Lizzie antes de realmente pensar no que falou.

Hudson e Carina trocaram olhares.

— Não fomos convidadas — disse Hudson.

— E eu pensei que Ava estava te enlouquecendo — ressaltou Carina. — Ela provavelmente vai se aproximar de você para pedir alguma coisa para aquela festa ridícula.

— É, mas essa festa está meio chata — disse ela. — E Todd vai estar lá.

Exatamente neste instante elas viram Hillary Crumple no salão vindo na direção delas. As três se entreolharam. Estava decidido.

— Vamos pegar um táxi — disse Carina enquanto seguiam em direção às portas.

* * *

Lizzie não colocava os pés na casa geminada de arenito vermelho de Ava havia anos, mas lembrava-se de cada centímetro dela: dos candelabros, das escadas íngremes que rangiam, dos grossos tapetes persas, dos sofás adornados e das cadeiras com curvas, estilo Luís XIV. A mãe de Ava era uma designer de interiores famosa, e todo ano Ava ganhava um quarto novo. Na primeira série o tema tinha sido Bela Adormecida, o que significava que tinha um charmoso dossel sobre uma cama de ferro pintada e suntuosas almofadas de veludo roxo e rosa. Na quinta série, transformou-se em um palácio marroquino, com sofisticadas tapeçarias e um mosquiteiro que ia até o chão em volta da cama. Agora Lizzie não sabia como estava — não era convidada para a casa de Ava desde a sétima série.

— Você acha que isto é uma boa ideia? — sussurrou Hudson quando Lizzie tocou a campainha.

— Tenho certeza que ela não vai se importar — disse Lizzie.

— Você ficou tão corajosa de repente — comentou Hudson admirada.

Lizzie digeriu o elogio. Talvez estivesse diferente agora, pensou ela.

Finalmente, a governanta de olhar derrotado abriu a porta e, dando de ombros, fez um gesto para que elas entrassem no hall. A festa estava a todo vapor. Pessoas da Chadwick e de outras escolas circulavam com copos de plástico vermelho. A música vinha da sala de jantar ao fundo. Lizzie escutou passos na escada acima delas. Como sempre, a festa de Ava tinha atraído quase toda a população de 14 anos de Manhattan.

— Então, qual é o plano? — perguntou Hudson.

— Vamos buscar comida? — anunciou Carina. — Onde é a cozinha?

Lizzie examinou a multidão em busca de Todd. Ele tinha que estar lá.

— Ops. — Hudson pegou o BlackBerry da bolsa. — Chris acabou de me mandar uma mensagem.

— Seu *amado*? — perguntou Carina.

— Meu *produtor*. Vamos mudar de estúdio. Ele acabou de reservar outro.

— Ele sabe que você está apaixonada por ele? — provocou Carina.

Hudson guardou o BlackBerry.

— Por favor. Temos um relacionamento completamente profissional. E ele tem 28 anos.

— Só não deixe Ava saber que você gosta dele — brincou Lizzie, exatamente quando Todd entrou no hall segurando um copo vermelho e usando uma camisa de botão azul.

— Lizzie — disse ele, interrompendo os passos.

Antes de poder dizer alguma coisa, Ken Clayman saiu da cozinha logo atrás dele e trombou em seu ombro. Todd esbarrou nela. Um segundo depois Lizzie sentiu uma coisa gelada derramada na parte da frente do vestido.

Vinha do copo de plástico de Todd. Ela olhou para baixo. Uma enorme mancha roxa rapidamente se espalhou pela frente do vestido novo em folha. Tinha um cheiro familiar.

— Isto é *suco de uva*? — perguntou ela, fungando.

Todd ficou vermelho.

— Desculpe — disse ele, contraindo-se. — Aqui, deixe eu ajudar você.

— Ainda bebe isto? — Aquilo de repente lhe pareceu inacreditavelmente adorável.

— De vez em quando — murmurou ele. — Espere. Tem um banheiro lá em cima.

Pegando-a pela mão, ele a levou para o andar de cima, em direção a um pequeno lavabo ao lado da escada. Ele fechou a porta, e então ligou a torneira e pegou alguns lenços de papel da caixa.

— Desculpe mesmo — disse ele mais uma vez.

— Tá bom, chega. Você já disse desculpa umas 44 vezes. — Ela pegou uma toalha e umedeceu-a na água. — Você é tão *inglês*.

Ela queria lhe dizer que ele podia derramar seis copos de suco de uva nela. O que importava era que estavam sozinhos em um espaço pequeno.

Um espaço muito pequeno, na verdade. O lavabo era do tamanho suficiente para uma privada e uma pia. Ele se apoiou na bancada da pia, tentando cruzar as longas pernas na própria direção, com os pés sobre a tampa da privada.

— Fiquei feliz por vocês terem vindo — disse ele. — Ia falar com você sobre hoje, mas achei que não fosse querer vir.

— Por que não? — perguntou ela, passando levemente a toalha no vestido.

A princípio, Todd não disse nada.

— Fiquei com a sensação de você não estar muito contente com Ava depois de ela ter lhe pedido para ajudar com a festa.

Ele pegou uma vela de baunilha que parecia custar muito caro e observou-a.

— Não, não me importei com isso — disse Lizzie. Ela não conseguia criticá-lo.

— Ei, vi sua foto na revista — disse ele, colocando a vela no lugar. — Eu disse que você era linda. Você não acreditou em mim.

Ela revirou os olhos e tentou não ficar vermelha.

— Era só uma foto.

— Uma boa foto. Aposto que vai ficar tão famosa quanto a sua mãe.

Lizzie olhou para o vestido. De repente aquilo pareceu um pouco exagerado. Por que Todd ficava dando mole para ela?

— Duvido muito — disse ela. — E o que Ava achou?

Todd encarou-a.

— O quê?

— Ela gostou?

Todd pareceu completamente surpreso.

— Não sei... Acho que sim. Na verdade, não falamos sobre isso.

— Vocês estão, assim... apaixonados? — Ela não conseguiu resistir. E, de qualquer maneira, por que não podia perguntar isso para ele se eram apenas amigos?

— Apaixonados? — Ele começou a passar a mão nervosamente na bancada da pia. — A gente acabou de começar a sair.

— Bem, vocês passam um monte de tempo juntos, então pensei em perguntar — disse ela casualmente. — E se estiverem, fico muito feliz por vocês.

Todd franziu a testa e curvou os ombros.

— Fica? — perguntou ele.

Ela se enfiaria em um buraco, um que estava prestes a desmoronar sob ela.

— Hum... bem — começou ela. — Fico...

E então a porta de repente se abriu.

— Todd?

Ava apareceu à porta, equilibrando-se em seus saltos de couro de cobra. Os olhos em forma de disco pareciam vidrados, o rosto rosado, e seus cachos normalmente cheios de movimento estavam sem volume e lisos. Lizzie podia sentir o cheiro de cerveja nela.

— O que vocês estão fazendo aí? — perguntou ela de forma suspeita, o olhar movendo-se rapidamente de um para o outro confirme mexia no colar.

— Ah, acabei de derramar um negócio no vestido de Lizzie — explicou Todd ficando de pé.

— É — intrometeu-se Lizzie. — Estava tirando a mancha...

O olhar fixo de Ava deixou os dois imóveis.

— Procurei você por todos os cantos — disse ela para Todd em tom acusativo. — Posso falar com você?

Ava passou abruptamente por Lizzie e entrou no lavabo. Lizzie não teve escolha a não ser sair para o corredor e, antes que percebesse, a porta do banheiro bateu em sua cara. Através da porta, conseguia escutar as vozes abafadas de Ava e Todd. Parecia que estavam tendo uma briga. Uma briga séria.

Ah, meu Deus, pensou ela. Ava Elting era *ciumenta*.

Ela desceu as escadas. Felizmente, Hudson e Carina estavam esperando por ela logo abaixo.

— Vamos sair daqui — disse Lizzie, indo direto para a porta.

— O que aconteceu lá em cima — perguntou Hudson.

— Nada de bom — respondeu Lizzie.

Tudo o que quis fazer era finalmente falar com ele sobre Ava, em vez de fingir que ele não tinha uma namorada. Então, por que tinha a sensação de que falar sobre ela o deixara triste? E por que se sentia mal com isso?

— Você viu a Ava? — perguntou Carina quando chegaram à rua. — Ela mal consegue caminhar. Está bêbada.

— Garota com classe — interrompeu Hudson.

— Dou mais duas semanas para esse relacionamento — observou Carina. — Alguém quer apostar?

— Ou talvez eles fiquem juntos para sempre — disse Lizzie de forma enigmática enquanto viravam a esquina. — A essa altura eu meio que espero isso.

De canto de olho ela viu Hudson e Carina trocarem olhares enquanto caminhavam pela Park Avenue.

— Acho que é a última vez que vamos de penetra em uma festa de Ava Elting — disse Carina.

capítulo 19

— Lizzie, querida? Estava pensando, você acha que devemos fazer aquelas fotos com a Andrea em Londres durante a Ação de Graças? Ou você tem muito dever para fazer durante o feriado? — Katia se apoiou no ombro de Bernard no banco de trás, os brincos de diamante e gota de rubi reluzindo no escuro. — Não quero sobrecarregar você.

O carro luxuoso virou à direita na Park Avenue, fazendo com que Lizzie amassasse a organza ao se encostar na porta do carro.

— Não, vamos fazer — disse ela.

— Você disse que ia pegar leve — cobrou Bernard, fechando o botão de madrepérola do punho da camisa. — Ela devia estar em casa agora, fazendo o dever de casa.

Katia acariciou o joelho de Bernard.

— Nós estamos pegando leve, não se preocupe. E ainda não sei se assinar com meu agente é a melhor coisa para você, Lizzie. Precisamos encontrar alguém especializado no que você está fazendo.

O que ela estava fazendo ainda era um pouco confuso, pensou Lizzie, olhando para os prédios comerciais que passavam pela janela. Tinha feito as fotos para *Rayon* e posado para a capa da *New York Style*, e agora as propostas estavam começando a surgir de anunciantes e editores. Podia fazer uma foto de duas páginas na revista *i-D*? Podia fazer um anúncio para uma nova linha de produtos para cuidados com a pele ecologicamente responsável e que procurava por um rosto "diferente"? Podia fazer uma matéria de duas páginas para a *Teen Vogue* sobre a "verdadeira beleza"? Antes de isso começar, não sabia como a "verdadeira beleza" era popular. Agora parecia que todo mundo queria fazer uma matéria sobre a Nova Beleza. E queriam que Lizzie fosse seu símbolo.

Ainda não tinha um agente ou empresário. Não havia trabalhado com ninguém além de Andrea Sidwell. E não estava certa se fazia esse trabalho por sua beleza exótica ou por causa de seu célebre pedigree. Mas Katia parecia verdadeiramente orgulhosa, e isso deixava Lizzie feliz. Durante as três últimas semanas, desde as fotos para a *Rayon*, ela e a mãe estavam se dando melhor do que quando Lizzie estava na quarta série. Katia até mesmo a convidou para ir com ela para o American Fashion Awards essa noite. O mais respeitado evento de moda do ano. Nem passou pela cabeça de Lizzie dizer não.

— Você quer entrar com a gente, querida? — perguntou Katia quando o carro encostou na frente do hotel Waldorf-Astoria. — Ou quer nos encontrar no hall de entrada?

O tapete vermelho do evento era extremamente longo e notório, e caminhar sobre ele era quase o principal motivo de estar presente. Todos fashionistas, estilistas, repórteres de entretenimento e blogueiros de moda cobriam esbaforidos o tapete, fazendo e destruindo carreiras, baseados somente no guarda-roupa das pessoas. Lizzie sabia que Katia provavelmente levaria uma boa meia hora para conseguir passar por ele.

— Encontro vocês perto da porta — disse ela.

— Pode ficar comigo, Fuzz. — Bernard afagou sua mão. — Graças a Deus eu finalmente tenho uma acompanhante para uma coisa dessas.

— Tem certeza de que está tudo bem? — perguntou Katia.

Lizzie olhou para o ataque dos paparazzi e câmeras e refletores girando loucamente.

— Acho que posso lidar com isso agora — disse ela.

A mãe piscou. Alguma coisa tinha acontecido naquele dia das fotos para a *Rayon* e, agora, parecia que as duas formavam uma equipe.

Bernard virou-se para Lizzie.

— Vejo você no campo de batalha, soldado — murmurou ele.

Katia abriu a porta de trás do carro luxuoso. A usual comoção de flashes começou, assim como o coro de vozes. Era exatamente como a Fashion Week.

— Katia!

— Aqui!

— Katia!

Os pais saíram do carro e Lizzie esperou do lado de dentro, observando os flashes iluminarem a porta aberta do carro.

Aqui vamos nós, pensou ela, arrastando a si mesma e seu longo vestido roxo de cintura alta Zac Posen para fora do carro com toda a graça que lhe era possível ter. Só precisava chegar à porta o mais rápido possível. No tapete, apertou os olhos para as luzes ofuscantes, olhando ao redor para o mar de câmeras quando...

POP.

Um flash disparou bem no seu rosto. Ela piscou.

POP.

Outro flash.

POP. POP. POP.

Clique-clique-clique.

Alguém estava tirando fotos dela. Levou a mão ao rosto, fazendo sombra nos olhos para que pudesse enxergar.

Clique-clique-clique.

Muitas pessoas estavam tirando fotos dela. Sozinha. Só ela.

Então escutou seu nome.

— Lizzie!

— Aqui na frente!

— Para a direita!

— Lizzie! Para a esquerda!

Ela não sabia para onde olhar primeiro. Havia muitos flashes.

— Lizzie! Quem você está vestindo?

— Lizzie! Aqui!

No que pareceu meio segundo, ela foi encurralada.

— Lizzie! Como é ser a próxima grande modelo?

— Lizzie, você sempre quis ser modelo?

— Vamos pegar Katia! *Katia!* — gritou alguém. — Podemos tirar uma com sua filha, por favor?

Ela não conseguia se mexer. Nada disso podia realmente estar acontecendo, pensou ela. Através de flashes, viu Katia vir na sua direção em seu vestido vermelho sem alça. Depois sentiu-a pegar sua mão.

— Ótimo!

— Lindas!

— Mãe, filha, olhem para cá!

Uma repórter com um penteado armado em redemoinho sobressaiu-se da multidão e apontou um microfone no rosto de Katia.

— O que você acha do sucesso da sua filha? — perguntou ela. — Já havia imaginado que ela seria modelo?

Lizzie observava tudo em câmera lenta. Várias vezes teve que lembrar a si mesma que isso estava realmente acontecendo.

— Lizzie, sou da FTV — disse outra garota com uma câmera e um microfone. — Por favor, nos diga. Quem você está vestindo esta noite?

— Hum, Zac Posen — gaguejou ela, quase se esquecendo.

Então, em meio ao frenesi, a mãe soltou sua mão e ela ficou sozinha. Por um momento o barulho dos cliques das câmeras a fazia se lembrar do mesmo pânico da Fashion Week, aquela sensação de vulnerabilidade, de exposição. Depois se lembrou de Andrea. Quantas vezes a tinha deixado à vontade atrás de uma câmera. E relaxou. É exatamente como fotografar, pensou ela. *Sei fazer isso.*

Quando chegou ao fim do tapete, as bochechas doíam de tanto sorrir, e os raios de luz das fotos ofuscavam sua visão. Katia e Bernard esperavam por ela à porta.

— Você está bem? — perguntou Katia, colocando o braço em volta da filha.

Lizzie balançou a cabeça.

— Na verdade, não estava esperando por isso.

— Nós também não — disse Bernard.

— Você estava ótima, querida — assegurou-lhe Katia, passando a mão em seu ombro. — Como uma profissional. Vamos entrar.

Subiram os degraus, entraram no lobby de pé-direito alto e juntaram-se ao fluxo de smoking e vestidos tecnicolor serpenteantes que seguiam para o salão. Lizzie alcançou o pai e pegou-lhe pelo braço.

— Sério, isso foi a coisa mais louca que já aconteceu comigo — sussurrou ela.

Bernard deu-lhe um beijo no topo da cabeça.

— Tenho a sensação de que está só começando, Fuzz — disse ele.

Estavam quase às portas do salão quando um homem de aparência familiar, um cabelo platinado raspado e os olhos castanhos brilhantes aproximou-se deles com os braços abertos.

— Katia! — gritou Martin Meloy, atirando os braços ao redor dela com uma força desesperada. Ele fechou os olhos quando se abraçaram. Era tão pequeno que mal alcançava o decote dela. — Ah, querida, parabéns de novo pela linha. Nunca tive dúvida.

— Ah, obrigada — disse Katia, livrando-se do abraço. — Você se lembra do meu marido, Bernard?

— Claro, claro — respondeu Martin, apertando vigorosamente a mão de Bernard. — Amo sua coluna.

Bernard correspondeu ao aperto de mão, mas havia uma indiferença fria no seu olhar.

— Bom ver você — disse ele de forma seca.

— E minha filha, Lizzie — falou Katia, colocando uma das mãos nas costas de Lizzie. — Acho que vocês já se conhecem?

Lizzie recuou, preparando-se para receber um *olá* falso, ou pelo menos uma nítida falta de interesse. Mas desta vez, Martin Meloy passou as mãos sob o queixo pontudo e balançou ligeiramente a cabeça como se acabasse de se deparar com uma visão.

— Bem, oi, Lizzie — disse ele suavemente. — Virei um grande fã seu.

— Sério? — perguntou ela, imaginando que o tivesse entendido mal.

— Vi a capa da *New York Style*. Fantástica. — Ele se inclinou e pegou a mão dela. — *Você* é uma revelação.

— Ah, obrigada — disse Lizzie, quase paralisada. Passar de invisível a revelação é realmente chocante.

— Eu adoraria que você aparecesse no meu estúdio — continuou ele, os olhos brilhantes fixos nela. — Talvez amanhã?

Lizzie olhou para a mãe. Queria ter certeza de que não estava sonhando.

— Isso é muito legal de sua parte, Martin — disse Katia, sorrindo de forma relutante.

— É que Lizzie nunca foi ao meu estúdio — comentou ele.

— Ficamos lisonjeadas — disse Katia, colocando uma das mãos com firmeza no ombro de Lizzie. — Mas estamos tentando dar um passo de cada vez. Tenho certeza de que você entende.

— Ah, é *claro*, mas pense sobre isso — insistiu ele, apertando a mão de Lizzie. — Significaria muito para mim se você visse a nova coleção em que estou trabalhando.

Havia algo estranho na sua insistência, mas ela não podia evitar ficar lisonjeada. Martin Meloy queria que ela visse sua coleção?

— Acho que vai ser divertido — disse Lizzie. — Podemos?

— Tudo bem então — cedeu Katia gentilmente. — Vamos passar lá depois da escola amanhã. — Mas seu tom era inquieto, como se tivesse dito algo sabendo que talvez fosse preciso voltar atrás.

— Ah, maravilha! — animou-se ele, batendo palmas de alegria. — Mal posso esperar. *À demain*. — Ele fez uma pequena reverência enquanto voltava para o meio da multidão, então desapareceu.

Uma recepcionista com um fone de ouvido aproximou-se delas e anunciou que podia conduzi-las até a mesa. Elas a seguiram e entraram em um imenso salão dourado e carmim, e passaram por mesas decoradas com um conjunto de velas votivas acesas ao redor de exuberantes centros de mesa com flores rosa e roxas.

Lizzie sentou-se entre os pais e tirou o guardanapo de seda da argola. Antes que pudesse dizer alguma coisa à sua mãe sobre o que tinha acabado de acontecer, o editor esquelético de uma das revistas de moda pavoneou-se até a mesa deles e simulou dois beijos no rosto da mãe, beijando o ar.

— Isso é meio bizarro — disse ela ao ouvido do pai.

— Nem me diga — concordou Bernard endireitando os garfos ao lado dos reluzentes pratos de porcelana.

— Quero dizer, sobre o que acabou de acontecer com Martin Meloy — disse ela. — Ele nunca me olhou duas vezes.

Bernard uniu as sobrancelhas grossas e examinou sua taça de água.

— Olhe, Fuzz. Para mim você sempre foi linda. Mas às vezes não precisa de muito para as pessoas mudarem de opinião. Uma foto aqui, uma capa ali, uma menção na Página Seis do *The Post*...

— E de repente alguém é legal — completou ela.

— Exatamente — disse o pai, sorrindo. — Como na época de escola. Na verdade, as coisas não mudam, penso eu — suspirou ele. — E pelo que posso perceber, isso tem peso duplo no que diz respeito a Martin Meloy.

Um homem à esquerda do pai deu um tapinha em seu ombro e começou a falar sobre o mercado financeiro, deixando Lizzie pensar sobre suas palavras. Ela olhou fixamente para seu nome escrito em uma caligrafia caprichosa sobre o prato. É claro que o pai estava certo. Havia algo um pouco adolescente em tudo isso.

Sob a mesa, Lizzie pegou o iPhone da bolsa. Normalmente, teria preferido fazer isso com uma arma apontada para a cabeça — realmente jamais gostou de cobertura nos tabloides, graças a seu status de filha de celebridade —, mas agora deu um Google com seu nome e o do blog de fofoca de celebridade mais cruel e irritante de que podia se lembrar. Precisava ver o que aparecia.

"SARARÁ FICA CHIQUE!" — gritava a manchete, logo acima da sua foto na capa da *New York Style*.

Abaixo, a legenda dizia:

É só a gente, ou a cria da nossa supermodelo favorita passou de horrorosa a LINDA?

Ela largou o telefone na bolsa e um arrepio atravessou seu corpo. *Ela* era *linda*?

O pai estava definitivamente certo. As pessoas *eram* influenciáveis demais. Contudo, era ruim se sentir maravilhosamente bem por isso?

A orquestra começou a tocar na frente do salão, e o primeiro apresentador do prêmio entrou rigidamente no palco. Lizzie curvou-se na cadeira e sorriu. Finalmente, não estava mais em segundo plano.

capítulo 20

— Martin Meloy? — repetiu Hudson. — *Martin MeLOY?*
Lizzie sorriu enquanto tirava a tampa do chocolate quente e lambia o montinho de creme de chantili do topo. Devia estar aproveitando esse período livre para terminar o dever de casa de álgebra de ontem à noite — ela mal tinha conseguido terminá-lo depois de chegar em casa do Waldorf —, mas atualizar as amigas sobre a noite passada era muito mais divertido.

— É — disse ela, soprando a bebida quente. — Vamos lá depois da escola.

— Não acredito — falou Hudson, puxando a gola do casaco para se proteger do vento frio de outubro que soprava na Madison. — O estúdio de Martin Meloy! *Ninguém* pode entrar lá. Nem mesmo as irmãs Olsen.

— Espere, achei que você tivesse dito que ele era nojento — interrompeu Carina, abrindo uma barrinha de cereal com as mãos cobertas por luvas. — Ou um besta.

— Bem, ele é um pouco falso — concordou Lizzie. — Mas todos eles são.

— E mesmo assim você quer trabalhar com ele? — perguntou Carina de forma cética enquanto o vento soprava as pontas de seu cabelo loiro.

— C, isso é um negócio e tanto — falou Hudson, do outro lado de Lizzie. — Você bem que podia ser o novo rosto da coleção dele! A *musa* dele! — Seu casaco cor de marfim combinou com a cor de seus dentes quando ela sorriu. — Você sabe que campanha vai fazer? — perguntou ela sem fôlego. — Perfume? Acessórios? Roupas?

— Hudson, nem sei se vou fazer alguma campanha.

— E você vai ter um desconto *maravilhoso* — entusiasmou-se Hudson. — E coisas de graça. Acho bom você me dar o que não quiser. O que sua mãe acha disso? Ela está emocionada?

Lizzie deu um longo gole no chocolate quente sem saber o que responder. Katia parecia bem tranquila em relação ao convite de Martin.

— Acho que sim. Mas não estava pulando de alegria ou coisa do tipo.

Elas entraram no prédio da escola e subiram os degraus de dois em dois, passando por um vagaroso grupo de alunos do ensino médio.

— Talvez esteja com ciúmes — comentou Carina. — Ela é humana.

— Ah, para — disse Lizzie. — Ela é a Mulher Mais Perfeita do Mundo.

— Sim, mas talvez não veja isso dessa forma — disse Carina.

Lizzie não falou nada. A ideia de que a própria mãe estivesse com ciúmes dela era ridícula demais até mesmo para se pensar.

O celular de Hudson tocou.

— Número privado — disse Hudson olhando para o visor. — Quem quer que seja, está me ligando desde cedo. — Ela colocou o telefone no ouvido. — A-lô — respondeu ela. Depois desligou. — Ninguém de novo. Estranho.

— Talvez seja o seu *amado* — provocou Carina.

Subiram as escadas e Carina e Hudson seguiram para a aula de espanhol. Lizzie estava a caminho dos armários quando ouviu o sr. Barlow chamá-la do escritório.

— Srta. Summers? Posso falar com a senhorita, por favor?

Lizzie agarrou-se a seus livros de francês.

— Sim? — perguntou ela, aproximando-se e parando à porta.

O sr. Barlow estava sentado à sua mesa. O brilho da lâmpada da mesa de trabalho lançava uma sombra verde sobre seus cabelos loiros esbranquiçados.

— Seu conto para o concurso está com quinhentas palavras a mais — disse ele. — Duas mil palavras é o limite. Só diminua um pouco e me entregue. Mas está muito bom. Acho que você tem grandes chances de ganhar.

— Sério? — perguntou ela. Com tudo que estava acontecendo na sua vida pessoal, tinha quase se esquecido do concurso. — Estava com medo de parecer um pouco... realista demais.

O sr. Barlow balançou a cabeça.

— Não tenha medo disso. As melhores histórias sempre vêm da experiência pessoal, mesmo que você nunca tenha cortado o cabelo para ficar igual à sua mãe — acrescentou ele com um sorriso, entregando o conto para ela. — E como vai indo o trabalho com o sr. Piedmont? — perguntou ele, erguendo uma sobrancelha.

— Bem — disse Lizzie. Ela e Todd não se falavam desde a festa de Ava, uma semana e meia atrás, mas felizmente tinham dividido o roteiro em duas partes: a mesma cena contada do ponto de vista do menino e da menina. Lizzie esperava que pudesse escrever sua metade sossegada e evitar mais uma das sessões de estudo embaraçosas.

— Bem, olhe quem está aqui — disse o sr. Barlow, olhando além dela no corredor. — Sr. Piedmont! O senhor pode vir aqui, por favor?

Todd entrou apressado no escritório. Pelo rápido olhar de relance que ela deu, Todd parecia um pouco mais amarrotado que o normal, como se tivesse dormido com o blazer azul-marinho e a gravata.

— Estava aqui falando com a srta. Summers sobre o trabalho de vocês — disse o sr. Barlow. — Vocês dois estão progredindo?

— Mais ou menos — murmurou Todd, olhando rapidamente para ela.

— Mais ou menos? — irritou-se o sr. Barlow.

Ô-ou, pensou Lizzie.

— Sabe, acho que temos tudo sob controle, sr. Barlow — sugeriu ela. — Se tivermos que nos encontrar de novo...

— É necessário que vocês se encontrem *duas* vezes para esse trabalho — ressaltou o sr. Barlow. — O qual, devo lembrar-lhes, é para segunda-feira.

— Então podíamos nos encontrar hoje à noite para trabalhar nele — sugeriu Todd, soando levemente derrotado. Ele se virou para ela. — O que você acha, Lizzie? Você está livre esta noite?

Ela não pôde deixar de perceber que o cabelo dele estava adoravelmente bagunçado e que o nó da gravata estava torto.

— Por mim, tudo bem. Pode ser hoje à noite — respondeu ela friamente.

— Hoje é quarta, então é melhor que vocês se adiantem — disse o sr. Barlow, levantando-se diante da mesa com um rangido. — Só estava devolvendo o conto de Lizzie. Ela fez um ótimo trabalho. Assim como o senhor.

Todd de repente engoliu em seco e olhou para o carpete verde-limão.

— Obrigado — disse ele, por alguma razão parecendo envergonhado.

— Tudo bem se eu meio que ajustasse um pouco? — perguntou Lizzie ao sr. Barlow. — Talvez suavizar um pouco a história? Terminar em um lugar diferente?

— Claro, claro — disse o sr. Barlow, distraindo-se com a primeira página do *The Times* sobre a mesa. — Boa sorte para vocês dois.

Saíram para o corredor e, quando chegaram à aula de francês, Todd sentou-se na cadeira vazia ao lado dela. Era a primeira vez que ficavam tão próximos um do outro desde o banheiro de Ava.

— Então hoje à noite lá pelas sete? — perguntou Lizzie.
— Pode ser na minha casa.

— Ótimo. E olha, quero te mostrar uma coisa — disse ele, abrindo a mochila. — Feche os olhos.

— Onde está Ava? — perguntou ela. Vê-lo sozinho por tanto tempo era um evento raro.

— Está resfriada. Apenas feche os olhos.

Ela suspirou e os fechou. Parecia não ter outra escolha.

— Todd, realmente preciso dar uma olhadinha no meu dever de casa...

— Pronto, abra.

Havia uma caixa azul sobre a mesa dela, como as que tinha visto na estante de Todd.

— Abra — disse ele.

Ela abriu a caixa. Dentro havia um livro de capa dura levemente surrada, com uma sobrecapa azul familiar. Era *O grande Gatsby*. E parecia ser a primeira edição.

— Ah, meu Deus — disse ela. Quase com medo de tocá-lo. A sobrecapa do livro estava amassada e enrugada, e rasgando nas beiradas. Parecia antigo. — Você encontrou?

— Sim, pode tirar da caixa — disse ele.

Ela passou os dedos sobre a capa lisa e delicada, e cuidadosamente abriu o livro. Na página do título havia um rabisco de tinta preta. Ela olhou fixamente para o autógrafo, perplexa.

— Você conseguiu uma primeira edição autografada?

Todd sorriu.

— Meu contato de Londres realmente cumpriu seu dever.

Ela passou os dedos sobre a tinta. Fitzgerald segurou e autografou pessoalmente este livro. Era a coisa mais preciosa que já tinha visto.

— Não posso acreditar que você tem isto.

— Não tenho — disse ele. — *Você* tem. É seu.

Ela ficou boquiaberta.

— O quê? Não posso aceitar! Quanto isto custou?

Um vermelho intenso espalhou-se no rosto dele.

— Não se preocupe com isso — disse ele, dando de ombros. — É para você começar sua coleção.

— Não posso aceitar, Todd.

— Bem, se você quiser, podemos dividir — disse ele, erguendo a cabeça e olhando nos olhos dela de um jeito bem peculiar.

O coração dela bateu forte no peito. As palmas das mãos ficaram suadas. ELE GOSTA DE VOCÊ, disse uma voz dentro dela, tão alta quanto uma sirene.

— Tudo bem — disse ela. — Obrigada.

— Ah, está tudo certo para hoje à noite, né? — perguntou ele animadamente, tirando o livro de francês da mochila.

— Ah, sim. — Ela conseguiu dizer. — Com certeza.

Enquanto colocava cuidadosamente o livro de volta à caixa e depois dentro da mochila, ela teve certeza de que estava na hora de parar de brincar de Somos Apenas Amigos. Ia contar para ele o que sentia — hoje à noite. Com Ava ou sem Ava. Depois de todos os joguinhos, da falta de sinais e de estranhas pausas, ela teve sua resposta. E pela primeira vez sentia finalmente coragem de lhe dar a sua.

capítulo 21

Mais tarde, Lizzie apressava-se pelas pedras triangulares do Meatpacking District, a saia esvoaçando na altura dos joelhos e o vento soprando através de seus cachos rebeldes. Estava 15 minutos atrasada para o encontro com Martin Meloy que mudaria sua vida.

Ofegante, virou a esquina na rua Washington e viu o armazém baixo de alumínio verde que ocupava uma quadra, e no primeiro andar as janelas da loja matriz de Martin Meloy.

Atravessou a entrada da loja, enfeitada com um par de Ms prateado e virou a esquina até uma discreta porta de vidro. Qualquer um podia entrar na boutique Martin Meloy e comprar carteiras, perfumes e roupas cobiçadas, mas apenas uma seleta elite da moda tinha conhecimento dessa porta, que conduzia ao estúdio privado multimilionário de cinco andares de Martin. Sentiu um pequeno arrepio quando abriu a porta. Como filha de Katia Summers, não tinha conseguido receber este convite. Mas agora que era a filha-modelo de Katia Summers, tudo era diferente.

— Olá, Lizzie, Martin está esperando por você — disse uma recepcionista atrás de uma bancada de aço. Ela fez um gesto em direção ao lobby com uma caneta-tinteiro.

— Obrigada — agradeceu ela, desabotoando o blazer de lã e esperando que não estivesse suada demais.

Andou pelo lobby branco e espaçoso. Sofás adornados e cadeiras em roxo e magenta pontilhavam a sala. Havia uma roseira falsa estendendo seus galhos por todas as direções. E no centro havia uma escada caracol dourada salpicada de diamantes. Enquanto subia os degraus, não pôde evitar pensar no Monte Olimpo, do mito sobre o qual estavam estudando na aula de inglês.

— Oi, Lizzie — disse uma garota que esperava por ela no topo da escada. Era alta e magra, tinha cabelos castanhos habilmente alisados e um rosto sardento recém-esfoliado. Por um momento, Lizzie se perguntou se ela era uma das modelos de Martin. Definitivamente podia ser. — Meu nome é Annalise, a assistente de Martin — começou ela em uma voz suave e aveludada. — Estão esperando por você no *salon*.

— Tem um salão de beleza aqui? — perguntou Lizzie, olhando ao redor da enorme sala aberta, onde designers rondavam por mesas de desenho.

— Não. — Annalise sorriu gentilmente. — *Salon*. Vem do francês, um termo para a reunião de pessoas criativas. Martin é um grande fã dos franceses. Da história deles, da filosofia, da comida... posso guardar sua mochila?

Lizzie olhou sua mochila suja.

— Ah, não precisa.

O quanto menos Annalise olhasse para sua mochila, melhor.

— Bem, então me siga — disse ela caminhando — ou melhor, flutuando — pelo corredor. — Martin está tão animado com a sua presença aqui — sussurrou ela olhando para trás. — Falou disso o dia todo. Trabalho com ele há cinco anos e nunca o vi tão animado com uma de suas garotas.

— Suas garotas?

Annalise deu outro sorriso paciente e gentil.

— Vou deixar que ele explique. — Annalise parou perto da porta aberta. — Aqui estamos.

Ela entrou. Katia estava sentada no sofá, usando uma saia-lápis na altura do joelho e botas de cano longo pretas. O cabelo loiro estava preso em um coque apertado. Ela estava franzindo a testa, mas antes de Lizzie se aproximar, Martin de repente apareceu à porta. Em sua jaqueta de veludo surrada, mais parecia um Willy Wonka punk.

— Lizzie — disse ele, puxando-a com as duas mãos e dando-lhe dois beijos no rosto como no estilo europeu. — É tão bom ver você. Espero que tenha sido ok chegar até aqui. Estou *encantado* em recebê-la. — Martin sorriu, deixando à mostra os dentes brancos e reluzentes. — Sua mãe e eu estávamos justamente falando de você — comentou ele amavelmente. — Por favor. Sente-se. Gostaria de um cappuccino?

— Não, obrigada — agradeceu ela.

Na verdade, o *salon* era apenas um escritório. Tinha móveis que pareciam ter sido roubados de Versalhes e então atualizados para o século XXI: cadeiras de veludo com pernas folheadas a ouro, um armário gigante com puxadores filigranados. Um sofá de veludo dourado alinhado à parede em uma onda comprida e sinuosa, e a janela de frente para eles dava para superfície cinza e plácida do rio Hudson. Mas como o lobby, o salão era frio e intocável. Lizzie sentou-se de forma hesitante no sofá ao lado da mãe e cumprimentou-a com um beijo.

— Martin tem uma coisa para te dizer — disse Katia. — Vá em frente, Martin — falou ela.

Martin tirou a jaqueta de veludo. Sob ela havia uma camiseta preta básica que deixava à mostra seus braços esculpidos pela musculação.

— Quando vi sua foto na *New York Style* — disse ele, andando de um lado para o outro —, soube exatamente o que inspiraria a minha próxima coleção. *Você*. Seu rosto. A maneira como nos faz pensar. A maneira como captura a nossa atenção. A maneira como oscila entre o estranho e o deslumbrante. A maneira como quebra todas as regras.

Estranho e deslumbrante? pensou ela. Que diabos aquilo significava? Lizzie lançou um rápido olhar para a mãe. Ela observava Martin com uma expressão incompreensível.

— *Você* é tudo que minhas roupas são — continuou ele. — Ficando no limite do que é aceitável, do que é bonito. Fazendo as pessoas pensarem. *Provocando-as*.

Ele se inclinou na direção dela, perto o suficiente para que ela pudesse ver as rugas e bolsas sob seus olhos radiantes. Por um momento ela se perguntou se Martin de fato dormia.

— Aqui, olhe isto.

Ele pegou um quadro que estava apoiado na parede. Com um sobressalto, Lizzie viu que era uma colagem de fotos dela. A capa da *New York Style*. As fotos para a *Rayon*. A primeira foto que tinha saído na *New York Style*. Além de todas as fotos que os paparazzi tinham tirado dela nos últimos cinco anos: fotos dela com a mãe em premières, na Fashion Week. Fotos que a tinham feito se contrair. Fotos que fizeram outras pessoas se contraírem.

— Você foi minha inspiração para esta estação — disse ele orgulhosamente. — A estranha desbravadora. A garota que não sabe que é bonita. — Ele largou a colagem e respirou profunda e expressivamente. — Quero que *você* seja o rosto da Martin Meloy no ano que vem. Quero você nos meus anúncios de roupa, nos meus anúncios de perfume. Nos meus anúncios de acessórios. Em tudo. Por todo o mundo. *Você* é o rosto do momento. E eu o quero.

Demorou um pouco para isso ser digerido. *Ela. Lizzie. A Sarará. Musa?*

— O que você acha? — perguntou ele, inclinando-se perto dela, como se sua carreira inteira dependesse dessa resposta.

— Eu... eu adoraria — disse ela.

— Lizzie — interrompeu Katia, quebrando o encanto de Martin. — E a escola?

— Vai ser um prazer me adequar aos horários dela — respondeu Martin.

— Ela está na *nona série* — lembrou Katia.

— Tenho certeza de que ela tem algum tempo livre — disse Martin.

— Tenho tempo livre! — concordou Lizzie.

— Annalise! — chamou Martin em direção à porta. — Você pode trazer minha agenda, por favor? — Ele se voltou para ela. — Assim podemos olhar o horário de Dietrich. Dietrich Hoeber — disse ele para Lizzie. — Ele é meu fotógrafo. Um gênio. Primeiro vamos fazer a prova de algumas roupas — só tenho algumas peças prontas — e depois faremos uma sessão de fotos. É por isso que precisamos checar a disponibilidade de Dietrich.

— Martin, só espere um minuto — intrometeu-se Katia.

Mas Martin pareceu não escutá-la. Annalise entrou apressada segurando uma agenda do tamanho de um pequeno quadro de avisos. Abriu-a e Martin olhou-a sobre seu ombro.

— Vamos marcar uma prova amanhã. Quatro horas. Tudo bem para você?

— Para mim não está bom — disse Katia, soando exasperada. — Tenho uma reunião com meus designers.

— Bem, gostaria que Lizzie fizesse as provas o quanto antes, para que Dietrich pudesse fotografá-la. Ele está indo para a Islândia na semana que vem. — Martin olhou para a agenda novamente. — Sim, acho que é a melhor hora. Claro, se não estiver bom para você, Lizzie, então talvez possamos mudar.

— Não, está bom para mim — disse Lizzie.

Katia lançou um olhar de advertência para Lizzie, que não pôde evitar perceber que os olhos da mãe tinham ficado assustadoramente púrpura.

— Sabe, você não *precisa* estar aqui nesta fase, KK — disse Martin, o mais débil traço de sorriso nos lábios rosados. — É só uma prova. Acredite, haverá um *monte* de pessoas aqui para supervisionar.

Katia olhou para Martin e depois para Lizzie conforme seu rosto corava.

— Tudo bem — concordou Katia, mas não demonstrou estar contente com isso.

— Amanhã às quatro — disse Annalise enquanto rabiscava na agenda com sua caneta vermelha.

Katia pegou a bolsa no sofá.

— Neste caso, acho que devemos ir agora. Lizzie tem dever de casa para fazer.

— Ah, Lizzie, antes de você ir, queria te dar uma coisa.

Se sabia que Katia estava zangada, Martin fingiu não perceber. Em vez disso, foi até o armário, abriu as portas de madeira clara e pegou a bolsa de mão branca mais linda que Lizzie já tinha visto. Era feita de um couro branco macio, acolchoada nas laterais e adornada com correntes e fivelas de prata reluzentes. Havia até mesmo um bolso para um iPhone.

— Apelidei-a de "Lizzie" — disse ele, entregando-a para ela. — Gosta?

Ela levou a bolsa ao ombro sem acreditar. Nunca tinha ligado muito para bolsas, mas essa era provavelmente a coisa mais bonita que já havia visto na vida.

— Ah, meu Deus. Obrigada.

— Katia, você também gostaria de uma? — perguntou Martin.

Katia lançou-lhe um olhar furioso.

— Vamos, Lizzie, vamos embora — disse ela, puxando-a pelo braço em direção ao corredor.

Na rua, os saltos altos de Katia atingiam as pedras da calçada como um trovão. Lizzie a seguiu lentamente por alguns minutos, a bolsa nova batendo no quadril.

— Por que você está tão irritada? — perguntou ela.

A mãe virou-se.

— Por que estou irritada? Fui *completamente* ignorada. Era como se eu não estivesse lá.

— Mãe, ele estava falando comigo. Me fez uma pergunta e eu disse sim.

— Você disse sim? — repetiu Katia, revirando os olhos. — Você tem 14 anos!

— Não entendo — disse Lizzie. — Você o está sempre beijando e abraçando e fingindo ser melhor amiga dele.

Agora você o odeia. Por quê? Porque ele quer que eu trabalhe com ele? Por que isso deixa você tão irritada?

— Porque ele é um *parasita*, querida! — berrou Katia. — Só está preocupado em ganhar dinheiro. Em fazer com que as pessoas comprem suas roupas, seus perfumes e suas bolsas. Ele é parte de uma empresa gigante agora. Não se importa com sua carreira. Certamente não se importou com você antes de isso tudo começar. E não se importa como isso vai ser para você. Só quer te usar.

— Não é esse o ponto? Ser modelo não é isso? — A voz de Lizzie estava ficando mais alta. Turistas que saíam das lojas viraram-se para olhar.

— Eu sei que você se sente especial agora, querida — disse Katia cuidadosamente, esforçando-se para manter a calma. — E isso é maravilhoso. Mas confie em mim, se fizer isso, vai estar à mercê de Martin Meloy e sua empresa. E assim que isso acabar ele vai encontrar outra pessoa, vai usar você e seguir em frente.

— Mas... mas... — Lizzie sentiu as lágrimas brotarem nos olhos. — Mas o que tem de errado nisso? — perguntou ela. — É apenas um trabalho.

Katia suspirou e retorceu um dos brincos de diamante das orelhas.

— Para você não será apenas um trabalho, querida — disse ela com uma voz mais suave. — Você não é uma modelo tradicional. Não pode simplesmente fazer a campanha dele e depois posar para a Dior ou Yves Saint Laurent. Não terá essas opções. Não quero que você se queime antes mesmo de começar. — Katia esticou o braço e tocou o rosto de Lizzie. — Você não enxerga o que está acontecendo aqui. Ele também está tirando vantagem da sua história. Pense nisso. Não está acontecendo porque você é anônima, Lizzie. É por minha causa. Você acha que estaria nessa posição se não fosse minha filha?

Lizzie sentiu como se alguém tivesse dado um soco em seu peito. Encarou a mãe em silêncio.

Na rua, um caminhão barulhento passou em alta velocidade por elas.

— Katia! — gritou o motorista, colocando a cabeça para fora da janela. — Amo você!

— Vamos — disse Katia, em direção ao meio-fio, de onde acenou para um táxi.

Dentro do carro, Katia passou ao motorista a direção e Lizzie virou-se para a janela e engoliu as lágrimas. Não daria à mãe a satisfação de vê-la chorando. Olhou para a bolsa branca nova ao colo. Agora parecia mais um suborno do que um presente.

— Olhe, é só uma *prova* — disse Lizzie com a voz embargada. — Se isso for uma cilada, posso dizer não. Por favor? *Por favor?*

Katia olhou pela janela. Demorou tanto para responder que Lizzie não tinha certeza de que ela a havia ouvido.

— Tudo bem — disse Katia, procurando o BlackBerry que começou a tocar na bolsa. — Mas só a prova. Até eu decidir sobre o resto.

Quando sua mãe atendeu a ligação, Lizzie agarrou-se à bolsa branca aliviada. Isso ainda não tinha terminado, e ela faria todo o possível para que não terminasse. Pegou o próprio celular e viu uma ligação perdida de Andrea. Ainda não havia falado com ela sobre Martin Meloy. Talvez fosse melhor não dizer nada até que soubesse exatamente o que estava acontecendo. E então viu uma mensagem de Todd.

PRECISO CANCELAR HOJE À NOITE. DESCULPE. FALAMOS AMANHÃ.

Nenhuma explicação. Nenhum aviso. Nenhuma desculpa de verdade. E em primeiro lugar tinha sido ideia dele estudar hoje à noite. Que completo idiota.

Enquanto o táxi passava ruidosamente pela West Side Railway, decidiu que Todd Piedmont podia se lambuzar em seu péssimo relacionamento pelos próximos quatro anos porque ela não se importava. Jogou o telefone na bolsa e ouviu a mãe conversar com seu agente sobre o próximo contrato com a L'Ete. Queria que não tivessem brigado, mas estava tudo bem. Estavam mais do que bem. Se Katia não podia estar presente na prova de amanhã, sabia exatamente quem iria levar.

capítulo 22

— Tenho uma palavra para Todd Piedmont: fra-cas-sa-DO — declarou Carina na manhã seguinte. — Quem ele pensa que é?

— Um escorpiano — irritou-se Hudson, envolvendo um lenço rosa no rabo de cavalo preto e dando um nó com raiva. — E ele provavelmente tem Plutão na casa do relacionamento.

— Isso depois de me dar aquele livro — disse Lizzie, girando o taco de lacrosse na mão. — Você sabe quanto vale? Cem mil dólares! Eu chequei!

— Bem, meu pai dá diamantes no segundo encontro — disse Carina, encostando-se à parede do ginásio. — Não ache que isso quer dizer muita coisa.

Hudson suspirou com desgosto.

— Ele é incompetente demais, Lizzie. Parta para outra.

— Ah, com certeza. Eu já superei ele totalmente. — Ela girava o taco, observando a cesta ficar indistinguível. — Pelo menos ele não está na escola hoje. Embora eu fosse adorar ignorá-lo.

— Mas, ei! — disse Hudson cutucando Lizzie, os olhos verdes de repente animados novamente. — Você é o novo rosto de Martin Meloy! Isso é a melhor coisa do mundo. Sua mãe vai estar lá hoje?

— Não, não vai poder — respondeu Lizzie, sem saber como explicar a briga com Katia. Embora tivessem meio que resolvido as coisas no táxi, evitaram uma a outra pelo resto da noite, até Katia e Bernard saírem para jantar. — Ela não está muito contente com essa história. Meio que tivemos uma briga por causa disso.

Carina parou de coçar uma picada de mosquito. Hudson encostou-se à parede e mordeu o lábio. Ela agora tinha a total atenção das duas.

— Qual é o problema? — perguntou Carina.

— Ela acha que ele está me *usando* — disse Lizzie, fazendo sinal de aspas no ar.

— O que isso significa? — perguntou Hudson.

Lizzie deu de ombros.

— Não sei exatamente.

— Você realmente disse que o cara podia ser falso — lembrou Carina.

— Mas isso não é razão para não deixar que eu trabalhe para ele — ponderou Lizzie.

— Então, como eu disse antes, talvez ela esteja com ciúme — disse Carina, praticamente ninando seu taco.

— Não. Ela disse que eu não era uma modelo "tradicional". Que eu não conseguiria continuar trabalhando depois disso porque meu visual incomum seria superexposto. É como se ela pensasse que ele vai me transformar em algum tipo esquisito e então nunca mais conseguiria trabalho. — Lizzie olhou para o cadarço desamarrado. — Legal, né?

— Então talvez você não devesse fazer — advertiu Hudson, jogando o taco de lacrosse de uma das mãos para a outra. — Ela *realmente* tem experiência com isso. E vale realmente a pena estragar sua relação com sua mãe por causa disso? Vocês duas estão se dando tão bem.

— Mas não é justo. Sou filha dela. Minha mãe devia estar feliz por mim.

— Tenho certeza de que *está* — assegurou-lhe Hudson. — Só não quer que você fique numa situação difícil. Ei, você tem sorte — disse ela, alongando o quadríceps. — Se fosse minha mãe, estaria ao telefone com Anna Wintour neste exato momento, gritando para que ela me colocasse na capa da *Vogue*.

— Summers! — gritou a sra. Donovan, professora de ginástica sempre irritada da Chadwick. — É a sua vez!

Lizzie chegou relutantemente ao início da fila. A sra. Donovan jogou-lhe uma bola com o próprio taco, e Lizzie estava tão distraída com o conselho de Hudson que quase perdeu-a. Se Hudson, a pessoa mais louca por moda que conhecia, achava que ser a "musa" de Martin Meloy era uma má ideia, então talvez fosse.

Voltou para o fim da fila e ficou atrás de Sophie Duncan e Jill Rau, que estavam encostadas na parede fofocando como sempre.

— Ela deve estar *tão* furiosa — sussurrou Sophie, ajeitando os óculos no nariz. — É terrível.

— E eu ouvi dizer que ela fez um escândalo *de verdade* — acrescentou Jill. — É por isso que ele não está na escola hoje.

Lizzie colocou os ouvidos em alerta. Tentando ser discreta, aproximou-se um pouco mais.

— Não posso acreditar que ele a *chifrou* — admirou-se Sophie. — Quero dizer, ninguém nunca fez isso.

— Eu meio que acho que isso o deixa ainda mais gato — acrescentou Jill. — Se é que isso é possível.

— Do que vocês estão falando? — perguntou Lizzie, casualmente se encostando na parede ao lado delas.

Jill trocou um olhar de cumplicidade com Sophie, como se não tivesse certeza se Lizzie tinha o direito de ouvir as novidades.

— Todd e Ava terminaram — disse ela categoricamente. — Ela o largou.

O taco de lacrosse quase caiu das mãos de Lizzie.

— O quê? Como vocês sabem disso?

— Ilona e Cici estavam falando disso na sala de chamada — acrescentou Jill confiantemente, tirando um tubinho de gloss do bolso do short de ginástica. — Ele a chifrou.

— *Chifrou?*

Jill passou o gloss nos lábios e olhou para Lizzie atentamente.

— É. Ele ficou com outra garota na festa. E Ava está chateada de verdade — disse ela, parecendo um pouco alegre demais por causa disso. Depois apertou os olhos para Lizzie. — Você gosta dele ou coisa do tipo?

— Não — falou Lizzie rapidamente. — É claro que não.

A fila moveu-se novamente e Sophie e Jill voltaram para trás falando sobre Zac Efron. Lizzie encostou-se na parede fria do ginásio. Todd era infiel? Não parecia fazer sentido. Ken Clayman? É claro. Eli Blackman? Definitivamente. Mas Todd? O inseguro e confuso Todd?

Mas quando pensou sobre a maneira que ele tinha agido com ela, tudo fez sentido: seu galanteio, suas mensagens confusas, o fato de ter ficado com Ava tão rápido depois daquela noite no terraço. De repente Lizzie ficou com asco. Hudson estava certa o tempo todo. Ele era um jogador.

— Parece que os dois se merecem — ressaltou Carina mais tarde, abotoando a saia no vestiário.

— Viu? — disse Hudson escovando o cabelo. — Tudo aconteceu por um bom motivo. Ele é idiota como pensávamos.

— Você desviou de uma bala — comentou Carina.

— É, com certeza — concordou Lizzie, domando os cabelos rebeldes com uma loção fixadora que tinha pegado de uma sessão de fotos. Mas ela sentia como se a bala houvesse se alojado bem no seu peito.

Quando subiam as escadas, o celular de Hudson tocou novamente.

— Oh, meu Deus, número privado — resmungou ela. — De novo. — Ela levou o BlackBerry ao ouvido. — A-LÔ? — disse ela. Dessa vez a expressão de Hudson transformou-se de plácida a horrorizada, até desligar.

— O que aconteceu? — perguntou Lizzie quando chegaram ao terceiro andar.

— É, quem era? Sua cara está branca — disse Carina.

— Era a *Celebrity Secrets* — revelou ela, pasma. — Aquele tabloide grosseiro. Eles têm meu número. Como conseguiram meu número de celular? — Hudson enfiou o telefone na bolsa como se de repente estivesse coberto por germes. — Ela! Quem daria para eles?

— Tudo o que eles têm que fazer é oferecer cem dólares a alguém — disse Carina. — Podem ter conseguido com qualquer pessoa.

Os olhos verdes de Hudson fitaram o teto enquanto ela balançava a cabeça.

— Ótimo. Agora vou ter que mudar de número.

— Bem, o que eles queriam? — perguntou Lizzie.

Hudson olhou para o chão.

— Nada — murmurou ela. — Vamos, C, temos que ir para a aula de espanhol.

Enquanto as amigas seguiam pelo corredor, Lizzie foi até os armários. Sabia que, pela expressão no rosto de Hudson, havia mais coisas naquela ligação do tabloide, mas, por alguma razão, Hudson não quis contar.

Lizzie passou no escritório vazio do sr. Barlow para deixar a nova versão do conto — tinha mudado algumas coisas na noite anterior — e então, em vez de ir para a biblioteca estudar, foi até o armário dos casacos e vestiu seu blazer de lã. Depois da bomba sobre Todd, precisava de um pouco de ar fresco.

Era uma manhã fria e úmida de outubro, do tipo que prometia chuva mas que se recusava a liberá-la. Lizzie atravessou a Quinta Avenida e entrou no Central Park, ajeitando o cachecol de lã no pescoço para se proteger do vento. Acima dela, os galhos parcialmente nus atingiam o céu como dedos escuros e retorcidos, conforme as últimas folhas agitavam-se em direção ao chão. Olhou para a escabrosa linha do horizonte do Upper West Side do outro lado do parque, e lembrou-se do dia em que esbarrou com Todd na rua. Foi apenas seis semanas atrás, mas sentia como se fizesse dois anos. Tinha ficado tão animada por causa dele naquela época e tão devastada quando as coisas não deram certo. Mal sabia ela que foi melhor ter sido assim.

Quando se aproximou do lago, Lizzie avistou uma figura sentada sozinha em um dos bancos. Usava um casacão cor de camelo sobre a saia da Chadwick e um chapéu de tricô com chifres de diabinho. Ela estava recurvada e seus minúsculos ombros tremiam. Lizzie soube imediatamente que falar com ela era a coisa certa a fazer.

— Ava? — disse ela, quando estava de pé na sua frente.

Ava olhou para cima. Seus olhos normalmente enormes tinham se transformado em pequenas fendas de tanto chorar.

— Ei — disse ela fungando.

Lizzie nunca tinha visto Ava chateada — nem perto disso. Talvez quando se costuma conseguir o que quer dos caras, pensou, seja ainda pior quando traem você.

— Você está bem? — perguntou ela gentilmente, sentando-se ao seu lado no banco.

Ava enxugou o rosto com as costas da mão.

— Estou bem — respondeu Ava, com uma voz rouca.

— Eu soube do Todd — disse Lizzie. — Sinto muito.

Ava se endireitou e afastou um cacho úmido do rosto.

— Foi Thayer Quinlan. Ela vai para Pomfret. Uma *total* vadia.

Lizzie concordou com a cabeça como se isso fosse um fato.

— Era para eu ir nessa festa de sábado à noite, mas não me senti bem — continuou Ava. — Então Todd ia passar lá em casa depois. E ele não foi. E nisso, meia-noite, recebi essa mensagem de Jackie Woodhouse dizendo que ele estava dando em cima de Thayer nessa festa, e que tinham ficado no quarto de empregada por, sabe, duas horas. Dá para acreditar? O *quarto de empregada*. — Irritada, chutou o banco debaixo dela.

— E o que você disse para ele? — perguntou Lizzie.

— Só que estava tudo acabado — disse Ava calmamente, com os olhos no lago. Ela puxou o casaco com uma das mãos rosa. — O mais louco é que eu queria terminar duas semanas atrás. As coisas estavam começando a ficar meio chatas e eu disse que precisava de um pouco de espaço, mas tivemos uma briga feia, e eu fiquei assustada. Daí ele faz isso. — Ava deu outro soluço. — É um caso para terapia.

Ele certamente era, pensou Lizzie, enquanto observava alguém fazendo jogging com conjunto de moletom marrom passar por elas na pista do lago.

— Acho que Todd é um cara muito complicado — declarou ela.

Ava lhe deu um olhar crítico, como se não estivesse muito certa de que ela acreditava nisso.

— Pensei que vocês fossem amiguinhos.

— Não somos — disse Lizzie. — Quero dizer, a gente era, muito tempo atrás. Mas agora só temos que fazer juntos o trabalho idiota de inglês.

— Bem, por favor, não diga nada para ele — pediu Ava, enxugando novamente os olhos. — Sério. Por favor, não.

— É claro que não. Você vai ficar bem, Ava — disse Lizzie, fazendo um carinho em seu braço. — Você é muito melhor sem ele. Tenho certeza de que ele se sente um completo babaca.

Ava se levantou.

— Agora só tenho que olhar para ele por três anos e meio — disse ela com tristeza.

Nós duas, pensou Lizzie.

Uma leve garoa começou a cair enquanto caminhavam de volta para a escola. O céu tinha ficado cinza, escuro e sombrio, como se também estivesse completamente deprimido com o rumo dos acontecimentos.

— Sabe, achei realmente muito legal o que aconteceu com você — disse Ava de repente enquanto atravessavam a Quinta Avenida. — Sabe, ser modelo e tudo o mais. Acho que você merece totalmente.

— Obrigada.

— E, ei, Ilona vai dar uma festa de halloween amanhã à noite — disse Ava quando chegaram à entrada da escola. — Você, Carina e Hudson deveriam ir.

— Tem certeza?

— Claro. Definitivamente.

Subiram as escadas lentamente. Afinal, talvez houvesse algo de bom nesse drama do Todd, pensou Lizzie. Talvez ela e Ava pudessem finalmente ser amigas.

— Tudo bem, adoraríamos — disse ela.

Ava deixou Lizzie na porta da biblioteca.

— Bem, obrigada por me ouvir — disse ela. — E, sim, não fale nada.

— Não vou.

Ava deu um ligeiro sorriso e então foi embora. Dessa vez a saia não balançava para trás e para a frente com a confiança de quem está sempre flertando — ela mal se mexia. A arrogância, marca registrada, tinha se transformado em desleixo, tudo por causa de um garoto idiota. *Pobre* Ava, pensou Lizzie.

Na biblioteca, Lizzie viu que tinha outra chamada perdida de Andrea. E uma mensagem.

Recebeu minhas mensagens? Preciso falar com você!

Entre a briga com a mãe e o furo de Todd ontem, a chamada de Andrea tinha ficado completamente esquecida em sua mente. Ela saiu da biblioteca e ouviu a mensagem.

— Oi, Lizzie, quero falar com você sobre um trabalho — disse Andrea com uma voz animada. — Pode me ligar de volta, por favor?

Precisava contar a Andrea sobre Martin Meloy. Não podia ajudar, mas sentia como se a estivesse traindo. Afinal de contas, Andrea tinha sido a primeira a notá-la. Ficaria aborrecida se ela começasse a trabalhar com outra pessoa? Lizzie respondeu a mensagem.

Desculpe, estive incomunicável. Entrando em aula agora. Te ligo mais tarde!

Só precisava de um pouco mais de tempo para pensar em como explicaria tudo. O que ela faria. Provavelmente.

Vida de trabalho. Vida de escola. De repente todas essas partes pareciam separadas e muito grandes para serem carregadas ao mesmo tempo. E descobria que a Lizzie que ela tinha de ser para cada uma delas estava começando a ficar confusa.

capítulo 23

Havia apenas uma coisa mais incrível que sua primeira prova com um famoso estilista de moda, pensou Lizzie mais tarde naquele dia, aninhada entre Carina e Hudson no sofá dourado do salão de Martin. E era ter suas melhores amigas ali para compartilhar isso com você.

— Ah, meu Deus, eu *venero* esse vestido — disse Hudson, apontando para uma página do catálogo de sua última coleção. — Na verdade tentei comprar, mas foi vendido para toda parte exceto tipo, Cingapura.

A fotografia mostrava uma modelo na passarela usando um vestido de couro que só poderia ser chamado de Senhorita Suíça Gótica. Na borda da saia, logo abaixo da bainha, o couro tinha sido cortado em forma de flores e preenchido com veludo rosa.

— Parece a mistura de uma garçonete de restaurante alemão com um figurante de clipe do Marilyn Manson — resmungou Carina.

Hudson soltou um suspiro dramático.

— Como sempre, você simplesmente não entende de moda — murmurou ela.

— Então, o que exatamente uma musa faz? — Lizzie perguntou a Hudson. — Ninguém me descreveu o trabalho.

— Bem... você o inspira — disse Hudson.

— Mas apenas se certifique de que não vai inspirá-lo a fazer algo como *isso* — aconselhou Carina, apontando para os adereços de cabeça das modelos, que pareciam molas malucas com flores azuis. — E onde ele está? Pensei que tinha dito para estar aqui às quatro.

— Ele é um *estilista* — falou Hudson, balançando a página de modo animado. — Provavelmente está no meio de um momento criativo.

Carina torceu o nariz.

— Ou metido em alguma coisa ilegal.

— Ai, Lizzie, sinto *muito*!

Martin Meloy entrou apressado no *salon* usando um blazer listrado, jeans roxos e uma cartola encolhida que o fazia parecer com o Chapeleiro Maluco.

— Eu simplesmente não conseguia sair do telefone com Victoria Beckham. Às vezes ela consegue ser *tão* cansativa. Olha! Vejo que trouxe algumas amigas.

— Estas são Carina Jurgensen e Hudson Jones.

— Oi, senhoritas — disse Martin atenciosamente, fingindo tirar o chapéu. — É um prazer imenso.

— Só quero dizer — entusiasmou-se Hudson — que sou uma enoooorme fã sua.

— Bem, obrigado. E vejo que também tem muito bom gosto — disse ele, apontando em direção à foto do vestido de couro no colo de Hudson. — Você gostaria de experimentá-lo?

Hudson ficou boquiaberta.

— É, com certeza — disse ela.

— Christi-ahn? — gritou Martin em direção à porta. — Pode trazer a Leiteira de Couro?

Uma garota pequena com cabelo loiro tipo pajem e lábios vermelho escarlate correu para a sala com a Leiteira de Couro em um cabide e a colocou no colo de Hudson.

— Aqui está — disse Martin. — Acho que ficará sensacional em você. E, se ficar, é seu.

— S-sé-sério? — gaguejou Hudson.

Então Martin virou o olhar ansioso para Carina.

— E você, minha querida. Há alguma coisa que eu possa lhe oferecer?

Carina o encarou friamente enquanto mexia no seu colar.

— Não, estou bem. Moda não é mesmo a minha praia.

Martin deu uma olhada em seu pescoço.

— E acessórios? Talvez *essa* seja a sua praia? — Ele se virou para o corredor e berrou: — Annalise? Joias, por favor!

Um momento depois, Annalise entrou correndo na sala trazendo uma bandeja carregada com colares, pulseiras e brincos de ouro e prata.

— Na mesa de centro — ordenou Martin.

Annalise colocou-a diretamente sobre a mesa de vidro roxo enquanto Carina moveu-se rapidamente para perto.

— Não sabia que você fazia joias — murmurou ela, já devorando a bandeja com os olhos.

— Vá em frente. Pegue sua peça favorita — disse Martin. — Meu presentinho para você.

— É... obrigada — murmurou Carina, pegando uma pulseira de ouro maciço. Ela lançou um olhar incrédulo para Lizzie enquanto deslizava a pulseira no pulso.

— Certo, Lizzie, vamos, vamos, vamos — disse Martin, energicamente batendo palmas. — Temos trabalho a fazer.

Lizzie ficou de pé.

— Garotas, vejo vocês em alguns minutos. — Ela deixou as amigas completamente entretidas com seus novos presentes e seguiu Martin pelo corredor. — Foi legal de sua parte.

Martin rejeitou o elogio com um gesto.

— É um prazer. Essa é a filha de Holla Jones, certo? E de Karl Jurgensen?

— Si-im — disse Lizzie cuidadosamente. Ela se perguntou se Martin tinha simplesmente sido generoso daquele jeito por alguma razão. — Você sabe, não somos realmente tipos que gostam de tapete vermelho.

Martin riu e pôs a mão em seu ombro.

— Querida, por favor. Eu simplesmente a *vi* no tapete vermelho. E você estará nele novamente — para *mim*. Falei que tenho algumas inaugurações de lojas vindo por aí? Ah, aqui estamos. Este é o *ateliê*.

Martin a conduziu para dentro do enorme escritório de moda pintado de magenta claro. Mesas de trabalho compridas e moldes de vestidos agrupavam-se aqui e ali, e ao longo das paredes havia mais sofás curvados de veludo e tamboretes, entremeados com vários espelhos do chão ao teto. E no meio da sala havia uma arara de roupas em cabides de cetim.

— Estas são as primeiras peças da coleção de primavera — anunciou ele em um reverente suspiro, apresentando-as com um floreio. — Vamos ver como ficam em você, e depois podemos fazer ajustes. Se precisarmos. — Ele tocou a fileira de delicados vestidos de cetim, blusas e saias em tons de lilás e rosa antigo. — Não são lindos?

— Absolutamente — falou Lizzie, mas de alguma maneira ela teve a sensação de que Martin esperava que ela dissesse mais. O que exatamente você deveria dizer a um estilista sobre suas roupas?

— Tudo certo, então. — Ele olhou apaixonadamente para as roupas mais uma vez. — Voltarei para checar você em alguns minutos. Divirta-se. — Ele fez uma meia reverência e fechou a porta.

Lizzie tirou os sapatos e se aproximou da arara com passos curtos, com um pouco de veneração, como se fosse um altar. *Que ironia*, pensou ela. *Eu nunca nem mesmo experimentaria um desses em uma loja, e agora vou usá-los em anúncios.* Era tudo muito surreal.

Houve uma batida na porta, e então Hudson colocou a cabeça para dentro.

— Oh, meu Deus — sussurrou ela, olhando ao redor. — Posso entrar?

— Pode! — sussurrou Lizzie, acenando para que entrasse.

Ela e Carina entraram na sala e fecharam a porta.

— Isto é simplesmente como *Project Runway*, mas um milhão de vezes melhor — observou Carina, olhando a sua volta.

— São *estas* as roupas? — Hudson foi direto para a arara. — Deus do céu, Summers. Estas são *deslumbrantes*.

— O que devo experimentar primeiro? — perguntou Lizzie.

Hudson puxou um tubinho lilás sem mangas e com alcinhas mínimas, cintura baixa e bainha de babados de tule.

— É este — disse ela. — Definitivamente.

Embora tubinho não fosse o estilo favorito de Lizzie, não se importava mais com seus braços. Andrea ajudou-a a superar isso.

Lizzie tirou a saia da escola e a meia-calça, deixando-as emaranhadas no chão, enquanto Hudson subia em uma cadeira.

— Pronta? — perguntou ela, segurando o vestido aberto sobre a cabeça de Lizzie.

— Pronta.

Hudson deixou o vestido de seda cair sobre os braços de Lizzie — até Lizzie senti-lo parando abruptamente em seus ombros.

— Ai — disse Hudson. — Não vai descer. Carina? Você pode segurar em baixo e puxar?

Lizzie sentiu o puxão de Carina na bainha.

— Não se mexeu — disse ela.

O vestido estava fechado em volta dos braços, e Lizzie ficou ali com ele sobre o rosto, com frio e sentindo-se desconfortável e um pouco constrangida.

— Só cortando seus braços — advertiu Hudson. — Mexa os braços para a frente e para trás.

— Tem certeza? — perguntou Lizzie, com a voz abafada.

— Ajuda se empurrar para baixo.

Lizzie balançou os braços como se estivesse nadando. O vestido se moveu apenas alguns centímetros e então...

Rrrrr!

— Opa — disse Hudson.

— Ah, droga — reclamou Carina, e depois caiu na risada.

— O que aconteceu! Eu rasguei o vestido? — perguntou Lizzie.

— Segure-se, só vou tirá-lo — disse Hudson, enquanto o puxava para cima. Houve outro ruído de rasgo. — Opa. Lá se vão as alças.

As risadas de Carina tornaram-se sonoras gargalhadas.

— Oh, meu Deus, estamos destruindo as roupas dele! — gritou Lizzie.

— Isto é certamente a coisa mais engraçada que eu já vi — disse Carina, ainda rindo.

— Isso NÃO é engraçado, meninas! — berrou Lizzie.

Houve uma batida forte na porta.

— Lizzie! — A voz de Martin atravessou a porta. — Como você está aí dentro?

— Bem! — berrou ela com tristeza.

— Você está vestida? — gritou ele.

— Er... quase! — gritou ela de volta. — Garotas, me ajudem!

Finalmente, com Carina e Hudson em pé sobre as cadeiras, ela conseguiu tirar o vestido do corpo.

Lizzie correu para a arara, cobrindo-se e tremendo.

— Só preciso conseguir entrar em alguma coisa. Alguma coisa.

— Não se preocupe — disse Hudson, procurando pelos cabides. — O que você acha deste? — Ela puxou um minúsculo short.

— Você está *brincando* comigo?

Enfim concordaram com um macacão de seda lilás que parecia um pouco maior — e mais resistente — que o resto das coisas. De alguma maneira ela conseguiu que chegasse aos quadris e fechou o zíper.

— Lizzie? Está tudo bem aí? — gritou Martin pela porta.

— Já estou indo!

A caminho da porta ela deu uma olhada em seu reflexo em um dos espelhos.

— Ah, meu Deus. Pareço uma salsicha roxa.

— Abra a porta! — sussurrou Carina.

Não tinha como voltar atrás agora. Ela abriu a porta.

Martin estava de pé na soleira da porta com Annalise, Christiane e uma mulher mais velha, pequena e roliça, de olhos redondos e testa franzida e com uma fita métrica no pescoço. Pareceram alarmados quando a viram e então Martin entrou na sala, avaliando Lizzie com um punho sob o queixo.

— Hummm. Como é que os outros ficaram? — perguntou ele.

— Um pouco pequenos — admitiu ela. — Especialmente este. — Ela apontou para o monte de seda que um dia foi um vestido nos braços de Hudson.

— Sentimos muito — disse Hudson, fazendo uma careta.

Martin soltou um grito angustiado e correu para o vestido. Ele o arrancou dos braços de Hudson e o deixou cair em toda a sua extensão, começando pelas alças rasgadas e pelo rasgo no tecido abaixo do zíper. Parecia que tinha passado por uma guerra.

— Realmente sentimos muito — repetiu Lizzie.

— Não tem problema — disse ele com um sorriso amarelo. — Acho que só teremos que remodelá-lo.

Annalise rabiscou na agenda. Christiane acenou de forma arrogante com a cabeça loira, e Lizzie tentou não pensar sobre o que poderia estar passando pela mente dela.

— Magda — disse Martin, acenando em direção a Lizzie —, poderia, por favor...?

A mulher pequena e roliça seguiu apressada em direção ao peito de Lizzie com a fita métrica. Antes que Lizzie pudesse impedi-la, a mulher lançou a fita em volta de seu peito, sua cintura e seus quadris.

— Humpf! — bufou ela, puxando a fita para longe. — Ela *não* é nem um 38!

— Hummm — disse Martin uma vez mais. — Bem, acho que vamos apenas tentar deixar tudo pronto para segunda-feira de manhã?

— Segunda-feira de manhã? O que tem segunda-feira de manhã? — perguntou Lizzie, sentindo-se envergonhada e aterrorizada.

— É quando faremos o primeiro teste de fotos com Dietrich — disse Martin.

— Espere. Não posso fazer na segunda-feira de manhã. Tenho trabalho nesse dia. Na escola. Um trabalho de inglês. — Lizzie estava vagamente consciente de Annalise e Christiane olhando-a. Teve a sensação de que outras musas não tinham trabalhos de inglês.

— Bem, Dietrich tem um voo para a Islândia na segunda-feira à tarde, então, essa é a única hora em que podemos fazer isso. — Martin sorriu de modo mais firme, de um jeito que mostrava todos os dentes. — Essa será realmente a única hora que não poderemos nos adaptar ao seu horário, Lizzie. Prometo.

Christiane e Annalise se entreolharam.

— Tudo bem — disse ela. — Segunda-feira. — Ela não tinha ideia de como conseguiria a permissão de Katia, mas se preocuparia com isso mais tarde.

Na rua, as três caminharam sob a garoa em direção ao metrô.

— Vou ter que matar aula — disse ela.

— Não tem que matar — falou Carina. — Ele não pode fazer nada sem você. Diga simplesmente que não pode.

— Concordo — disse Hudson.

— Ele está totalmente sem alternativa. E não posso fazer disso um grande problema depois de destruir seu vestido. O que ele encarou muito bem, por sinal. — Lizzie olhou Hudson carregando o vestido novo no espesso saco de roupa preto. — Pensei que quando você fosse a musa de alguém, as roupas *tivessem* que caber em você. Em vez disso, acabei parecendo uma salsicha alemã roxa.

Carina começou a rir. Hudson também. Em seguida, Lizzie estava rindo tanto que teve de parar na frente da Pastis e se curvar de tanto que ria.

— *Destruímos* as roupas dele — disse Lizzie, ofegante. — Quero dizer, provavelmente sou a primeira musa que *já* fez isso.

Talvez esse fosse o outro segredo para ser uma modelo, pensou ela: não perder o senso de humor. E manter suas amigas com você o tempo todo.

capítulo 24

Quarenta e cinco minutos mais tarde, Lizzie subiu correndo os degraus do metrô para a Broadway passando apressada pela frente da Starbucks no caminho para seu prédio.

— Ei, Lizzie! — chamou uma voz. No crepúsculo, viu a forma de uma mulher passando a cabeça pelas portas. — Não estou perseguindo você — gritou ela —, mas sente sua bunda aqui!

Não ficou claro quanto tempo Andrea a esperou dentro da Starbucks, mas tinha guardado um lugar para Lizzie com sua bolsa carteiro.

— Aqui, sente-se — disse ela, colocando a bolsa no chão, sob a mesa. Seu cabelo loiro estava baixo ao redor do rosto novamente e parecia ultraondulado por causa da chuva.

— Gente, é difícil encontrar *você* — brincou ela, sentando-se e colocando os cotovelos na mesa.

Lizzie sentou-se. Era óbvio que vinha evitando Andrea, e agora se sentia culpada.

— Você devia ter interfonado para o meu apartamento. Não era para ficar me esperando aqui embaixo. Minha mãe teria deixado você subir.

— Tudo bem, eu gosto de café caro e amargo demais — disse ela, piscando enquanto dava um gole em um enorme copo de plástico. — E ficar observando as pessoas aqui é muito louco. Nesse tempo, acho que encontrei alguns novos materiais.

— Bem, as coisas andaram um pouco loucas — admitiu Lizzie. — Eu ia te ligar hoje à noite.

Andrea balançou a cabeça.

— Não se preocupe com isso. De qualquer forma, queria dizer isso pessoalmente. Adivinhe? — Apoiada nos cotovelos, aproximou-se de Lizzie. — Ofereceram para que eu fizesse minha própria exposição. Na Galeria Gagosian. E queria que fosse inteiramente sobre você. Seriam toneladas de fotos e não posso lhe oferecer muito dinheiro, mas vai ser divertido. E podíamos trabalhar só nos fins de semana, e talvez um dia por semana depois da escola. O que acha? Você se importa de ser minha musa? — perguntou ela, sorrindo.

Agora Lizzie tinha de lhe contar, pensou ela.

— Na verdade, Martin Meloy me convidou para ser a mesma coisa dele.

— Lizzie! — Andrea ficou ofegante, e agarrou o pulso de Lizzie. — Isso é maravilhoso! Por que você não me contou? Ah, meu Deus, estou tão feliz por você! — gritou ela.

— Está?

— Claro. Por que eu não estaria? Agora só tem que sempre me dar crédito por ter descoberto você, ok? — disse ela, balançando o dedo e apontando para Lizzie. — Sua mãe deve estar muito orgulhosa.

Lizzie desviou o olhar para a janela e observou as pessoas passando.

— É, tipo assim — disse ela.

— Eu sabia que isso tudo ia acontecer — falou Andrea, recostando-se na cadeira. — Você vai fazer com que milhares de garotas do mundo tenham uma atitude completamente diferente em relação a elas mesmas. Garotas que acham que são altas demais, ou que têm o nariz grande demais, ou que o cabelo é crespo demais vão perceber que são *o máximo* por sua causa. E Martin Meloy, suponho — acrescentou ela, levando a bebida aos lábios.

— Não tenho tanta certeza disso — disse Lizzie. — Hoje, durante uma prova, eu na verdade *destruí* um vestido. E destruí mesmo. Porque eu era grande demais para ele. Não sei se estou preparada para isso.

Andrea deu uma risada.

— Bem, essa coleção é sua. Eles vão dar um jeito de fazer com que caiba. Mas se você não *quiser* fazer isso, Lizzie, então isso é outra coisa. Você quer?

Lizzie sentiu a perna direita começar a balançar de nervoso. Essas perguntas eram sempre difíceis de responder.

— Claro que quero — disse ela finalmente. — Quero dizer, por que eu não iria querer?

Andrea observou-a atentamente por alguns segundos.

— Então, se é isso que você quer, precisa seguir em frente e não ter medo. Não pode sentir medo de ser diferente. Lembre-se disso. — Andrea colocou o capuz da jaqueta e saiu da mesa. — Preciso ir para casa. Tenho um encontro hoje à noite. Um cara que mora em Williansburg e faz instalações. Me deseje sorte.

— Certo — disse Lizzie, levantando-se de forma relutante. Não queria que Andrea fosse embora, mas não havia nada que pudesse fazer para impedi-la. — Obrigada por passar aqui.

— Boa sorte, Lizzie. E mantenha contato, viu?

— Manterei.

Andrea deu um último sorriso e seguiu para a porta.

— Seja forte, Lizzie! — gritou ela. — Sempre! — Ela caminhou pela Broadway e se misturou ao fluxo escuro de pedestres, e Lizzie sentiu um nó na garganta. Não se sentia forte, embora soubesse que tinha todos os motivos para isso.

Do lado de fora, uma chuva fria havia começado a cair. Ela baixou a cabeça e correu em direção ao prédio, esquivando-se quando dois paparazzi apontaram uma câmera para ela e tiraram uma foto.

Quando finalmente estava em seu quarto, colocando um jeans e uma camiseta, houve uma batida na porta.

— E então, como foi a prova? — perguntou Katia cautelosamente, de pé à porta, usando suas roupas de ginástica e segurando um exemplar do *New York Times*.

— Foi ótima — disse ela de forma animada. *Desnecessário mencionar o vestido rasgado*, pensou.

Katia fechou a porta com cuidado.

— Olhe, querida, pensei muito sobre isso. E acho que você não deveria fazer.

Lizzie sentou-se na beira da cama, com tanta força que Sid Vicious esticou uma pata.

— Por que não?

— Por todas as razões que eu já expliquei — disse Katia, balançando a cabeça. — Se Martin está realmente interessado em você, pode esperar alguns anos.

— E se não puder?

Katia sentou-se ao lado dela.

— Talvez devêssemos parar de pensar tanto no que é bom para Martin e nos focarmos no que é bom para você. E, neste momento, é a escola. E ter uma vida normal.

— Uma vida normal? — Lizzie deu uma risadinha. — Como se eu já tivesse tido uma.

— Você pode trabalhar um pouco como modelo, mas não acho que um compromisso com algo tão enorme quanto Martin seja uma boa ideia — disse Katia. — Pelo menos, não agora.

— Mãe...

— Já liguei para Martin — disse Katia. — E disse que mudamos de ideia.

— *O quê?* — Lizzie ficou de pé.

Katia segurou a mão dela.

— Lizzie, não.

— Como você pôde fazer isso sem falar comigo primeiro?

— É apenas temporário. Não é para sempre. Quando você for mais velha, ainda vai poder fazer isso, querida...

— Qual é o seu problema? — perguntou Lizzie, interrompendo-a.

— Já falei para você minha preocupação em relação a isso. Não quero que ele te explore, e você precisa estar na escola.

— Não, tem algo a mais acontecendo aqui — disse ela.

Katia franziu os olhos escurecidos.

— Tipo?

— Talvez esteja irritada porque eu estou no seu mundo agora. Ou talvez não goste do fato de eu não ser mais só sua filha. Talvez ainda queira que eu fique à sua sombra.

Katia endireitou o corpo e jogou os ombros para trás.

— Estou do seu lado, Lizzie.

— Mãe, eu finalmente sou eu mesma — disse ela calmamente. — Sou finalmente apenas a Lizzie. Não a filha de Katia. Você não sabe o que é sentir isso? Finalmente ter isso?

Katia levantou-se.

— Você é você mesma, Lizzie — disse ela com severidade. — Mas uma parte sua é ser minha filha, não importa o que você faça, isso nunca vai mudar. Especialmente se trabalhar com Martin Meloy. — Ela andou até a porta e parou com a mão na maçaneta, controlando-se. — Seu pai e eu temos que voltar para Paris. L'Ete quer uma reunião comigo..

— Saia daqui — disse Lizzie, interrompendo-a. — Saia.

Katia parou à porta.

— Irlene vai ficar com você até segunda, quando voltamos.

Lizzie se atirou na cama com as costas para a mãe. *Saia daqui*, pensou ela. Finalmente escutou a porta bater.

Naquela noite, Lizzie estava irritada demais para dormir. Socava o travesseiro e virava de um lado para o outro, enquanto a chuva que tamborilava do lado de fora transformou-se em uma tempestade. Não era justo, pensava sem parar, sentindo uma queimação no peito. Era Lizzie agora. Não a filha da supermodelo. Pela primeira vez sabia o que era entrar numa sala e ser olhada mais por quem era do que por Katia. E agora a mãe queria arrancar isso dela. Isso a fazia se sentir pequena e indefesa, com raiva e aprisionada. Mas talvez houvesse uma maneira de se defender.

Na manhã seguinte, encontrou-a.

— Annalise? É a Lizzie — disse ela de seu iPhone a caminho do ponto de ônibus.

— Ah, oi, Lizzie, tudo bem? — Annalise soava bem-humorada, mas hesitante.

— Só queria dizer que houve uma confusão na noite passada — disse ela, entrando no ônibus. — *Posso* fazer as fotos na segunda.

Houve uma pausa no outro lado da linha.

— Bem, isso é maravilhoso, Lizzie — respondeu Annalise vividamente. — Tenho certeza de que Martin vai ficar emocionado.

Alguns minutos depois, Lizzie colocou o telefone na bolsa e pegou um lugar à janela, sentindo-se fortalecida e, sim, um pouco vil. Mas se quisesse algo na vida, tinha que lutar para conseguir, não importa o que estivesse no seu caminho.

capítulo 25

— E *quem* é você?

Ilona estava à porta de sua própria festa de Halloween naquela noite e olhou a fantasia de Lizzie de cima a baixo.

— Eu meio que não consigo identificar — desdenhou ela

Pelo vestido preto de babados que mal cobriam seu traseiro, a pequena renda presa à cabeça e o espanador de pena rosa na mão, era completamente óbvio o que Ilona devia ser. Uma empregada francesa. *Que original,* pensou Lizzie.

— Daisy Buchanan — respondeu Lizzie, ajeitando a faixa na cabeça com a pena preta. — É um personagem de *O grande Gatsby*. Que você provavelmente ainda não leu — acrescentou ela com um sorriso.

Se alguém nessa festa soubesse quem era Daisy Buchanan, pensou ela, ficaria impressionado. Tinha vestido um dos tubinhos Lanvin de seda azul de Katia com uma faixa lavanda amarrada nos quadris para dar um visual de cintura baixa e por cima dela um longo cordão de pérolas falsas, uma pinta feita a lápis de olho e uma peruca preta no comprimento do queixo, que Hudson pegara da vasta coleção de Holla. Sim, estava igual a Daisy, mas havia apenas uma pessoa que realmente a identificaria. E ele certamente não estaria ali esta noite.

Ilona voltou sua atenção para Carina.

— Você é um zumbi? — perguntou ela, torcendo o nariz.

O rosto de Carina, com uma maquiagem cinza claro e os círculos vermelhos em torno dos olhos, destoava da roupa de estudante de cardigã e pérolas.

— Um zumbi *Martha Stewart* — corrigiu Carina.

— E eu sou uma Senhorita Suíça Gótica — anunciou Hudson, mostrando as duas tranças e o novo vestido de Martin. — Ou uma Leiteira de Couro. Tanto faz.

— Ava está aqui? — perguntou Lizzie, sentindo que devia encontrar a pessoa que a tinha convidado para essa festa o quanto antes.

— Ela está na cozinha — disse Ilona, acenando vagamente com o espanador em direção à porta.

Lizzie, Carina e Hudson seguiram para a cozinha. Em seu interior, encontraram Ava fantasiada de batgirl espremendo uma lima no que parecia ser um gim-tônica.

— E-*ei*! — gritou Ava em seu usual tom monótono. Parecia ter se recuperado completamente da crise de choro no parque. — *Tããããoo* bom vocês terem vindo. Amei sua fantasia! — disse ela para Lizzie. — O que você é?

— Ah, é de *O grande Gatsby*.

— Ahh — disse Ava cuidadosamente, mas de forma crítica, dando um gole na bebida. — Que legal.

Embora soubesse que ele não iria à festa, Lizzie deu uma rápida olhada na cozinha à procura de Todd. Desde o dia em que tinha lhe dado o livro, ele não aparecera mais na escola. E ninguém sabia onde ele estava ou o que havia acontecido com ele. Os rumores eram de que Ava o intimidara a ficar em casa desde que o deixou. Ele tinha mandado uma mensagem para Lizzie mais cedo naquela tarde, perguntando se podiam se encontrar no fim de semana para fazer o trabalho, então o que quer que estivesse errado, não devia ser tão terrível. Ela não havia respondido. Se ele estivesse tão preocupado com o trabalho, concluiu ela, não teria cancelado o encontro na outra noite. E na segunda-feira de manhã, estaria na sessão de fotos, então, de qualquer forma, não faria a apresentação.

Enquanto Carina e Hudson serviam-se de um pouco de suco de cranberry, Ava puxou Lizzie de lado.

— Você sabe do Todd? — perguntou ela com uma ponta de desespero na voz, os olhos castanhos brilhando. — Ilona o convidou, mas ele não respondeu ou coisa parecida.

Lizzie quis perguntar por que Todd na verdade tinha sido convidado. E por que Ava se importava com isso, mas apenas deu de ombros.

— Ele me mandou uma mensagem esta tarde sobre nosso trabalho, mas não respondi. Você está se sentindo melhor?

— Ah, sim, totalmente — disse ela, virando o drinque. — Quero dizer, eu queria ele fora da minha vida de qualquer maneira. Então, devia estar feliz, né?

— Ah, sim — disse Lizzie, mexendo no cordão de pérolas. Não sabia muito bem onde esta conversa ia dar.

— Então... você vai ficar com ele, né? — perguntou Ava de repente. — Quero dizer, você pode se quiser, mas sabe que ele é encrenca, né? — Ava aproximou-se, e Lizzie pôde sentir seu perfume enjoativo.

— Espere. Por que eu namoraria Todd Piedmont? — perguntou Lizzie.

Ava segurou o braço dela e riu como se tivesse dito a coisa mais engraçada do mundo.

— Ah, meu Deus, Lizzie, não leve isso tão a sério! Eu estava só brincando! Ah, e você sabe se sua mãe vai dar alguma coisa para o baile de caridade? Porque meio que precisamos desses prêmios logo, logo.

Por um momento, Lizzie não teve certeza se tinha escutado Ava corretamente.

— Eu realmente ainda não sei — disse ela, tensa. Chega de esperar que ela e Ava pudessem realmente se tornar amigas, pensou ela. Agora que já tinha se recuperado do trauma com Todd, Ava voltou a seu velho jeito de ser.

Ava virou-se para dizer alguma coisa para Cici, e Carina pegou o braço de Lizzie.

— Não olhe agora, mas Carter McLean está olhando para você — sussurrou Carina no ouvido dela.

Da cozinha, Lizzie olhou para os garotos. Mesmo no apartamento de alguém, ainda assim os garotos ficavam do lado oposto ao das garotas, e quase nenhum deles estava usando fantasias de verdade. Como era de se esperar, Carter McLean — o garoto mais gato do primeiro ano — estava do outro lado da sala com os amigos, mas não estava olhando para Lizzie. Em vez disso, seus olhos verdes sedutores estavam mirando Carina.

— Hum, ele está olhando para *você*, C — disse Lizzie.

— Sério? — perguntou Carina.

Quando olharam para ele, Carter deu um sorriso largo, tirou os cachos escuros dos olhos e então se virou para os amigos.

— Uau — disse Lizzie. Até mesmo ela havia sentido o calor do seu olhar.

— Vamos para a sala — sussurrou Carina. Quando estavam no corredor, Carina aproximou-se das amigas, as bochechas vermelhas. — Só eu que vi ou ele estava me examinando de cima a baixo?

— Realmente estava — disse Hudson.

— É — concordou Lizzie.

Carina agitou as sobrancelhas e sorriu.

— Bem, *isso* é interessante.

— Acho que Ava ainda gosta de Todd — contou Lizzie. — Ficou me perguntando se eu achava que ele vinha para a festa.

— Parece que seu desejo foi realizado — disse Hudson em sussurros, acenando em direção à sala.

Lizzie olhou. Todd, inacreditavelmente, estava ali. Ele estava sozinho na sala, segurando um copo plástico vermelho e parecendo extremamente desconfortável. Lizzie percebeu que era porque ele era o único garoto com uma fantasia de verdade. Pelo menos, ela esperava que fosse uma fantasia. Usava um smoking branco impecável, com o bolso quadrado vermelho elegante, sapatos pretos reluzentes e o cabelo puxado para trás com gel, como um homem dos anos 1920. Então ela percebeu quem ele era. Os olhos azuis pousaram nela e pelo jeito que se fixaram, ela sabia que tinha de se aproximar e dizer oi.

— Já volto, meninas — disse ela, e foi na direção de Todd. Sua perna direita tremia, mas ela ignorou. Fez um pedido rápido e fervoroso para que não vomitasse. E então estava bem na frente dele.

— Oi, Todd — ela conseguiu dizer.

— Oi — disse ele calmamente, olhando para a fantasia dela. — Deixe eu adivinhar. Pérolas, enfeite na cabeça, pinta, Daisy Buchanan?

— E você é o Jay Gatsby.

— Ou apenas vestido de forma inadequada para esta festa — disse ele com um sorriso tímido que fez o coração de Lizzie palpitar. — Então... — continuou ele, balançando para a frente e para trás —, você recebeu minha mensagem? Sobre o trabalho de inglês? É para segunda, né?

— Recebi, mas... não vou estar na escola neste dia. Estou meio que trabalhando. Tenho um trabalho de modelo.

Ele franziu a testa.

— Espere. Você não vai estar na escola? — Ele coçou a cabeça, fazendo um buraco no cabelo com gel. — E eu? Vou tirar zero porque você não vai estar lá?

— Foi *você* quem não apareceu. Você furou comigo na outra noite. — Ela olhou ao redor. Ava podia aparecer e vê-los a qualquer momento. — Vamos ali — disse ela, passando por ele e atravessando portas francesas que davam na sala de jantar.

Ele a seguiu para dentro da sala escura e silenciosa.

— Tinha umas coisas acontecendo — disse ele em voz baixa.

— Ah, sim, eu sei — ironizou ela, deixando a voz ser envolvida por sarcasmo. — Sei de tudo.

Ele inclinou a cabeça. À meia-luz, podia ver a confusão em seus olhos.

— O que você quer dizer com isso?

— Quero dizer como Ava terminou com você depois de você chifrá-la.

Todd deu uma risada curta e surpresa.

— Foi *isso* que ela disse?

— Ela disse que você ficou com uma garota numa festa. Uma garota da Pomfret. E que ela terminou com você. Estou surpresa por você ter até mesmo aparecido aqui hoje à noite.

— E você *acredita* nisso? — disse ele com raiva.

— Já não é ruim o suficiente brincar com a *minha* cabeça, mas fazer isso com a sua própria namorada? Qual é o seu problema?

— Espere... brincar com a *sua* cabeça? — repetiu ele.

— Ah, *peraí* — disse ela, revirando os olhos. — Dando mole para mim, me contando segredos, me dando um livro que custa milhares de dólares e que eu nem mesmo pedi? Enquanto você está saindo com outra pessoa?

Ele não disse nada. Ela se aproximou dele, e dessa vez estava irritada demais para perceber seu perfume onírico.

— Quem faz coisas desse tipo? Exceto um completo pegador?

Todd esquivou-se.

— Durante todo esse tempo, achei que você fosse um cara decente. O cara que eu costumava conhecer. Obviamente eu estava errada.

Ela tentou passar por ele para sair, mas Todd deu um passo à sua frente, bloqueando o caminho.

— Não, *eu* estava errado — disse ele. — Eu nunca devia ter saído com ela, mas saí. E quando percebi que tinha cometido um erro, terminei com ela. Provavelmente devia ter feito isso antes, mas não queria magoá-la. Fiz isso na noite que era para você e eu nos encontrarmos. Eu disse para Ava que queria que fôssemos amigos. E ela começou a chorar e não queria me deixar sair. Foi por *isso* que não pude ir para sua casa. — Ele balançou a cabeça. — Mas não, você acredita nessa história louca dela de que eu a chifrei. — Ele deu um passo para trás. — Você realmente acha que eu faria isso, Lizzie?

Os olhos dela já tinham se acostumado à escuridão, e ela podia ver raiva e mágoa no rosto dele.

— Achei que você me conhecesse melhor, achei que fosse minha amiga. — Ele balançou a cabeça. — Deixa pra lá. Divirta-se na segunda e obrigado pela nota. — Ele se virou e saiu pelas portas francesas, deixando-as abertas.

Lizzie não se mexeu. Ficou em meio à escuridão silenciosa da sala de estar, a mão na mesa de jantar de Ilona para manter o equilíbrio. A voz indignada de Todd ressoava na sua cabeça como uivos de um alarme de carro. Tinha entendido tudo completamente errado. Afinal de contas, Todd era um cara decente. E agora ele a odiava.

Esperou até ter certeza de que Todd não estava rondando por ali, perto das portas francesas, e então voltou para a festa. Encontrou as amigas num canto.

— O que aconteceu? — disse Hudson ofegante. — Vocês dois acabaram de brigar? Todd saiu furioso da sala.

— Tenho que ir, meninas — avisou ela calmamente. — Agora. — Lágrimas quentes estavam perigosamente perto de encherem seus olhos.

— Sem problemas — disse Carina. — Estamos tão deslocadas aqui.

Seguiram Lizzie pelo hall, onde Ilona e Ava estavam de pé perto do que parecia ser um vaso despedaçado. Pedaços de porcelana branca estavam espalhados pelo tapete.

— Alguém acabou de bater a porta da frente com tanta força que isso caiu — disse Ilona. — Minha mãe vai me *matar*.

Imediatamente Lizzie soube quem era.

— Tudo que vi foi um cara de branco — disse Ilona. — Usando um tipo de smoking esquisito.

— Era Todd — contou Lizzie.

— Todd? — Ava praticamente gritou. — Você tem certeza? — Ela olhou para a porta da frente. — Por que ele iria embora?

— E por que estava de smoking branco? — perguntou Ilona.

Lizzie evitou os olhos dela. Nesse momento, não tinha forças para explicar.

— Tenho que ir, meninas. Desculpem. Acho que estou um pouco enjoada.

Fingindo não ter notado os olhares esquisitos de Ava e Ilona, Lizzie saiu de forma hesitante pela porta da frente, tirando da cabeça a faixa com a pena. Lizzie apoiou a cabeça contra a estrutura do elevador. O coração ainda palpitava e ela se sentia tonta.

Hudson acariciou suas costas.

— Não ouça o que ele diz. Ele é um idiota, Lizzie.

— Lizzie, Todd Piedmont é uma perda de tempo — disse Carina claramente. — Ele não merece uma pessoa fabulosa e incrível como você. Não merece.

— Isso tinha que terminar — falou Hudson em uma voz reconfortante. — Deixe que ele vá.

Lizzie concordou com a cabeça e engoliu as lágrimas. Isso era tão bobo. Sua vida estava indo tão bem. Era ridículo deixar um cara ficar no meio disso tudo. Era a garota mais sortuda do mundo. E tudo — tudo — estava acontecendo do jeito que ela queria. Exceto que a coisa que importava mais que qualquer outra tinha lhe escapado por entre os dedos. Estava quase certa de que nunca a teria de volta.

capítulo 26

BIPE BIPE BIPE!
O alarme de Lizzie a acordou com um sobressalto. Ela se sentou na cama e olhou para o relógio. Eram 7h15. O que significava que tinha uma hora para chegar ao estúdio no SoHo para a sessão de fotos. Quando retirou as cobertas, a Missão Musa entrou em ação.

Ela tomou banho, vestiu o uniforme, arrumou a mochila e até mesmo comeu uma tigela de cereal na frente de Irlene, que estava entretida no programa *Today*. Finalmente, passou pelas portas do lobby e chegou à rua. Era mais um dia cinzento e frio. Dando uma rápida olhada para trás, mirou seu prédio, apressou-se pela Columbus e para a estação de metrô do centro da cidade. Nunca tinha matado aula antes, e agora a emoção de fazê-lo era assustadoramente libertadora.

Esperando na plataforma do metrô, pensou em Todd e na briga. Tinha passado o domingo inteiro refletindo sobre o que ele dissera, e agora se sentia ainda pior por ter acreditado na história de Ava. Mas a maneira como a voz dele havia expressado desdém, a maneira que balançara a cabeça de decepção, a maneira como tinha saído da casa de Ilona.. ela estava simplesmente feliz demais por matar aula de inglês. Claro, o sr. Barlow ficaria um pouco furioso, mas podia lidar com isso.

— Lizzie! Olá — gritou Martin quando ela entrou, agarrando sua mão e beijando suas duas bochechas. Ele usava black jeans e uma camiseta rasgada com a imagem de Iggy Pop na frente. — Estou *tão* feliz que tudo tenha dado certo. Estamos prontos para nos divertir? E *esse* é seu uniforme? — Ele se curvou para tocar um pedaço de sua saia. — Esse tecido de lã é tão *hermético*. Amo. Talvez use para a coleção de outono.

— Na verdade, falando da minha escola, Annalise está por aí? Preciso que ela ligue e diga a eles que estou doente.

Os olhos de Martin se estreitaram. Por um momento ficou com medo de ele talvez não aprovar, e, então, ele abriu um sorriso conspiratório.

— Não se preocupe — disse ele, dando um tapinha no braço dela. — Vou cuidar disso. Vá lá fazer seu cabelo e sua maquiagem. E divirta-se!

Lizzie seguiu lentamente para a área de cabelo e maquiagem. O estúdio era do tamanho do ginásio da Chadwick, ainda maior que o do Chelsea Piers. Havia uma arara de roupas a mais ou menos três metros de Lizzie, e à sua frente havia um set de verdade, o qual já estava repleto de luzes. O homem alto e magricelo usando uma gola rulê preta, mexendo no computador, imaginou ela, era o fotógrafo, Dietrich. Ela não estava com pressa de falar com ele.

Mais tarde, estava na cadeira de maquiagem, o rosto afundado em um exemplar da *Vogue* italiana enquanto o hairstylist trabalhava em seus cachos, quando Annalise aproximou-se com a agenda de tamanho exagerado de Martin na mão.

— Então, tudo está resolvido, Lizzie — disse ela, os olhos na agenda de Martin. — Acabei de ligar para a escola e dizer que você não iria comparecer.

— Ótimo. Você disse que eu estava doente, né?

— Não. Eu disse que você estava trabalhando. Era para dizer que estava doente?

Lizzie sentiu um embrulho no estômago.

— Hum, tudo bem, desde que você tenha dito que era minha mãe.

— Sua mãe? — Annalise deixou escapar, antes de bater com a mão na boca. — Não vou dizer que sou Katia Summers — disse ela rindo.

Isso só estava ficando pior.

— Tudo bem — disse Lizzie, com uma sensação de aperto no peito.

— Seja como for, Martin quer passar com você algumas datas. — Annalise segurava a agenda gigante e passava as páginas. — As próximas fotos serão na próxima terça à tarde. E, então, na semana seguinte, tem a inauguração de uma loja a qual ele gostaria que você fosse em Macau.

— *Macau?* Onde é isso?

Annalise parecia levemente incomodada.

— É uma ilha perto da China. Levaríamos você para lá de avião, é claro. É muito importante. Será a nova loja mais importante de Martin no mercado asiático. Entro em contato com você sobre os voos...

— Na verdade, posso dar um retorno a você sobre isso?

Annalise revirou sutilmente os olhos.

— Claro — murmurou ela, fechando a agenda e pavoneando-se para fora do estúdio, visivelmente irritada.

Macau? Mal ouvira falar desse lugar, e teria de voar meio mundo para chegar lá? Para fazer o quê, exatamente? E perguntava-se o que faria em relação à escola na terça que vem. Martin tinha prometido que hoje seria o único dia em que não poderia se adaptar ao seu horário. E, falando em escola, ela já estava em confusão? Franziu o rosto só de pensar na notícia de que estava fora e trabalhando chegando ao sr. Barlow. Pensou nele indo atrás de Katia, tentando descobrir onde ela estava.

Está tudo bem, disse a si mesma. *Mais tarde você resolve isso.*

Quando a maquiadora começou a passar esponja no seu rosto, fechou os olhos. Por alguns minutos caiu num sono pesado e profundo... até que ouviu-a dizer:

— Tudo pronto.

Lizzie abriu os olhos. A princípio não se reconheceu. Um delineador preto forte circulava seus olhos, estilo racum. Três tons diferentes de sombra púrpura cobriam suas pálpebras. Um batom púrpura escuro fazia com que parecesse meio morta. E seu cabelo caía em ondas pesadas nos ombros. Era uma vítima da moda, parte gótica, parte anos 1980.

— Tem certeza de que é isto que Martin quer? — perguntou Lizzie de forma hesitante.

O pessoal do cabelo e da maquiagem trocou olhares.

— Sim — respondeu a maquiadora.

Lizzie deu mais uma olhada para o seu reflexo no espelho. Seu verdadeiro rosto estava completamente escondido. Martin não queria trabalhar com ela por causa de seu rosto? Então por que tinha colocado tanta coisa nele?

Ela foi até a área de vestir. Christiane estava na frente do mesmo vestido lilás que ela rasgou na semana anterior, vaporizando-o com uma concentração feroz. No outro dia, Christiane tinha parecido cheia de energia, querida, até mesmo invejavelmente descolada em seu corte de cabelo loiro tipo pajem. Agora parecia simplesmente fria. Ela largou o vaporizador sem um sorriso.

— Tudo bem. Tivemos de recortá-lo depois que vimos que você quebrou o zíper — disse ela de forma direta. — Espero que este caiba. Experimente. — Ela o tirou do cabide e o entregou para Lizzie.

— Aqui?

Lizzie olhou ao redor. Não havia provador e nem mesmo um biombo à vista. Se tirasse a roupa, ficaria totalmente à mostra para Christiane e sua cara antipática.

— Uh-hum — Christiane reprimiu um pequeno bocejo e então cruzou os braços. — Qual é o problema?

— Nenhum. — Fingindo que não estava a meio metro de outra pessoa que mal conhecia, Lizzie rapidamente tirou o uniforme da escola e passou o vestido pela cabeça. Para seu alívio a seda moveu-se com facilidade pelos seus braços — até fazer uma parada abrupta nos ombros.

— Ah, de novo, não — resmungou Christiane. — E este era um 40.

O rosto de Lizzie queimava atrás da seda. É claro que o 40 não servia. Nenhuma dessas pessoas olhou para ela de verdade? Christiane tirou o vestido dela.

— Tudo bem, vamos ver o que cabe por aqui — suspirou ela.

Tentaram todas as roupas, uma depois da outra, e todas paravam no ombro ou nos quadris de Lizzie, recusando-se a se mover. Todas as vezes, Lizzie apertava o maxilar. *Por favor, me deixe morrer agora*, pensava ela. A única peça que coube foi o macacão de seda.

— Bem, acho que vai ter que ser este — disse Christiane com outro suspiro. Ela fechou o zíper das costas de Lizzie e lhe entregou um par de sapatos de salto alto dourados para que ela colocasse. Quando saiu de trás da arara de roupas, Lizzie teve certeza de que 3 mil apresentações de inglês com Todd Piedmont teriam sido mais agradáveis que isso.

— Ah, estamos de *macacão* de novo — comentou Martin, avaliando-a com um sorriso forçado.

— Nada além disso cabe — informou Christiane, indo para seu lado.

Martin pensou longa e concentradamente enquanto olhava para ela. O queixo apoiado na mão.

— Lizzie, agora, espero que você não se sinta ofendida, mas tenho o número de um nutricionista maravilhoso, que realmente me ajudou. Talvez eu possa te marcar uma consulta?

Lizzie olhou para ele com raiva.

— Nutricionista? — perguntou ela.

— Falaremos sobre isso depois — disse ele com um suspiro de o-que-se-pode-fazer, e deu um tapinha no ombro de Lizzie. — Dietrich! Ela está pronta!

Ela andou de forma pesada até o local das fotos. Os sapatos já estavam fazendo seus pés doerem. Não se sentia glamourosa e definitivamente não se sentia ela mesma. E quando viu a expressão do rosto pálido e mal-humorado de Dietrich no momento em que ele se virou, ela realmente não queria estar ali.

Dietrich apontou para a área atrás da câmera.

— Fique aí parada — ordenou ele de forma melancólica. — Sem expressão.

É claro que não, *sr. Muito Engraçado,* pensou ela. Se queriam a expressão de Tristeza e Angústia, estavam com sorte. Dietrich tirou do rosto uma mecha oleosa de cabelo e se inclinou sobre a câmera.

— Ok, vamos começar! — gritou ele.

Ela estava perfeitamente imóvel e fazia uma expressão séria para a câmera. Sentia saudades de Andrea. Sentia saudades de correr, de pular e de chutar ao som de Kanye West. Sentia saudades de estar ao ar livre, no meio do Central Park ou no centro da cidade. Sentia saudades de se sentir como se estivesse fazendo um bom trabalho. Sentia saudades de se divertir. Neste momento, se sentia como um robô, sendo monitorada pelo controle remoto de algum ditador sem humor.

— Vire para a esquerda! — vociferou Dietrich.

Conforme obedecia, sua mente vagava para a escola. A aula provavelmente já tinha começado. Com quem Todd havia se sentado? Ele também estava se sentindo mal com a briga dos dois? Com uma dor, desejou estar lá.

Todas as vezes que tentava sorrir, Dietrich gritava "Sem expressão", fazendo-a dar um pulo. Finalmente Dietrich se levantou.

— Cinco minutos! — gritou ele, movimentando-se pesadamente com a câmera até a assistente, murmurando em um alemão gutural.

Lizzie foi em direção à área do bufê. Tinha vontade de ir para algum canto com alguém — qualquer pessoa — e falar sobre como Dietrich era uma pessoa sem entusiasmo, mas ali não havia ninguém com quem conversar. Estava sozinha à mesa, olhando para a seleção de refrigerantes e tentando não parecer completamente sozinha. Sentia falta até da mãe. Era por isso que ela passara quando tinha a sua idade? Essa solidão estranha em um lugar lotado? Como havia conseguido passar por isso?

Pegou uma lata de Coca-Cola Diet e engoliu a bebida gasosa sentindo a barriga pressionar o tecido de seda. Não era de admirar que muitas modelos tinham distúrbios alimentares, refletiu ela. Sempre tendo que vestir roupas que provavelmente não cabiam nelas.

Então escutou vozes perto da área de vestir.

— Eu sei, mas se ela *realmente* vier a ser um desastre, sempre podemos usar Natalie. Só espero que ela esteja disponível.

Era Martin. Lizzie ficou imóvel.

— Quer que eu cheque? — perguntou Christiane. — Olhando para ela ali, não parece muito boa.

— Bem, ela definitivamente não é a mãe — continuou Martin. — Mas pelo menos com ela economizamos milhares de dólares com retoques.

— Com quantos anos está Katia? — perguntou Christiane. — Trinta e seis? Trinta e sete? Ouvi dizer que suas últimas fotos para a *W* foram um pesadelo. Gastaram milhares de dólares só nos pés de galinha.

— Não sei nem ao certo se ela *enxerga* isso — disse Martin. — Mas as tchecas nunca envelhecem bem. Veja o que aconteceu com Paulina.

Christiane deu uma risadinha soturna.

— Mas pelo menos ela soube quando bater em retirada.

Tremendo, Lizzie colocou a lata na mesa. Uma confusão de pensamentos intensificou-se em sua cabeça. *Eu inventei isso*, pensou ela absurdamente. *Não escutei isso. Isso não está acontecendo.*

— Pronto! — gritou Dietrich. — Vamos começar agora! Lizzie, vamos começar!

Lentamente ela forçou a mente a se acalmar. Com cada centímetro de controle, fez seu rosto ficar inexpressivo quando se virou.

— Vamos voltar para onde estávamos! — gritou Dietrich, indo para trás da câmera. — Vamos lá!

Ela voltou apressada para sua marca. As pessoas do estúdio juntaram-se em um grande grupo, observando-a.

— Sem expressão — berrou Dietrich, apertando o obturador.

Ela olhou para as lentes, fixando-se nelas com seu melhor olhar inexpressivo.

— Vire para a direita!

Com uma profunda dor no peito, ela pensou na mãe. Neste exato momento, Katia estava no avião, voltando de Paris, mas ela a queria ali agora. Queria abraçá-la. Queria sentir seu perfume. Queria que soubesse que ela não era velha, ou que já tinha passado do ponto, ou que estava desgastada, e que a filha a amava.

— Eu disse DIREITA! — gritou Dietrich, trazendo-a de volta para o presente. Ele se levantou e tirou uma mecha de cabelo dos olhos radiantes e furiosos. — Direita, droga!

Lizzie engoliu em seco. A perna direita começou a tremer. As pessoas a encaravam.

— Desculpe — disse ela. — Não escutei você.

— Então acorde — gritou ele.

Lizzie permaneceu ali, atordoada demais para chorar ou se mexer. *Espere um minuto,* uma voz dentro dela dizia. *Você não precisa disso. Você realmente não precisa disso.*

Nada disso estava fazendo com que se sentisse bem. Era exatamente o contrário. E não tinha sido esse todo o objetivo de tudo isso?

Se era isso que significava ser a "musa" de alguém, pensou ela — gritarem com você, dizerem para você perder peso, ser criticada, e se tornar alguém irreconhecível —, então não queria mais nenhuma participação nisso.

Enquanto Dietrich a olhava furioso, esperando que ela se acalmasse, Lizzie olhou bem para a frente e saiu do set. Passou pela câmera, pelos assistentes atônitos, pela multidão silenciosa, por Martin Meloy, que parecia pasmo demais para falar. Foi direto para a arara. Na frente de todos que a observavam, a mão alcançou o zíper e o abaixou. Dessa vez, o rasgo não a importunou. Teria rasgado a roupa inteira com prazer para tirá-la do seu corpo se isso fosse fazer com que saísse dali mais rápido.

— Lizzie! — Annalise correu em sua direção. — O que você está fazendo?

Lizzie pegou a saia e a abotoou. A saia de lã áspera nunca lhe pareceu tão confortável. Passou a blusa de gola rulê pelo rosto sem se importar se a maquiagem iria borrar. Certamente não poderia fazê-la ficar pior.

— Lizzie — disse Annalise irritada. — Estamos no meio de uma sessão de fotos.

— Então me demita — falou ela simplesmente, colocando a mochila nos ombros e saindo da sala.

capítulo 27

Nas ruas do SoHo, o sol tinha saído e havia extensas faixas de céu azul entre as nuvens. As pessoas esbarravam nela apressadas, empurrando carrinhos de neném, bebendo café, ainda começando seu dia. Lizzie levantou o rosto para o céu e tomou um gratificante golpe de ar fresco. Do lado de fora do estúdio, sentia-se como se tivesse fugido da cadeia depois de uma sentença de prisão perpétua. Só havia um lugar para onde queria ir, somente um lugar que poderia realmente fazê-la se sentir melhor agora. Por mais louco que fosse, esse lugar era a escola.

No trem 6, chacoalhando na direção uptown, ela encarava, bem à sua frente, um anúncio cafona de um dermatologista no Queens, desejando esvaziar a mente. Tentaria não pensar no que havia acabado de acontecer até encontrar as amigas. Elas saberiam como ajudá-la a processar isso tudo, mas dessa vez, sabia que tinha feito a coisa certa.

Quando chegou à escola, só faltavam alguns minutos para o intervalo do almoço. No entanto, antes de subir as escadas, tinha que tirar a maquiagem *A noite dos mortos-vivos* de Martin. Apressou-se pelo lobby antes que a recepcionista pudesse vê-la, e enfiou-se no banheiro das meninas. *Uau*, pensou ela quando viu seu reflexo. O delineador preto começara a escorrer, e havia rugas roxas profundas acima dos olhos. Parecia que havia acabado de sair de uma sepultura. Não era de admirar que as pessoas a tinham encarado na rua.

Ela esfregou o rosto com sabonete de mão e secou-o com papel toalha. Não havia nada que pudesse fazer quanto a seu cabelo ondulado, mas se preocuparia com isso mais tarde. Subiu as escadas na ponta dos pés, ouvindo o familiar eco dos seus passos no calcário. O ar era quente e acolhedor, como um velho amigo. Quem poderia dizer que aquela escola podia ser tão reconfortante?

Abriu a porta da escola de ensino médio. Os corredores estavam silenciosos. A aula terminaria a qualquer minuto. Como um ladrão, ela andou sorrateiramente pelo corredor em direção aos armários. Mas o barulho pesado e estridente de passos às suas costas a fez parar.

— Srta. Summers?

Ela se virou. O sr. Barlow estava à sua frente, mais alto e mais magro e mais assustador do que ela se lembrava.

— Você está aqui? Achei que você tivesse outro lugar para estar hoje — disse ele em uma voz que a fez se arrepiar.

— Não mais — ela tentou explicar.

— Que pena — disse ele, cruzando os longos braços. — Porque você está suspensa.

Lizzie engoliu em seco.

— Sr. Barlow...

— Você sabe que quem quer que tenha ligado para a escola esta manhã não era seu pai nem sua mãe. Essas são as regras, srta. Summers. Nada de faltas sem justificativa. Nem mesmo para... — Seus olhos foram atraídos pela aparência bizarra de seus cabelos ondulados. — Trabalho.

— Certo, eu tinha uma sessão de fotos com Martin Meloy — gaguejou ela. — Mas eu a abandonei. Não vou mais fazer. Para mim já chega.

Ele levantou uma das mãos.

— E eu terei que te dar um zero no trabalho de mitologia.

— Um zero?

— Você não apareceu.

— Mas eu posso me redimir. Eu fiz o trabalho. Posso simplesmente fazer depois...

O sr. Barlow balançou a cabeça firmemente.

— Não.

Um zero. Nunca tinha tirado um zero na vida. Especialmente em inglês.

— Por favor, sr. Barlow. O senhor sabe que sou boa aluna. Quero dizer, o senhor gostou do meu conto, certo?

Ele soltou um assobio baixo e desapontado e abaixou a cabeça.

— Não tanto quanto achei que fosse gostar — disse ele.

— Por quê? — perguntou ela, começando a ficar em pânico. — O que aconteceu?

— Quando devolvi a você, disse que só precisava cortar algumas palavras — disse ele com seriedade. — Mas em vez disso você escreveu uma história completamente nova. Na primeira, a filha se sentia deslocada, se sentia inadequada ao lado da mãe. Agora, nessa nova versão, ela é linda. E a mãe está tentando imitá-la. Simplesmente não me soou verdadeira. Nem um pouco.

— Mas o senhor disse que eu podia ir em outra direção.

O sr. Barlow balançou a cabeça.

— Outra direção não é uma história totalmente nova. A primeira versão era mais arriscada, mais autêntica. Essa... — Ele deu de ombros. — Senti como se fosse uma fraude. Senti falta de convicção. Não parecia você, Lizzie. — Ele suspirou. — Anunciaram os finalistas hoje. Você não estava entre eles.

A cabeça dela estava começando a girar. Agora o conto dela estava fora da competição?

— Mas posso voltar atrás... o senhor me deixa voltar atrás?

— É tarde demais, Lizzie. O prazo passou. Mas eu gostaria que você lesse o conto que foi escolhido para concorrer pela nona série.

Ele fez um gesto para que ela o seguisse até o escritório, onde pegou umas folhas grampeadas na mesa.

— É do sr. Piedmont.

Agora tinha certeza de que alguém lá em cima estava rindo dela. Pegou o conto, sentindo o couro cabeludo começar a queimar de vergonha.

— Ele não teve medo de ficar vulnerável — acrescentou o sr. Barlow.

— Obrigada — disse ela, segurando as lágrimas.

O sr. Barlow posicionou a mão calorosa e firme sobre seu ombro, como se pudesse sentir que ela estava arrasada. Seus olhos azuis gentis a olhavam, cintilando como mármore.

— Sinto muito, Lizzie. Mas espero que tenha aprendido alguma coisa com tudo isso. Você é uma menina talentosa. Talentosa demais para ter se desviado. Podia ter tirado dez no trabalho, e podia ser uma finalista do concurso. Mas se perdeu um pouco.

O sinal tocou. Ela encarava o chão enquanto o rosto queimava. As portas se abriram, libertando vozes e passos pelos corredores. Esse confronto estava chegando ao fim, graças a Deus.

— Cuide-se — disse ele. — E nos vemos na quarta.

Ainda de cabeça baixa, ela se virou e começou a caminhar. Tinha tirado zero. Estava suspensa. Até mesmo sua escrita havia ficado ruim.

Esse tinha que ser o pior dia da sua vida. Mas sob a tristeza, sentia uma pontinha de esperança. O sr. Barlow se importava com ela, sabia quem ela era, mesmo que ela tivesse temporariamente esquecido. Ela era Lizzie, a Escritora. Esse era seu verdadeiro eu. Agora só precisava voltar ao que era.

— Lizzie! Você está aqui!

Lizzie virou-se e viu Hudson e Carina correndo na sua direção. Carina parou bruscamente, boquiaberta com seu cabelo.

— Uau. Você parece alguém de *Uma galera do barulho*.

— O que está fazendo aqui? — exclamou Hudson. — O que aconteceu com a sessão de fotos?

Lizzie puxou-as na direção das escadas.

— Podemos ir para o restaurante, meninas? Eu meio que preciso sair das dependências da escola. Agora.

— Por quê? — perguntou Carina.

— Acabei de ser suspensa — respondeu ela.

Hudson parecia ter levado um golpe.

— Você o quê?

— Vamos, meninas, vamos agora — disse ela, seguindo para as escadas.

Elas desceram a escadaria rapidamente e foram para o restaurante. No caminho, Lizzie tentou atualizá-las sobre a sessão de fotos da manhã.

— Desculpe, mas se alguém *me* fizesse usar toneladas de sombras lilás e ondulasse *meu* cabelo, e depois dissesse que eu precisava ir a um *nutricionista*, eu daria um soco bem na boca dessa pessoa — disse Carina quando uma garçonete colocou um prato de batatas fritas na sua frente.

— C — advertiu Hudson.

— É sério — falou Carina, colocando uma batata frita na boca. — Quero dizer, eu sei que ele tem uma *visão*, mas ainda assim é totalmente nojento.

— Eu que o diga — continuou Lizzie com ironia.

— O ponto principal é que era para você ser a *musa* dele — disse Hudson. — Ele escolheu você por quem você era. Não para que pudesse *melhorar* você.

— Na verdade, não foi exatamente por isso que abandonei a sessão — confessou ela, dando uma enorme mordida no bagel com manteiga. — Quero dizer, todas essas coisas estavam meio que me incomodando, sim. Mas a verdadeira razão é que ouvi Martin falando da minha mãe.

Hudson e Carina pararam de comer e olharam para ela.

— O que ele disse? — perguntou Hudson, os olhos arregalados. Lizzie podia ver que ela estava horrorizada.

— Que ela era velha. Que estava passada. Uma coisa assim. — Lizzie ficou remexendo a salada de repolho com o garfo.

— Ui — disse Hudson.

— Eu sei. Minha mãe também tentou me avisar. Mas eu estava tão envolvida, tão animada, e queria tanto acreditar nisso tudo que simplesmente não dei ouvidos a ela. Acho que na verdade só queria me sentir bonita.

Por mais próximas que fossem e por mais que Lizzie já tivesse brincado várias vezes sobre sua aparência, nunca tinha admitido isso para suas amigas. Mas Carina e Hudson a observaram sem julgar, apenas a escutaram, esperando que ela continuasse.

— E eu me senti, trabalhando com Andrea — continuou ela. — Então isso tudo só fez com que eu me sentisse mais feia. E se falam assim da *minha mãe*, então como alguém pode se sentir bem consigo mesmo nesse mundo? E acho que está na hora de eu voltar a ser a velha Lizzie. A velha Lizzie Sarará. E simplesmente aceitar.

Carina apoiou os cotovelos na mesa.

— Lizbutt, você é bonita. Você é *linda*. E talvez isso tudo tenha acontecido para que acreditasse nisso. E apenas se lembre disso pelo resto da vida, e, sabe, siga em frente.

Lizzie pegou uma batata frita e a passou no ketchup de Carina.

— Pensamentos profundos com Carina Jurgensen — disse ela fingindo seriedade.

Mas sabia que Carina estava certa. Ela precisava seguir em frente. Talvez nunca fosse ficar totalmente em paz com a sua aparência. Talvez sempre fosse desejar ser diferente. Mas nunca mais deixaria *outras* pessoas decidirem quem ela era — feia, diferente, esquisita, maravilhosa. Tudo o que importava era o que *ela* achava de si mesma.

— Ah, tenho novidades — disse Hudson calmamente. — Acho que sei quem deu meu número para aquele tabloide. — Ela apontou com um garfo na direção de suas cabeças. — Evidência A na esquina.

Lizzie virou a cabeça e viu, escondida em uma cabine telefônica da esquina, Hillary Crumple. Usando um suéter laranja grosso de gola alta, e um rabo de cavalo ainda mais desajeitado, parecia bem mais falsa que o normal. Estava fingindo falar com as amigas, mas lançava olhares obsessivos e repugnantes para elas de poucos em poucos segundos.

— Ah, meu Deus, você está completamente certa — disse Carina.

— É, aposto que ela fez isso — concordou Lizzie.

— Mas como? — disse Hudson, esforçando-se para não olhar. — Como chegariam a ela?

— Podem chegar a qualquer um — afirmou Carina com tristeza. — Tudo que sei é que você não vai ser mais legal com ela. Entendeu, Jones?

— Em alto e bom som — disse Hudson, pegando uma batata frita do prato de Carina. — E talvez sua obsessão por vingança não seja tão estranha quanto pensei que fosse.

— Ah, quase me esqueci de contar para vocês — lembrou-se Lizzie. — Eu também tirei zero no trabalho. Tenho certeza de que Todd vai ficar emocionado.

Carina e Hudson trocaram olhares desconfiados.

— O quê? — perguntou Lizzie, espetando um picles com o garfo.

Carina e Hudson se entreolharam novamente. Havia alguma coisa acontecendo.

— Desembuchem — disse Lizzie.

Carina cruzou os braços na mesa.

— O pai de Todd foi preso. Por roubar dinheiro da empresa. Ou coisa do tipo.

Lizzie soltou o garfo.

— O quê?

Hudson balançou a cabeça com seriedade.

— Foi esta manhã. Todd saiu da escola há mais ou menos uma hora. Estava completamente fora de si.

Lizzie olhou pela janela uma jovem mãe tentando fechar a jaqueta de seu bebê. A arte nas paredes, a cobertura, os livros de Todd, os gastos fora de controle. Por mais que ela não quisesse, tudo fazia sentido.

— Lizzie? Você está bem? — perguntou Hudson.

— Ele está bem?

Hudson deu de ombros.

— Ele não disse nada a ninguém. Simplesmente foi embora.

— Aparentemente está em todos os jornais — acrescentou Carina. — Nunca pensei que fosse dizer isso, mas pobre Todd.

Ela pensou em Todd sozinho no apartamento — sem pai nem mãe. Não tinha nem o que discutir.

— Tenho que ir, meninas — disse Lizzie levantando-se. — Desculpe. Pago a vocês depois.

— Você vai vê-lo *agora*? — perguntou Hudson cuidadosamente.

— Lizzie — chamou Carina. — O garoto foi um idiota com você.

— Talvez — disse ela, colocando a jaqueta. — Mas ele é meu amigo. E tenho a sensação de que talvez estivesse errada sobre ele.

— Então vá — falou Hudson sorrindo.

Lizzie abraçou as amigas rapidamente e correu para a porta. Na rua, pegou o telefone e ligou para ele. Deixou tocar, tocar, tocar, até que finalmente caiu na caixa postal.

"Oi, aqui é o Todd. Deixe uma mensagem e eu retorno..."

Ela desligou. É claro que ele não iria atender o telefone. Precisava ir encontrá-lo, onde quer que ele pudesse estar.

Um táxi com as luzes acesas subia a Madison. Ela esticou o braço e aproximou-se do meio da rua o máximo que pôde sem ser atingida. O carro parou logo à sua frente, e ela entrou no banco de trás e bateu a porta.

— Para onde? — perguntou o motorista.

Todd provavelmente não estaria em casa — quem estaria lá com ele? Não estaria com o pai, onde quer que a polícia o estivesse detendo. Com quem mais estaria em um momento de crise? Quem mais além dela?

O irmão. Era de lá que Todd estava vindo naquele primeiro dia que ela o viu. Ele foi para a Universidade de Nova York. Ele tinha mencionado o dormitório? Só conseguia se lembrar da esquina.

— Entre a Bleecker e a Thompson — disse ela para o motorista. — O mais rápido que você humanamente conseguir.

O motorista virou bruscamente para a esquerda na Quinta Avenida, atirando Lizzie contra a porta. Ao seu lado no assento, a mochila virou. Uma avalanche de papéis, canetas, lenços e livros se espalhou por todo o assento. Ela se endireitou. Colocou o cinto de segurança e começou a guardar a confusão de papéis na mochila. Não importava a frequência com que a limpasse, sempre havia uma bagunça de papéis inúteis ali — de alguma forma pareciam se multiplicar.

E então a página-título do conto de Todd lhe chamou a atenção. Ela a virou de cabeça para cima.

DO OUTRO LADO DO ATLÂNTICO

de Todd Piedmont

Ela virou a página. A primeira linha lhe saltou aos olhos.

Ele tinha 10 anos e estava comendo um cupcake de chocolate na noite em que se apaixonou.

Com um nó na garganta que não podia explicar e lágrimas nos olhos, Lizzie encostou-se no assento quente de vinil e leu.

capítulo 28

— Parece que este é o mais longe que posso ir.

Lizzie tirou os olhos da última página do conto de Todd. Já estavam na rua Bleecker e ela nem tinha notado. Através do para-brisa do táxi podia ver um par de cones brancos e laranja bloqueando o resto da rua do tráfego, enquanto alguns homens de capacete e coletes fluorescentes trabalhavam em um bueiro aberto.

— Posso deixar você aqui — continuou o motorista.

— Sem problemas. — Ela pagou ao motorista, enfiou o conto de Todd na mochila e desceu do táxi. Pelo menos estava a apenas algumas quadras do dormitório. Pegou o telefone e ligou para o diretório de estudantes da Universidade de Nova York.

— Jack Piedmont — disse ela. — Ele é calouro. Só preciso do endereço dele.

A mulher do outro lado da linha lhe disse para esperar e então voltou ao telefone.

— Brittany Hall, rua 10, número 55, lado leste.

Lizzie largou o telefone na mochila e apressou o passo. Passou por uma multidão de turistas, saltou sobre um basset amarrado em um poste e quase bateu em um táxi em velocidade quando atravessou a rua. Não tinha tempo a perder. Agora que sabia tudo o que precisava saber.

O conto de Todd era sobre ela. Era sobre um garoto chamado Austin, desesperançosamente apaixonado por sua amiga de infância de Nova York, "do outro lado do Atlântico", como os ingleses costumavam dizer. Na noite anterior àquela em que sua família se mudou de Nova York, ele a beijou enquanto comia cupcakes de chocolate. Então, morando em Londres, sonhava com ela. Escrevia cartas imaginárias para ela. Passeava por ônibus vermelho reluzente de dois andares e pelo metrô de Londres pensando nela, esperando pelo dia em que talvez voltasse para a América e pudesse vê-la novamente. Uma garota que era tão linda que o fazia sentir dor no peito. Uma garota com pernas longas e vacilantes como as de um cavalo recém-nascido e cabelos como uma explosão de cobre. Uma garota que o conhecia a vida toda, mas que tinha certeza que somente o considerava um amigo. E assim que voltou para a América, percebeu que ela ainda o considerava assim. Especialmente quando ele finalmente tentou beijá-la, e ela se esquivou com uma desculpa esfarrapada, e ele decidiu desistir.

O coração de Lizzie palpitava enquanto corria. Durante todo esse tempo, durante todas essas semanas, ele tinha gostado dela. Mesmo quando estava namorando Ava. Aquela noite na sua casa, quando segurou sua mão. A noite na festa de Ava, quando ela fingiu estar feliz por ele.

Mas agora ela havia estragado tudo. Agora ele a achava uma idiota. Era tarde demais.

Talvez fosse tarde demais. Só precisava descobrir.

Ofegante, ela chegou ao toldo azul do Brittany Hall, na esquina da Washington Square, e correu para dentro dele. Na recepção pouco iluminada, havia um segurança atrás de uma mesa, observando-a recuperar o fôlego.

— Oi — disse ela ofegante. — Estou aqui para ver Jack Piedmont. É uma emergência.

Ele apontou para um telefone na parede na frente dele.

— Os ramais estão na parede.

Ela encontrou o número dele e discou. Tocou até cair na caixa postal. Arrasada, ela colocou o telefone de volta no gancho.

— Você podia, por favor, dizer a ele que Lizzie passou aqui procurando por Todd? — perguntou ela ao segurança.

O segurança meramente balançou a cabeça.

— Não dou recados — disse ele.

Ótimo, pensou ela, saindo do prédio.

Ainda ofegante, ela entrou no parque. Folhas secas marrons estalavam sob seus pés. Pássaros gorjeavam sobre sua cabeça. As nuvens da manhã tinham voltado, deixando o céu branco e brilhante demais para olhar. O vento gelava o suor da sua testa e do seu pescoço. As pernas doíam da corrida. Precisava de água e de um lugar para se sentar.

Sentou-se em um banco entre uma fonte sem água e um cercado de cachorros, e levou os joelhos ao peito. Todd provavelmente estaria em casa à noite, se ela pudesse esperar até lá. Ou talvez devesse simplesmente ficar esperando na frente do dormitório do irmão dele até o fim da tarde. O que quer que acontecesse, não conseguiria voltar para casa até que visse ou falasse com ele. O coração dela parecia explodir. Ela o amava, e ele estava cheio de problemas. Rezou para que ele não voltasse para Londres.

Universitários passavam em grupos, rindo e batendo papo, e na frente dela um artista de rua tocava "Fire and rain" no violão. Dois enormes cachorros da raça dogue alemão em coleiras arrastavam seus donos para o cercado. Ela se encostou nas ripas de madeira do banco e ficou olhando para a frente, deixando a tarde de Nova York se desdobrar à sua frente.

Então um milagre aconteceu. A princípio não teve certeza de que era ele. As mãos estavam enfiadas nos bolsos e os ombros, curvados, ele tinha trocado as calças pretas e a gravata da Chadwick por uma camiseta, uma jaqueta de lã preta e jeans. Mas havia uma sacola plástica da Shakespeare & Co. pendurada no seu pulso e os fones do iPod nos ouvidos, e as sobrancelhas estavam unidas do mesmo modo que sempre ficavam quando ele estava perdido em pensamentos. Era Todd.

Ela berrou o nome dele.

— Todd!

Ele continuou caminhando. Não podia escutá-la.

Ela saiu do banco e correu em sua direção.

— Todd! — gritou ela de novo, em todo caso. Ela quase teve de se enfiar na frente dele antes que ele finalmente a visse. Ela agarrou seu braço como se fosse um assaltante, e ele deu um salto, puxando os fones do ouvido.

— Lizzie? Meu Deus!

— Como você está? — perguntou ela ofegante.

— O que você está fazendo aqui?

— Eu... eu soube do seu pai — gaguejou ela. — Está tudo bem?

Ele levou um momento para digerir completamente o cabelo ondulado e os resquícios de delineador racum em volta dos olhos.

— Sinto que eu é quem devia perguntar isso para você — disse ele de forma cautelosa.

— Estou bem. Acabei de vir da escola. Tentei ligar para você.

Ele franziu a testa.

— Achei que você não *estivesse* na escola hoje.

— Abandonei a sessão de fotos. Aquele Martin Meloy acabou se mostrando um completo idiota e um falso. Eu o ouvi falando mal da minha mãe. Dizendo coisas horríveis. E eu percebi que isso... — Ela tocou o cabelo. — Que *tudo* isso simplesmente não sou eu.

Ela não tinha certeza, mas parecia haver o mais débil sinal de admiração nos olhos de Todd.

— Então fui para a escola, e fui suspensa — acrescentou ela rapidamente.

— O quê? — perguntou Todd.

— E tirei zero no trabalho de inglês — continuou ela, divagando —, que eu sabia que ia acontecer também, mas tudo bem. A questão é que eu fiquei sabendo do seu pai. E achei que você talvez fosse estar com seu irmão, e então vim até aqui.

Todd ficou olhando para o chão. Ela esperava que não tivesse feito com que ele se sentisse pior.

— Pois é. Sabia que isso acabaria acontecendo. Foi por isso que não fui para a escola alguns dias na semana passada. — Ele levantou os olhos, apertando-os de forma cética.

— É por isso mesmo que você está por aqui? Achei que me odiasse com todas as forças.

Ela respirou fundo.

— Eu não... odeio você com todas as forças. De verdade. Não odeio.

Ele riu para si mesmo.

— Você realmente me enganou naquela noite.

Lizzie engoliu em seco e deu um passo para a frente.

— Desculpe — disse ela. — Nunca devia ter acreditado naquela história sobre você e Ava.

— Mas acreditou — reclamou ele. Abaixou a cabeça e tocou o chão com a ponta do tênis. — Achei que fôssemos amigos.

— E somos.

Todd balançou a cabeça.

— Sério? Algumas coisas que você disse...

Lizzie sentiu uma pontada no peito.

— Por favor. Desculpe. Para começar, eu acho que estava irritada demais.

— Irritada?

— Por você estar namorando com ela. Eu não entendia.

Ele a olhou atentamente, esperando que explicasse.

— Quero dizer, ela simplesmente nunca pareceu combinar com você.

Ele deu de ombros.

— Foi por isso que terminei com ela. Porque jamais consegui me sentir do jeito... — Todd interrompeu-se, e então olhou para o relógio de pulso. — Ei, tenho que ir. Disse a meu irmão que o encontraria agora. Nos falamos mais tarde. Tudo bem? — Ele se virou e começou a andar.

— Todd — chamou ela. — Diga ao Austin que eu disse oi.

Ele parou. Lentamente, virou-se. Um sorriso confuso iluminou seu rosto.

— E diga que eu amo cupcake de chocolate — continuou ela, a voz oscilante. — E que aquele dia em que eu caí nos braços dele na rua, não foi realmente um acidente.

Todd não se mexia.

Ela caminhou na direção dele, devagar, suavemente, com medo de que suas pernas pudessem vacilar.

— E diga que eu acho que ele é o escritor mais lindo do mundo. — Ela estava tão perto dele agora que podia esticar o braço e tocá-lo. — Diga tudo isso. Certo?

Ele parecia ter sido enfeitiçado.

— Li seu conto. O sr. Barlow me deu. — Ela se esticou e tocou o braço dele. Sua jaqueta era macia e áspera ao mesmo tempo.

— Eu amei — disse ela. — Realmente, eu *realmente* amei.

Ela buscou os olhos dele, ainda segurando seu braço. Folhas arranhavam o chão com o vento, mas ela mal notava.

— Durante todo esse tempo, eu quis estar com você — sussurrou ela.

— Mas naquela noite você me deixou — disse ele. — Você saiu do nada. — Todd não se mexia. Não sorria. Somente olhava para ela.

— Só estava assustada — murmurou ela.

De repente Todd esticou o braço e tirou um cacho de cabelo da testa de Lizzie. Deixou a mão na nuca dela. Estavam tão próximos agora que ela conseguia sentir o perfume familiar de sabonete Downy, exatamente como naquele primeiro dia, quando tinha caído nos braços dele. Algo estava prestes a acontecer, ela podia sentir. Ele estava prestes a beijá-la. E dessa vez ela iria deixar. Ele se inclinou. Ela fechou os olhos. Sentiu as pontas dos sapatos dela tocarem as pontas dos tênis dele. O braço dele desceu para a cintura dela.

— Você ainda está aqui — sussurrou ele, brincando. Então seus lábios estavam nos dela.

Todo o resto desapareceu — o vento, o violão, as pessoas passando. A princípio ele a beijou suavemente, e depois de forma mais profunda, até que suas pernas se transformaram em pernas elásticas. Estava contente que os braços dele a seguravam, caso contrário teria desabado no chão.

Lentamente ele a soltou. Manteve os braços em volta de Lizzie enquanto ela olhava para seu rosto.

— Acho que temos que concordar numa coisa — disse ele, os lábios curvando-se em um sorriso. — *Não* vamos escrever sobre isso.

— Sim, boa ideia — falou ela, concordando com a cabeça. — O sr. Barlow não precisa saber de *tudo*.

Ele deu risada, e então inclinou-se mais uma vez na direção dela. Lizzie derreteu-se em seus braços.

Enquanto ele apertava os lábios nos dela, ela soube que o que estava acontecendo agora, nesse exato momento, era mais maravilhoso que qualquer coisa que podia passar por sua cabeça.

capítulo 29

Eram quase cinco horas da tarde quando colocou a chave na porta da frente e entrou silenciosamente no apartamento. Ficou parada no foyer vazio, escutando. Dentro da cozinha, podia escutar a CNN na televisão e o pai cantarolando para si mesmo. Já tinham chegado de Paris. E tinham, com certeza, sido informados sobre ela.

Ela largou a bolsa no chão e empurrou a porta vaivém, e lá estava o pai, fazendo um sanduíche.

— Ei, oi, Fuzz — disse ele, calmamente passando mostarda sobre um pedaço de pão. — Você parece ter acabado de escapar de um filme de ficção científica ruim.

— Quase isso — murmurou ela, arrastando-se na direção de um banco.

Das sacolas de frios espalhadas no mármore preto do balcão, ele pegou algumas fatias de salame e queijo e colocou-as no pão, então fechou o sanduíche.

— Então você teve um dia e tanto — disse ele. — Foi suspensa e tirou zero em um trabalho. De inglês ainda por cima. — Ele ergueu o sanduíche como se fingisse parabenizá-la. — Dois pelo preço de um. Não são muitas as pessoas de 14 anos que podem dizer isso.

— Pai, desculpe...

— Como você pôde ser tão irresponsável, Lizzie? — disse ele interrompendo-a. — Você é uma aluna *brilhante*.

— Pai, eu sei. Desculpe. — Ela cruzou os braços no balcão e abaixou a cabeça. — Tinha muita coisa acontecendo.

— Foi um erro deixar você começar com essa história de modelo — disse ele mordendo o sanduíche. — Sua mãe e eu pensamos que podíamos confiar em você. Obviamente não podemos.

Lizzie encarava o mármore preto do balcão. Isso era pior que ter de falar com o sr. Barlow.

— Bem, agora acabou.

— Eu sei — disse ele, parando na sua frente. — Soubemos por Martin Meloy.

Ela quase se esquecera de Martin. Claro que ele também estaria furioso com ela. Levantou o rosto, engolindo em seco, trêmula.

— Souberam?

— Ele disse que você abandonou as fotos — contou ele com severidade. — Que desperdiçou milhares de dólares do dinheiro dele. Que você era difícil, que não era profissional. Que em vinte anos de carreira nunca teve uma modelo como você. — O rosto dele de repente abriu em um sorriso. — E quanto a mim, não podia ficar mais satisfeito. Claro que eu não disse isso para ele, sua mãe que falou com ele ao telefone...

— Falou?

Bernard foi até ela e pegou suas mãos.

— Sei que você tem a cabeça no lugar. Pelo menos na maior parte do tempo. E agora quero saber o que aconteceu lá. O fotógrafo fez alguma coisa? Me diga, Fuzz. Gostaria de ter o máximo de munição possível contra ele. E eles também não podiam ter deixado você lá sem um responsável. Eu gostaria de arrancar o pescoço daquele cara...

— Onde está a mamãe? — perguntou ela antes que o pai ficasse emocionado demais.

Bernard fez uma pausa.

— Foi ver Natasha. Aconteceram algumas coisas. — Ele se virou para os frios e começou a fechar os sacos plásticos. — Ela foi dispensada pela L'Ete.

— O quê? — Lizzie quase saltou do banco. — Eles a *dispensaram*?

Bernard balançou a cabeça.

— Era por isso que queriam que ela fosse até lá. Queriam fazer isso pessoalmente.

— Mas por quê? Por que fariam isso?

— Queriam alguém mais jovem — disse ele casualmente, guardando a comida na geladeira. — Alguma modelo brasileira de 19 anos. — Ele fechou a porta da geladeira e olhou fixamente pela janela para a linha do horizonte da cidade. — É um negócio cruel — comentou ele finalmente.

— Ela está bem? — perguntou Lizzie finalmente.

— Ficará. Mas ela sabia que ia acabar acontecendo. Foi por isso que começou sua linha própria. — Ele soltou uma risadinha amarga. — De qualquer forma, acho que é disso que ela estava tentando proteger você. É preciso uma casca grossa para fazer o que ela faz. Às vezes acho que não lhe damos crédito suficiente.

Lizzie concordou com a cabeça. Agora tinha certeza de que não dava.

— Então, o que aconteceu de manhã? — perguntou ele, dessa vez com mais firmeza.

Lizzie mordeu o lábio. Não tinha ficado magoada com o que havia acontecido, pelo menos não diretamente. Mas ter de explicar isso agora, à luz das notícias do pai, a deixava enjoada.

— Acabei percebendo que mamãe estava certa — disse ela. — Não estou pronta para isso. Não é quem eu sou. E quanto mais rápido eu saísse de lá melhor. — Ela desceu do banco. — Onde ela está neste exato momento?

— Ah, não, não, não — falou o pai. — Você pode ir direto para o quarto. Vai ficar de castigo durante um bom tempo.

— Quero pedir desculpas para ela e, bem, eu podia dar um abraço.

Bernard olhou para o relógio do micro-ondas.

— Ela disse que daria uma passada num coquetel da *Vogue*. Provavelmente está chegando lá.

— Onde?

Bernard deu um suspiro resignado.

— Vou ligar para Natasha — disse ele.

Lizzie foi até o quarto e trocou o uniforme por um suéter de gola rulê e jeans. Não era a roupa mais adequada para a *Vogue*, mas tinha sido a coisa mais próxima ao alcance. Era confortável. E mais importante, era ela. Antes de sair, havia mais uma coisa que precisava fazer. Então foi até sua mesa e ligou o Mac. Na pasta denominada CONTOS da área de trabalho, ela passou pela lista de títulos até encontrar o conto original para o concurso. Ela clicou nele. Assim que a primeira e familiar página apareceu na tela, ela teve certeza de que deveria ter ficado com essa desde o início. Tinha dito a si mesma que estava melhorando a história. Mas na verdade, estava com medo de expor suas inseguranças. E tudo que havia conseguido com isso era uma enorme perda de oportunidade.

Ela deixou a história se abrir na tela. Trabalharia nela quando chegasse em casa. E quando estivesse pronta, talvez pudesse ser uma séria concorrente no concurso.

Pegou as conexões do metrô para East Village e saiu no Bowery 40 minutos depois. Quando Lizzie nasceu, essa rua era repleta de cortiços decadentes e traficantes de drogas — agora era cheia de bares descolados e hotéis-butique. Lizzie atravessou as ruas em direção ao prédio alto de concreto do hotel. Um tapete vermelho tinha sido colocado na frente para os paparazzi. Os poucos fotógrafos que ainda perambulavam do lado de fora conversavam entre si enquanto ela passava. Ninguém a reconheceu. Lizzie sorriu para si mesma. Sentia-se ela novamente.

Subiu as escadas em suas botas surradas Steve Madden e pensou na mãe. Durante todo o caminho para o centro tinha pensado no que dizer para ela. Como era ser dispensada de um trabalho não porque você não o fazia bem, mas porque não estava mais tão bonita?

Chegou ao último degrau e avaliou a multidão. Só precisou de um segundo para que Natasha a avistasse e viesse até ela.

— Lizzie — disse ela, tirando a franja dos olhos enegrecidos. — Eu disse para o seu pai que Katia estava ocupada.

— Preciso ver minha mãe, ela está aqui?

Natasha olhou para a blusa preta básica de gola rulê, os jeans sujos e as botas surradas.

— Não tenho certeza de que isso seja um lugar apropriado para alguém menor de idade — ponderou ela com uma voz entrecortada.

— Só me diga onde ela está — insistiu Lizzie.

Natasha ergueu seu minúsculo corpo e cedeu.

— Só fique longe do bar — observou ela com malícia.

Aparentemente a notícia de que agora ela era algum tipo de rebelde tinha se espalhado. Quase deu risada enquanto seguia Natasha pela multidão. Passaram por mulheres magérrimas com cabelos brilhantes perfeitos e ombros nus e salientes com taças de champanhe na mão. Lizzie pegou algumas pessoas a encarando e escutou sussurros fervorosos, mas ninguém a parou ou disse qualquer coisa. Perguntou-se se alguém na festa escutara o que havia feito com Martin Meloy; se ainda não tinham, com certeza iriam.

— Lá está ela — apontou Natasha.

Katia estava do outro lado do salão, ladeada pela diretora criativa da *Vogue* e uma estilista mais conhecida por sua clientela nupcial do que por seus desenhos. Ela estava sorrindo e segurava uma taça quase cheia de champanhe na mão, mas mesmo dali Lizzie podia ver que os olhos estavam com sua cor triste — um cinza lavado. Ela podia parecer feliz, mas por dentro Katia estava arrasada.

— Acho que você devia deixá-la por alguns minutos. Ela tem negócios importantes para discutir... — começou Natasha.

— Não, eu preciso falar com ela agora — disse Lizzie, e aproximou-se sem pedir licença.

— Lizzie! — Ela escutou Natasha exclamar, mas não parou. O conselho de Natasha não era mais tão útil assim. Quando chegou perto da mãe na multidão, ainda não sabia como começar o assunto. *Mãe, soube das notícias? Sinto muito por você ter sido mandada embora.* E se a mãe não ficasse contente em vê-la, considerando tudo o que tinha acontecido hoje?

Mas ela era filha de Katia. A mãe a amava. Não importava o que Lizzie fizesse de errado ou quantas vezes fosse suspensa, ou com que frequência brigasse, a mãe sempre a amaria. E hoje, esta manhã, tinha aprendido da maneira mais difícil possível que também amava a mãe na mesma proporção. Era por isso que estava ali, afinal de contas, caminhando com dificuldade em meio a um mar de fashionistas anoréxicas, tentando resgatá-la.

Katia não a viu até Lizzie estar atrás dela.

— Mãe? — perguntou ela, ficando o mais perto possível.

Katia se virou. Naquela fração de segundo, seu rosto disse tudo: surpresa, afeição, alívio.

— Lizzie! — gaguejou ela. — O que você está fazendo aqui?

— Papai me disse o que aconteceu — sussurrou ela. — Você está bem?

As outras duas mulheres lançaram-lhe olhares hostis, mas ela as ignorou. Já estava farta de se importar com o que as pessoas da moda achavam.

— Lizzie — disse Katia, ainda surpresa. — Estou bem.

Antes que se desse conta do que estava fazendo, Lizzie atirou os braços em volta do pescoço da mãe.

— Não posso acreditar que fizeram isso — sussurrou ela. — Eu os odeio. Realmente os odeio. Sinto muito, mãe.

De forma hesitante, Katia retribuiu o abraço.

— Com licença — disse ela para a editora e a estilista. — Acho que precisamos de um minuto. — Lizzie ouviu-as se retirarem para a multidão.

— Lizzie, venha comigo — disse ela, pegando-a pela mão. Ela a guiou em direção aos fundos do salão, e, quando chegaram a um canto calmo, Katia virou-se de costas para a festa e encarou Lizzie. — Era para você estar de castigo — advertiu ela com seriedade. — Seu pai não falou com você?

— Ele me disse o que aconteceu em Paris. Com a L'Ete. Então eu quis vir aqui para ter certeza de que você estava bem.

Katia colocou as mãos no quadril, ainda relutante em ceder.

— Soubemos o que aconteceu hoje, Lizzie. Na escola. E na sessão de fotos. O que deu em você? Achei que pudéssemos confiar em você.

— Mãe, eu aprendi. Já chega dessa coisa de modelo. Você estava certa. Não era para mim. E sei que não te escutei, mas eu aprendi. Aprendi de uma maneira que nunca teria sido possível se não tivesse mentido e feito as coisas sem contar. — Perguntou-se se tinha acabado de sabotar o próprio argumento. — Isso faz sentido?

— Só não sei mais como entender você, Lizzie — disse a mãe. — Por um momento, senti como se nos entendêssemos. Então tudo simplesmente desmoronou. — Os olhos de Katia brilhavam. — Você não sabe que eu jamais impediria que você tivesse sucesso? Que jamais impediria que soubesse quem você é? — Ela balançou a mão de Lizzie e olhou-a calorosamente. — Eu só sei que você tem tanta coisa que eu não tive. Talento criativo. Pais e professores que amam você. Uma boa casa. Uma boa escola. Não tive nada disso. Tinha a minha aparência. E ela me deu muita coisa. Mas você tem muito mais do que eu tive. E o que você tem, Lizzie, vai levá-la aonde quiser, por quanto tempo você quiser.

A mãe ainda segurava a sua mão, apertando-a a cada palavra. Lizzie sentiu uma lágrima quente começar a escorrer pelo rosto.

— Mas você não estava orgulhosa de mim? — perguntou ela, engolindo um soluço. — Quero dizer, só um pouco?

— É claro que eu estava. Mas eu estava orgulhosa de você *antes*. Era por isso que eu sempre quis que você tirasse foto comigo. Era por isso que eu sempre quis que fosse comigo aos eventos. Porque eu sempre achei que você fosse uma estrela. Sempre.

Lizzie sentiu outra lágrima se precipitar pelo rosto e ela a limpou. Ela também apertou a mão da mãe.

— Também tenho orgulho de você, mãe — disse ela delicadamente, começando a chorar. — Sei que não demonstro muito, mas tenho.

Katia enxugou o canto do olho.

— Eu amo você, querida. — Ela se curvou e a abraçou com força.

Ficaram assim por um momento.

— Você quer me contar o que aconteceu com Martin esta manhã? — perguntou ela.

Lizzie fez uma pausa.

— Só vou dizer que você estava certa. Todos lá são uns idiotas. Ele é muito falso para o meu gosto.

Ela sentiu a mãe balançar a cabeça enquanto se abraçavam. Talvez Katia suspeitasse da verdade. Talvez não. Mas Lizzie sabia que nunca, jamais repetiria o que tinha escutado, pelo resto da vida.

— Bem, sei que tem alguém que não é falsa, e que está louca para trabalhar com você. — Katia soltou-a e Lizzie pôde ver que ela estava sorrindo. — Andrea me ligou na semana passada para falar sobre a exposição na Galeria Gagosian. Acho que você deveria fazer.

— Você acha?

Katia passou a mão no cabelo de Lizzie.

— Ela vê você por quem você é. Não vai tirar vantagem disso. E acho que tem sido uma boa amiga. E ser uma boa amiga em troca é tão importante quanto ser verdadeira com você mesma.

— Com licença, mas podemos tirar uma foto?

Na frente delas, praticamente a um metro e meio de distância, havia um fotógrafo segurando uma câmera.

— Claro — disse Lizzie.

— Ah, querida, não sei, minha maquiagem está borrada — disse Katia limpando o canto dos olhos com as laterais das mãos.

Lizzie limpou as lágrimas do rosto da mãe.

— Você está linda, mãe.

Katia pareceu surpresa.

— É mesmo?

— Sim, está.

Katia tocou o rosto dela e depois deu um de seus deslumbrantes sorrisos de supermodelo. Virou-se para o fotógrafo.

— Tudo bem, então — disse ela, colocando um braço na cintura de Lizzie.

— Aqui vamos nós.

Lizzie ergueu levemente o rosto. O fotógrafo preparou a câmera.

— As mulheres Summers — disse ele, apertando o obturador repetidas vezes. O flash era ofuscante, mas Lizzie manteve os olhos abertos.

— Obrigada — disse Katia gentilmente, depois de mais quatro ou cinco cliques. — Obrigada.

O fotógrafo saiu apressado e Lizzie pegou o telefone no bolso de trás da calça jeans.

— Acho que provavelmente devemos nos despedir e ir para casa agora — disse Katia.

— Espere um segundo, mãe — pediu Lizzie, abrindo o telefone. — Vou mandar uma mensagem para Andrea. — Ela escreveu uma palavra na mensagem. SIM. Então a enviou.

Exatamente quando recebeu uma mensagem de Carina. Lizzie a abriu.

MEU DEUS! Venha para minha casa AGORA!!!!

Lizzie leu a mensagem várias vezes. Pensou em ligar de volta, mas Katia disse:

— Pronto, querida. Vamos.

Lizzie passou o dedo na tela do telefone e enfiou-o de volta ao bolso.

— Na verdade, existe alguma forma de eu dar uma passada na casa da Carina no caminho de casa? — perguntou ela. — Só por alguns minutos.

Katia arqueou uma sobrancelha e cruzou os braços.

— Meia hora. Isso é tudo. Então você vai ficar em casa até segunda ordem. E eu vou ficar marcando o tempo.

— Sem problema.

— Então vamos, Lizzie. — Katia ofereceu a mão e Lizzie pegou-a. Enquanto a multidão as observava passar, Lizzie teve certeza absoluta de que nunca tinha se sentido tão linda na vida.

* * *

Quando Lizzie saiu do táxi, já podia ver Hudson andando de um lado para o outro dentro da portaria do prédio de Carina. Ela caminhou em sua direção enquanto Lizzie passava pela porta giratória.

— O que está havendo, H? Algum problema?

Hudson agarrou o braço de Lizzie. Seus olhos cor de mar estavam avermelhados de chorar.

— Ela foi embora, Lizzie. O porteiro disse que o Jurg e ela foram embora 20 minutos atrás.

— O quê? — A voz de Lizzie ecoou na portaria fria e de piso de mármore.

— Isso é loucura. Acabei de receber uma mensagem dela. *Você* acabou de receber uma mensagem dela. Carina disse para a gente passar aqui.

— Ela acabou de ir embora. Ele disse que eles estavam com um monte de malas. E que ela ia "viajar".

— Mas amanhã tem aula.

Hudson balançou a cabeça e apertou o braço de Lizzie com força.

— Você não entende. Ela publicou aquela história de o pai roubar dinheiro da caridade. Está na internet. E o pai ficou possesso.

Lizzie finalmente conseguiu entender o verdadeiro significado do que Hudson estava dizendo. Ela olhou para a noite, para os carros e táxis que passavam em velocidade pela Quinta Avenida. Por pouco não a encontraram.

— Para onde você acha que ele a levou?

Hudson deu de ombros.

— Quem vai saber? Pode ser para qualquer lugar. O cara tem um avião.

Lizzie pegou o telefone e digitou o número de Carina.

— Eu já tentei — disse Hudson.

A mensagem do correio de voz de Carina começou a tocar no ouvido de Lizzie. *"Oi, você ligou para Carina. Estou provavelmente surfando agora, então deixe uma mensagem..."*

Lizzie fechou o celular. Olhou para Hudson, que parecia estar à beira das lágrimas novamente. Se Carina estivesse aqui, saberia o que fazer. Mas agora Carina tinha ido embora e alguém precisava estar no comando.

— Bem, não podemos ficar aqui paradas a noite toda, certo? Vamos sair daqui.

Lizzie puxou Hudson na direção da porta.

— Aonde estamos indo? — perguntou Hudson, enquanto Lizzie levantava o braço para chamar um táxi.

— Encontrar nossa melhor amiga — disse Lizzie enquanto um táxi encostava na frente delas.

Este livro foi composto na tipologia Minion Pro,
em corpo 11,5/15,3, e impresso em papel offset $70g/m^2$
no Sistema Cameron da Divisão Gráfica
da Distribuidora Record.